U0868747

岳麓書社

读名著　选岳麓

古典名著普及文库

苏轼集

汪　超　导读 注译

岳麓書社·长沙

出版说明

中国古典名著是中华优秀传统文化的重要载体，今天人们要学习传统文化，如果说有所谓捷径可寻，那恐怕就是直接阅读古典名著了。长期以来，为大众读者出版古典名著的普及读物一直是本社的重要使命。约三十年前，我们便出版了“古典名著普及文库”，收书五十余种，七十余册，蔚为大观。这套书命名为“普及”，首先是因为采用了简体字横排的排版方式。当时的古典名著图书，以未经整理的影印本和繁体竖排本居多，大众读者阅读有障碍，故本文库的推出，确有普及之效。其次，我们提出要让读者“以最少的钱买最好的书”，定价远低于当时同类型品种。基于此，这套“普及文库”迅速流向读者的书架，销量极大，功在普及不浅。

当年这套书，所收各书都是文言文全本，无注释，不翻译，对于今天的大众读者来说，已经很难起到普及作用了。而且，读者如果仅仅出于品鉴、入门的需要，也无须通读大部头的全本古籍。因而，我们推出这套全新的“古典名著普及文库”，在选目上广泛听取国内名校学者们的建议，收录经、史、子、集四部之中第一流的名著一百余种，邀请学有专攻的学者精心注释、翻译，并加以导读。篇幅大的经典，精选菁华，篇幅适中的出版全本，个别篇幅小的，则将主题相近的品种合刊为一册。

我们希望有更多的人能够买得起、读得懂中国的古典名著，接受中华优秀传统文化的滋养。这一套轻松好读又严谨可靠的普及文库，便是我们努力实践这一理念的结果。

前　言

苏轼于1037年生于西蜀的奇山秀水间，1101年却在异乡走完人生历程，他用自己伟大坎坷的一生，给我们留下无尽的思索与诉说。“横看成岭侧成峰，远近高低各不同”，苏轼同样以其不同的身份——言者、行者、善者、智者、词者，为我们提供了丰富的人生范例。他既能将平淡的日子活出跌宕的情怀，又能在坎坷的生活中寻觅宁静的世界。

一

身为言者，苏轼上对家国，下对臣民，坚守言者的大任与良知。

苏轼出身于书香门第，父亲苏洵学养深厚，二十七岁后“始发愤，读书籍”（《三字经》），成为唐宋著名的散文家之一。苏洵对苏轼兄弟也严苛有加，“我昔家居断还往，著书不暇窥园葵”（《送安惇秀才失解西归》），兄弟二人自幼就受到良好的家庭熏陶，专心研读圣贤书籍。嘉祐六年（1061），苏轼被录为“贤良方正能直言极谏科”第三等，自此，言者的身份便印在苏轼的心里，时刻以“忘躯犯颜之士”（《上神宗皇帝书》）自居，以“使某不言，谁当言者”（《曲洧旧闻》卷五引）自命，以“危言危行，独立不回”（《杭州召还乞郡状》）自励。所以，苏轼无论身居朝廷还是地方，上对家国，下对朝臣，凡遇不平之事，他都积极申辩言说，“言必中当世之过，凿凿乎如五谷必可以疗饥，断断乎如药石必可以伐病”（《凫绎先生诗集叙》），强调文艺作品有益于世的重要使命。

年轻气盛的苏轼刚刚进入朝政议事，所以对于皇帝抑或同僚，自己能说抑或不能说的，都表现出文人士子积极入世的家国情怀。言，成为血气方刚的苏轼的工作常态。

熙宁二年（1069），王安石着手改革科举考试的选拔方式，以经义策论考试来取代诗赋明经诸科，苏轼向宋神宗上《议学校贡举状》直指其弊。此后，苏轼又连续上《上神宗皇帝书》《再上皇帝书》等，书书皆见忠心耿耿之言："臣之所欲言者三，愿陛下结人心、厚风俗、存纪纲而已。"也有言辞激烈之辞："今日之政，小用则小败，大用则大败，若力行而不已，则乱亡随之。"

苏轼对同僚同样秉持己见。熙宁三年（1070）三月礼部考试，支持变法改革派的吕惠卿任主考官，苏轼任编排官（主管编排举人试卷字号和合格举人名次），二人对于考生叶祖洽在考卷中溢美新法的言辞分歧较大，苏轼极力反对录选并模拟撰写《拟进士对御试策》。

由于在朝廷与朝臣政见难合，苏轼外任地方。他仍然没有忘记言者的身份，见到各种不平之事，上书成为他言说的重要形式。

熙宁四年（1071）元宵节，宋神宗准备召集盛大的花灯盛宴，便叫内使在民间收买四千余盏浙灯，等到收购之时却又发现费用过高，便下令减价收购并禁止市民购买。苏轼听说此事顿时义愤填膺，连忙上《谏买浙灯状》为地方百姓慷慨陈词，不改言者初心。苏轼还通过诗歌等形式为民言说，如对青苗法写有《山村五绝》："杖藜裹饭去匆匆，过眼青钱转手空。赢得儿童语音好，一年强半在城中。"记叙老百姓为了纳税还债东奔西走，白白地耗费了大量的时间，而贷款所得的青苗钱实际也没能发挥真正的作用，唯一的收获恐怕就是小孩子跟在大人后面，学会了一点城里人的口音。

黄州时期，苏轼也曾对自己的口业进行反省："木有瘿，石有晕，犀有通，以取妍于人，皆物之病也。谪居无事，默自观省，回视三十年以来所为，多其病者。"（《答李端叔书》）或许，苏轼对于自我所"言"的深刻剖析，是人至中年又经历生死波折之后的领悟。此时若再回想起父亲苏洵当年费心所取的"轼"名，虽然只是车上供人抓扶的横木，看似无用却在关键时刻非常重要，取其意就是希望苏轼不要锋芒毕露而要安守本分、韬光养晦。

二

身为行者，苏轼一生不断被迫地迁徙，却主动行走出丰富的人生。

身陷京城漩涡之中的苏轼，主动请求放任外地成为他的无奈选择，与其明知道不能言但又不得不言，还不如到地方去做些实务。而宋代党争的风暴又挟裹着苏轼不断走上被贬谪的道路，用其一生走过大半个中国，并用他的诗篇为我们留下丰富的文化遗产。

熙宁四年（1071），苏轼主动放任杭州之后便开始真正意义上的行者之旅，“我行日夜向江海，枫叶芦花秋兴长”（《出颍口初见淮山，是日至寿州》），从京城走向江海，既是距离的间隔，又是身份的转变、思想的变迁。苏轼行走地方时主要做了两件大事：一是务实，不忘政治家的身份，修筑水利，购买药材，赈济乡民等；一是赋诗作词，秉持文学家的风雅，游山乐水，闲趣赋愁，记录下其丰富的人生历程。

熙宁五年（1072）秋，苏轼为解决杭州人民的饮水问题，与知州陈襄一起通过实地考察，召集精通水利的僧人疏浚六井，为此还撰写《钱塘六井记》一文记叙整治六井的过程。元祐期间苏轼再次自请放任杭州，并在杭州大兴水利，整治西湖，历经千年之后，“苏堤春晓”“三潭印月”等仍是“西湖十景”之一，他自己也喜言：“我凿西湖还旧观，一眼已尽西南碧。”（《与叶淳老、侯敦夫、张秉道同相视新河，秉道有诗，次韵二首》之一）苏轼总是行走一地就造福一方百姓，同时，还以其诗笔记录下行走各地时的心情，如抒发对江南宜兴的欣羡：“买田阳羡吾将老，从来只为溪山好。”（《菩萨蛮》）“阳羡姑苏已买田，相逢谁信是前缘。”（《浣溪沙》）已然在规划归隐宜兴的美好图景，流露出心安处便是吾乡的心境。

元丰二年（1079），御史何正臣上表弹劾苏轼，称苏轼移知湖州到任后所写的谢恩表中，部分用语有暗藏讥刺朝政之嫌，而御史李定曾也指出苏轼四大可废之罪，引发北宋历史上有名的“乌台诗案”。苏轼在狱中因一次错送的饭菜，误以为自己大难临头，写下了两首绝笔诗《予以事系御史台狱，狱吏稍见侵，自度不能堪，死狱中，不得一别子由，故作二诗授狱卒梁成，以遗子由，二首》，其中“是处青山可埋骨，他时夜雨独伤神”“百岁神游定何处，桐乡知葬浙江西”对于突然而至的灾难表现出人至末路的凄凉感伤，一代才子文豪面对生死同样黯然泪下，令人嗟呀不已。

苏轼行走了大半个中国，很少描写羁旅闲愁之感，而是于各处发现美景和乐事，追求自然闲适的行者心态。初到黄州之时，“自笑平生为口忙，老来事业转荒唐。长江绕郭知鱼美，好竹连山觉笋香”（《初到黄州》）。躬耕南亩也是苏轼调节自我的突出方式，作品中多处可见对农耕生活的描写。元丰四年（1081），苏轼带领全家老小在黄州城东门外的山坡上开荒垦地，其《东坡八首》详细地记录了此间的艰辛过程，他以“东坡居士”自居，并对陶渊明式的人生态度在诗作中反复追和咏叹。贬谪海南时又填《减字木兰花·己卯儋耳春词》，连用七个“春”字描写儋州春天的浓浓气息，词意清新活泼，表现出心远地偏的淡泊心态。

建中靖国元年（1101），苏轼重游金山，在李公麟给他的画像上自题一首六言绝句：“心似已灰之木，身如不系之舟。问汝平生功业，黄州惠州儋州。”（《自题金山画像》）已然超越个人的荣辱成败，变得超脱自适又平淡自然。此后苏轼由于长途奔波染上暑疾，身体每况愈下，终于七月二十八日离开尘世，“吴越之民，相与哭于市，其君子相吊于家；讣闻四方，无贤愚皆咨嗟出涕”（苏辙《亡兄子瞻端明墓志铭》）。苏轼遗言里所说“着力即差”，是他对于自己一生的政治纷争、是非恩怨的大彻大悟——孜孜追求的一切都毋须着力。苏轼一路走来真是一步一印，通过其复杂不平的行走心迹，向我们展现了一位有血有肉的真实的苏轼。

三

身为善者，苏轼心怀友善而广交天下之士，天涯海内存知己。

苏轼曾非常形象地描绘自我：“上可以陪玉皇大帝，下可以陪悲田院乞儿"，"吾眼前见天下无一个不好人"（宋·高文虎《蓼花洲闲录》）。他虽然有时言辞犀利，但待人总是心地良善，对弟、对妻、对友无不亲善有爱。

苏轼与弟弟苏辙同为"苏门三学士"，兄弟二人一路砥砺前行，同出四川走入北宋文坛。苏轼每到任处辄思往访兄弟，逢年过节亦有诗文相赠，兄弟之情意浓于血。熙宁九年（1076）中秋，苏轼想起未能与远在济南的弟弟团圆，深情写下名篇《水调歌头》（丙辰中秋，欢饮达旦，大醉。作此篇，兼怀子由）："人有悲欢离合，月有阴晴圆缺，此事古难全。但愿人长久，千里共婵娟。"深含相思之深、相见之欢与相别之苦。兄弟二人一生书信往来不断，读书作文、修道参禅无不交谈，既有兄弟之情，又有挚友之谊。

对默默无闻支持、追随自己的妻子，苏轼在文辞里表达出作为男人、丈夫的内敛和深情。那首著名的《江城子》词就是十年祭思亡妻王弗之作，"不思量，自难忘"，看似平常，却出肺腑，将人至中年时对于爱情的深挚表达，对于梦中爱妻的朦胧情境，渲染得淡而弥永，久而弥笃。还有爱妾朝云追随苏轼远谪岭南，全程陪护照顾他的日常起居，苏轼也视其为知己并有多篇作品表达对她的赞赏与悼念。苏轼曾填《蝶恋花》（花褪残红青杏小）一词，据说贬谪惠州期间，朝云常常"日诵'枝上柳绵'二句，为之流泪。病极，尤不释口"（《冷斋夜话》），夹裹于词中的或许有对爱情和人世的多重感慨，"朝云不久抱疾而亡，子瞻终身不复听此词"（《林下词谈》）。悲痛中的苏轼深情写下"伤心一念偿前债，弹指三生断后缘"（《悼朝云》）。

苏轼引天下人为知己，每到任处都会遍访旧知，也会有新友前来探问，他在朋友圈内是一位人人乐交的善者，乐于点赞和被别人点赞的圈红式人物。苏轼的作品中很大部分都是与朋友之间的往来投赠之作。熙宁四年（1071）杭州任上结识同事兼好友陈襄，曾深情填作《虞美人·有美堂赠述古》《菩萨蛮·西湖送述古》《南乡子·送述古》等词。上任徐州期间，远在大名府的黄庭坚寄来书信和《古风》作品求教，苏轼也回赠两首《古风》，从而开启宋代诗坛的辉煌一页。此际，后来成为苏门弟子的秦观也从高邮前来徐州专程拜谒苏轼，表示“我独不愿万户侯，惟愿一识苏徐州”（《别子瞻》）。还有晁补之、张耒、陈师道、李廌都先后闻道于苏轼门下，成为久传宋代文坛的“苏门六君子”。尤其是在元祐时期，苏门子弟度过了难忘的时光，他们之间既敬重又相互批评的氛围很强，坦诚公开的心态使得大家非常融洽。苏轼对苏门同人包容万般，鼓励他们创作不同的文章风格，而不是必须追随自己的门户之见。

即使是对于前期政见不同的王安石，在远离政治场的世界里苏轼与他又惺惺相惜。王安石谪居金陵时期，苏轼常出没于其半山园，二人谈史论经，相见甚欢。苏轼游金陵时作“峰多巧障日，江远欲浮天”（《同王胜之游蒋山》），王安石读罢叫绝：“老夫平生作诗，无此二句！”并邀请苏轼在金陵购置房产比邻而居，后来苏轼也写《上荆公书》反复表达此情。君子之交淡如水，信然。

苏轼的与人为善使得他的朋友圈范围极广，既有王诜、李公麟、米芾等书画好友，又有潘丙、郭遘、古耕道等市井朋友。宋代著名画家李公麟曾为其画一幅写真，是至今仍然流传于世最能传神的作品，画中苏轼穿乌帽道服，斜倚坐在石头上，手拿着一根藤杖放在膝前，右颊上还有几颗黑痣清晰可数，连黄庭坚都说：“极似子瞻醉时意态。”黄州四载告别之际，苏轼难舍潘丙等当地好友并感慨提笔：“好在堂前细柳，应念我、莫剪柔柯。仍传语，江南父老，时与晒渔蓑。”（《满庭芳》）与黄州父老的深情与不舍，在他的词作中浓郁地表现出来。

或许，正是苏轼的友善与豁达，使得他在北宋文坛圈内人气甚高。不过，苏轼有意无意间的高调行为，既为他在文坛积攒了不少人气，又为他在圈内树了不少敌人，招来不少不必要的麻烦。善，有时是本我品性的自然体现，有时又是现实世界的一把双刃剑。

四

身为智者，苏轼在儒释道里修己省身，在日常生活中思索人生。

苏轼出身于笃信佛教的家庭，父亲苏洵喜与名僧交游，母亲程氏夫人同样仁慈宽厚，每天供奉物品虔诚礼佛。可以说苏轼从小就不断接触佛教，并伴随成长过程深入研究，体悟真谛，修己省身。

苏轼行走各地的时候，访寺和寻僧成为他的重要行程。熙宁四年（1071）知任杭州，苏轼早就耳闻金山寺的高僧惠思，于是稍稍安顿后前往寻访，并作有《腊日游孤山访惠勤惠思二僧》，记录与名僧之间往来的美好情境。晚年南下惠州途经南华寺，苏轼见到供奉六祖慧能真身的佛塔，庄重写下“我本修行人，三世积精练。中间一念失，受此百年谴”（《南华寺》）。此外诸如《荐诚禅院五百罗汉记》《成都大悲阁记》《广州东莞县资福禅寺罗汉阁记》《南华长老题名记》《法云寺礼拜石记》等记文，无不一一印证了苏轼与佛修缘的痕迹。

苏轼还善于在日常生活当中，将人生的思索融入其间。沐浴，这一最为常见的生活行为，不仅是苏轼的日常喜好，而且成为洁身自净的途径，他在不同地区和作品中多有体现。如黄州时期作有《安国寺浴》：“尘垢能几何，倏然脱羁梏。披衣坐小阁，散发临修竹。心困万缘空，身安一床足。岂惟忘净秽，兼以洗荣辱。”将生活中俗身的清洗引至心缘的洁净，在“净”“垢”与“自”“彼”之间自省自悟。苏轼还善于在平常日用中发现人生乐趣，黄州期间的生活十分辛苦，东坡不仅写有《东坡羹颂》，而且还有《猪肉颂》，苦中作乐、常中见奇的心态，值得我们后人好好学习。

在游历的青山绿水之间，去寻见人生哲理，是苏轼安然心态的最好表现，同时又能在幽居的生活里发现无穷乐趣。苏轼愈至晚年，愈见超脱，虽然佛道同修，实已超脱佛道，而能处处泰然，细处见悟。绍圣元年（1094）苏轼被贬谪惠州时，过岭南大庾岭作“一念失垢污，身心洞清净。浩然天地间，惟我独也正”（《过大庾岭》）。过一次崇高险峻的大庾岭，如同受一次重要的洗礼。所以，读苏轼的作品不仅在于体味文章之美，更重要的还在于哲学之思，让我们切身感受融入其间的对于人生的深沉思考。即使是以婉约见长的词体，苏轼也能恰当地传达人生哲理，如：“古今如梦，何曾梦觉，但有旧欢新怨。”（《永遇乐》）“休言万事转头空，未转头时皆梦。”（《西江月》）“万事到头都是梦，休休，明日黄花蝶也愁。”（《南乡子》）“长恨此身非我有，何时忘却营营。”（《临江仙》）“殷勤昨夜三更雨，又得浮生一日凉。”（《鹧鸪天》）随着苏轼人生经历的不断丰富，在词体里表达自我的人生思考成为其词的显著标签。经历了人生的大起大落，苏轼对于苦乐荣辱也有自己的体悟：“乐事可慕，苦事可畏，此是未至时心耳。及苦乐既至，以身履之，求畏慕者初不可得。况既过之后，复有何物比之，寻声捕影，系风趁梦，此四者犹有仿佛也。”（《乐苦说》）

所以说，苏轼作为智者不在于某种思想体系的宏大建构，而是以活生生的长者形象，向我们娓娓道来自己的人生感悟，让我们体味平常日用间的智慧和哲理。

五

作为词者，苏轼禀赋天才，笔耕不辍，创作鸿篇巨著，无愧“苏海”。

当年主持科举考试的主考官及亦师亦友的前辈欧阳修，对于苏轼的文才赞不绝口：“读轼书，不觉汗出。快哉快哉！老夫当避路，放他出一头地也。可喜可喜！”（《与梅圣俞》）后来又对儿子欧阳棐感慨道：“三十年后，世上人更不道着我也！”（朱弁《曲洧旧闻》）已然暗示将文坛盟主的重托交付给这位年轻人。天赋的才华、后天的努力和文坛的担当，造就了苏轼作为文人词者的伟大成就。

苏轼四十多年的创作生涯，为我们留下二千七百多首诗，三百多首词和四千二百多篇散文作品，不仅数量庞大而且文体丰富，涉及诗、词、赋、论、解、策、书、序、说、记、传、铭、碑、颂、赞、偈、表、奏、制、诏、启、疏、尺牍、青词、祝文、祭文、哀辞、史评、题跋、杂记等。此外，还有书法被列为“北宋四大家”之首，与文同、米芾开创墨画一派等，以其开天辟地之才华纵横于多个领域，深邃宏厚，赞为“苏海”毫无过誉。

清代文人赵翼曾这样评价苏轼：“天生健笔一枝，爽如哀梨，快如并剪，有必达之隐，无难显之情：此所以继李、杜后为一大家也。”（《瓯北诗话》卷五）苏轼写诗无论描景抒怀、咏物言情都得心应手，仅在杭州期间就留下了很多赞叹杭州美景的诗篇，如：“黑云翻墨未遮山，白雨跳珠乱入船。卷地风来忽吹散，望湖楼下水如天。”（《六月二十七日望湖楼醉书》其一）描写风雨交加的西湖景致。更有千古绝唱之作：“水光潋滟晴方好，山色空蒙雨亦奇。欲把西湖比西子，淡妆浓抹总相宜。”（《饮湖上初晴后雨二首》其二）成为歌咏西湖的经典之作。

苏轼以其过人的才华和奇妙的笔触，发掘出不同常人的表现手法，如其诗《鹤叹》用“三尺长胫阁瘦躯”活脱描出病鹤无精打采之态，《续丽人行》以“若教回首却嫣然”虚笔衬出美人沉鱼落雁之姿，《百步洪二首》（其一）连用“有如兔走鹰隼落，骏马下注千丈坡。断弦离柱箭脱手，飞电过隙珠翻荷”七个比喻描摹奔水之貌等。苏轼还善于在诗歌里另辟蹊径，将平常日用间的人生哲理诉诸诗歌，但又不显得生硬晦涩，如游览庐山时写下著名的《题西林壁》：“横看成岭侧成峰，远近高低各不同。不识庐山真面目，只缘身在此山中。”从欣赏者的角度转换谈及认识事物的圆融观照。可见，对于宋诗的新变和宋调的形成，苏轼作为大家起到了重要的推动作用，也使得苏诗能与陶诗、杜诗、韩诗等相提并论成为古代诗歌的典范。

苏词，又是词学史上言说不尽的话题，其文体嬗变的历史贡献可以说超越苏诗和苏文。苏轼任杭州通判时开始填词，也掀开宋代词学史上的重要篇章。作为大家的苏轼，不仅从观念上破除诗尊词卑的格局，认为词本就是诗的苗裔，而且充分表现出独特的魄力，将词体推向广阔的天地。他将诗歌的表现内容、方法、风格等介入词体，有力地打破诗词文体之间的界限，从而做到“以诗为词”，推动词体迈开质的转变和升华。如《江城子·密州出猎》，上阕自比三国孙权，描写出猎的盛况和豪情，下阕又自况西汉魏尚，表达为国建业的雄心和壮志，给当时词坛无疑注入另类的风格，其“新天下耳目”的豪放词风，改写了晚唐五代以来的婉约风尚。

苏文可谓浩瀚如海，苏轼位于“唐宋散文八大家”之列，其所著文章之巨令人拜服，所涉文体几乎囊括了所有重要的种类，尤其是议论文中的史论和政论，总能翻新出奇，思辨启发性强。而最让人读之不能已的是记游文，可谓行文如流水，不着点饰。苏轼《文说》里这样阐述：“吾文如万斛泉源，不择地皆可出。在平地滔滔汩汩，虽一日千里无难；及其与山石曲折，随物赋形而不可知也。所可知者，常行于所当行，常止于不可不止，如是而已矣。”可见其崇尚的是得心应手的酣畅淋漓之美。

苏轼随笔式的行文方式，使得他的散文潇洒流畅。比如《记承天寺夜游》描写与好友张怀民月下散步的情景，一次简单的夜游，一种简洁的叙事，将二人夜游时心静如水的情境，以短短八十四字淡然而现，难怪明代文人王圣俞说：“文至东坡真是不须作文，只随笔记录便是文。”（《苏长公小品》，见《书天庆观壁》眉批）看似简单，实则火力老到的行文笔触，用小篇章，写大情怀，真是大家小品的典范。

六

这里，想说苏轼却说不完，想看苏轼也看不尽，感叹与领悟都显得多余而无用，我们只有静静地读他的文字，超越时空的藩篱，去感知人世的沧桑。

或许，等到我们掩盖卷扉的那刻，眺望远方，蓦然发现，其时早已无风见风，落雨无雨。

凡 例

一、本书原文部分主要参考中华书局版《苏轼诗集》（孔凡礼点校）、《苏轼词编年校注》（王宗堂、邹同庆著）、《苏轼文集》（孔凡礼点校）。选篇则参照《苏轼选集》（王水照选注）等著作。

二、本书依照文体分类，逐篇导读、翻译、注释。所选苏轼诗、词则按创作先后的编年为序，苏轼文则按论、书、赋、记、碑等文体为序。

三、本书注释部分疏通疑难字词，标注读音，解释意思，必要时注明诗词语句出处。

四、本书翻译部分展现原文的意思，同时尽可能保留原文的神韵，力求简略雅致。

五、为阅读方便，苏轼文部分对较长的段落进行了适当拆分，文意归于上一段落的，段首均不空格。

目 录

诗

词

文

苏轼集

诗

和子由渑池怀旧

导读

这首诗作于嘉祐六年(1061)。苏轼出任陕西凤翔府签判,弟弟苏辙送其到郑州,回京城开封后给他寄去题为《怀渑池寄子瞻兄》的诗,苏轼接到信后依照原韵和作。前四句虽然描写鸿雁,却是感叹自我,形象生动又寄意深沉。后四句应和苏辙诗中投宿寺庙的怀旧之情,并寄语弟弟深刻的人生态度——即使颠沛奔波也要乐观向上。

原文

人生到处知何似?
应似飞鸿踏雪泥。
泥上偶然留指爪,
鸿飞那复计东西。
老僧已死成新塔[1],
坏壁[2]无由见旧题。
往日崎岖还记否?
路长人困蹇驴[3]嘶。

译文

人生所到之处留下的痕迹像什么?
就像飞来飞去的鸿雁踏过的雪泥。
它们在雪泥上偶尔留下落脚的爪痕,
鸿雁飞走后也不知其向东向西。
老僧已经西去而空留新砌的墓塔,
残破的寺壁也无法看见曾经的题诗。
是否还记得当年艰辛的旅途?
路远人乏的时候跛脚的骑驴鸣嘶不断。

注释

1 **老僧**:指奉闲。苏辙原诗有“旧宿僧房壁共题”句自注:“辙昔与子瞻应举,过宿(渑池)县中寺舍,题其老僧奉闲之壁。”古代僧人死后,以塔葬其骨灰。

2 **坏壁**:指奉闲僧舍。嘉祐元年(1056),苏轼与苏辙赴京应举途中,曾寄宿奉贤僧舍并题诗僧壁。

3 **蹇(jiǎn)驴**:腿脚不灵便的驴子。诗末苏轼自注云:“往岁马死于二陵,骑驴至渑池。”指嘉祐元年苏轼兄弟在其父苏洵的带领下第一次由四川赴汴京。二陵即二崤,东崤和西崤,是陕西与河南之间的交通要道,在渑池县西。

守岁

导读

这首诗作于嘉祐七年(1062)。苏轼时任陕西凤翔签判,年终时想念京城的父亲兄弟,于是以除夕为题作《馈岁》《别岁》《守岁》三首诗,这是其中一首。全诗意思明白晓畅,细致地描述了守岁的情景,表现了诗人怀念亲人之情、及早建功立业之志,同时勉励自己惜时如金。

原文	译文
欲知垂尽[1]岁,	要知道快要辞别的旧岁,
有似赴壑[2]蛇。	如同游向幽壑的长蛇。
修鳞[3]半已没,	长长的鳞甲不见了一半,
去意谁能遮。	离去的心意谁能遮拦。
况欲系其尾,	何况想要系住它的尾端,
虽勤知奈何。	虽然勤勉也无可奈何。
儿童强[4]不睡,	儿童努力挣扎着不睡觉,
相守夜谨哗[5]。	相守在夜里笑语喧哗。

注释

1 **垂尽**:快要结束。

2 **壑**(hè):山谷,深沟。

3 **修鳞**:指蛇长长的身躯。

4 **强**(qiǎng):勉强。

5 **讙哗**(huānhuá):喧哗,大声说笑或叫喊。

原文	译文
晨鸡且勿唱,	晨鸡啊请不要早早啼唱,
更鼓畏添挝[1]。	声声更鼓已是催人怕。
坐久灯烬[2]落,	长夜久坐灯花点点坠落,
起看北斗斜。	起身观看北斗星横斜。
明年岂无年,	明年难道不会再有年过,
心事恐蹉跎[3]。	只怕心事又照旧虚度。
努力尽今夕,	努力爱惜今年的除夕夜,
少年犹可夸。	少年的意气还可自夸。

注释

1 **挝**(zhuā):击,敲打,这里指更鼓声。

2 **灯烬**(jìn):灯花。烬,物体燃烧后剩下的灰末。

3 **蹉跎**(cuōtuó):时间白白过去,光阴虚度。

和董传留别

导读

这首诗作于治平元年(1064)。苏轼科举考试中举后“三年京察”,入第三等,并授大理评事、签书凤翔府判官,此后苏轼罢官返回汴京,途经长安时与朋友董传临别留赠。董传此时生活贫困但饱读诗书,苏轼作诗称许董传的才华,并祝愿他科考中的,尤其是“腹有诗书气自华”一句,广为流传,脍炙人口。

原文

粗缯大布[1]裹生涯,
腹有诗书[2]气自华。
厌伴老儒烹瓠叶[3],
强随举子踏槐花[4]。

译文

一生都身穿着粗衣劣布,
胸中有学问自然气质闪光。
不再陪伴老儒过苦日子,
随从举子参加科举考试。

注释

1 **粗缯**(zēng):粗制的丝织品。 **大布**:古指麻制的粗布,见《左传·闵公二年》:“卫文公大布之衣,大帛之冠。”

2 **诗书**:原指《诗经》《尚书》,这里泛指书籍。

3 **瓠叶**:《诗经·小雅》的篇名,共有四章,诗序说此篇是大夫美刺幽王。首章二句为:“幡幡瓠叶,采之亨之。”瓠叶味苦,说明宴席上菜肴的粗陋,但主人并未因此而废礼,而是非常热情地“采之亨之”。

4 **槐花**:豆科类植物,夏季花开放或花蕾形成时采收,唐代有“槐花黄,举子忙”的俗语,槐花开时也是举子应试的时间,后来将参加科举考试称为“踏槐花”。

原文

囊空不办[1]寻春马[2]，
眼乱行看择婿车[3]。
得意犹堪夸世俗，
诏黄[4]新湿字如鸦。

译文

口袋空空不买这看花马，
眼花缭乱挑选那择婿车。
科举高中可向世人夸耀，
诏书上湿墨始鸦刚写上我的名字。

注释

1 **囊空不办**：根据《南史·虞玩之传》记载，虞玩之官至少府时，还穿着木屐，坐着草席，南齐高帝萧道成亲自看望，并问他脚穿的木屐有多少年，虞玩之回答说有三十年不办易。

2 **寻春马**：化用唐代孟郊《登科后》诗："昔日龌龊不足夸，今朝放荡思无涯。春风得意马蹄疾，一日看尽长安花。"

3 **择婿车**：这里指富贵人家的千金美女乘坐的马车，用来游街选择佳婿。唐代进士放榜日会在曲江亭设宴，这天公卿之家也都倾城而出，高车宝马围观并挑选佳婿。

4 **诏黄**：即诏书，诏书一般用黄纸书写。

龟山

导读

这首诗是熙宁四年(1071)苏轼赴任杭州，途中路过泗州盱眙县的龟山时所作。五年前(1066年)苏轼曾护送父亲的灵柩路过此地，五年后因为政途不顺再次经过，不禁感慨万千。诗歌历述了生活的奔波劳顿、仕途的波折不顺，表明了忠心为国效力的决心，尤其是最后借无人记起此地旧事收篇，引出对古今兴亡的无限感慨。

原文

我生飘荡去何求，
再过龟山岁五周[1]。
身行万里半天下，
僧卧一庵初白头。
地隔中原劳北望，
潮连沧海欲东游[2]。
元嘉旧事[3]无人记，
故垒[4]摧颓今在不[5]？

译文

我一生飘荡无依何所求，
再次路过龟山又是五年。
行走万里遍布半个天下，
庵里的僧人也初露白发。
远隔中原千里辛苦北望，
潮水连接沧海准备东游。
谁人记得当年元嘉往事，
残垣断壁也都早已不见。

注释

1 **岁五周**：指五年，苏轼曾于 1066 年护送父亲灵柩返回四川路过龟山，1071 年赴任杭州又再次经过，前后相隔正好五年。

2 **东游**：指去东南的杭州赴任。

3 **元嘉旧事**：苏轼自己标注有："宋文帝遣将拒魏太武，筑城此山。"元嘉就是宋文帝的年号。

4 **故垒**：指宋文帝当年修筑的城墙。

5 **不**：同"否"，反问的意思。

饮湖上初晴后雨二首

其二

导读

这首诗作于熙宁四年(1071)。苏轼任杭州通判时期,写作大量歌咏西湖美景的诗歌,这是其中最为脍炙人口的一首。诗的上半首描写西湖的水光山色,有晴天的绰姿,也有雨天的美态。下半首却转而以貌取神,用经典传神的比喻描写西湖的神韵,从而成为歌唱西湖的名句。清代学者王文诰称赞这首诗"前无古人,后无来者",是因为其不写西湖一时一地之景,而是全面写照并赋予生命色彩。

原文

水光潋滟[1]晴方好,
山色空蒙[2]雨亦奇。
欲把西湖比西子[3],
淡妆浓抹总相宜[4]。

译文

西湖水波荡漾在阳光下景致正美,
远山时隐时现在细雨里空蒙迷人。
想把美丽的西湖比作美女西施,
无论淡妆还是浓妆都有天然神韵。

注释

1 **潋滟**(liànyàn):水波荡漾、波光闪动的样子。

2 **空蒙**:细雨迷蒙的样子。

3 **西子**:即西施,春秋时期越国著名的美女,家住浣纱溪村(在今浙江诸暨市)西,所以称为西施。居古代四大美女(西施、王昭君、貂蝉、杨玉环)之首。

4 **总相宜**:总是很合适,十分自然。"淡妆浓抹",一作"浓妆淡抹"。

戏子由

导读

这首诗作于熙宁四年(1071)苏轼出任杭州通判的年底。前十六句写苏辙虽然面临的处境艰难,但是仍然能够心胸坦荡。中间十句写自己虽然生活优裕,却是气节消沉。最后四句写出兄弟二人共同的境遇:虽然以文章闻名然而没有用武之地。诗歌题目虽为戏作,但是对比鲜明地突出兄弟二人两种不同的人生状态,表述出对弟弟苏辙的表扬与安慰之情,对自我的解嘲与牢骚之语,同时还有对王安石变法的讽刺,可以说内容丰富又严肃深刻。

原文

宛丘[1]先生长如丘[2],
宛丘学舍小如舟。
常时低头诵经史,
忽然欠伸屋打头。
斜风吹帷雨注面,
先生不愧旁人羞。

译文

宛丘先生长得像孔丘,
宛丘的学舍窄得像小舟。
平时低头诵读史籍经书,
忽然伸腰抬头碰到屋顶。
斜风卷起窗帘,雨点飘打在脸上,
先生虽不以为然,旁人却为你羞愧。

注释

1 **宛丘**:陈州的古称。因为苏辙当时任陈州州学教授,所以苏轼戏称他为“宛丘先生”。这两句说人高屋小,是夸张的说法。

2 **丘**:指孔丘,据《史记·孔子世家》记载,孔子身高九尺六寸,所以大家都称他为长人。苏轼有《次韵和子由闻予善射》诗："观汝身长最堪学"，说明苏辙个子高，这里才戏言称他为"长如丘"，与圣人孔子相比也是对苏辙的暗地褒扬。

原文

任从饱死笑方朔[1]，
肯为雨立求秦优[2]。
眼前勃谿[3]何足道，
处置六凿[4]须天游[5]。
读书万卷不读律[6]，
致君尧舜[7]知无术。

译文

任凭他人像饱死的矮子嘲笑东方朔那样，
又岂肯像秦国的卫士那样向优旃求救。
眼前家人的争吵大可不必在意，
调节好喜怒之情需要心游天外。
你虽读书万卷却不读法律，
即使辅佐君王也没有本领。

注释

1 **方朔**：即东方朔，汉武帝时为太中大夫，以滑稽闻名。据《汉书·东方朔传》记载，他曾经对汉武帝发牢骚说，自己个子高大，俸禄却和矮子一样多，矮子饱得要死，自己却饿得要死，打趣要提高俸禄待遇。

2 **秦优**：指秦国名叫旃(zhān)的艺人，也是个侏儒。据《史记·滑稽列传》记载，有次下雨天秦始皇在大殿设宴，优旃同情那些在雨中执勤的卫兵，于是故意对他们大声说：你们个子高大有什么用，还要在外淋雨。秦始皇听后就让卫兵轮流站岗。

3 **勃谿**：出自《庄子·外物》："室无空虚，则妇姑勃谿。"指家庭中的争吵。

4 **六凿**：指喜、怒、哀、乐、爱、恶这六情。

5 **天游**：指心游天外，不为人世情欲多干扰。出自《庄子·外物》："心无天游则六凿相攘。" 这两句意思是说虽然现在屋子狭小，家人难处不安，都不算什么，关键是能心游天外，让精神无拘无束地驰骋于宇宙。

6 **律**：指法律。这里是反语，讽刺当时朝廷重法而轻儒。

7 **致君尧舜**：化用杜甫诗句："致君尧舜上，再使风俗淳。"术指治术。苏轼借此说明虽然心向杜甫，但是现在重视的法律不足以致君尧舜。

原文

劝农冠盖闹如云[1]，
送老齑盐[2]甘似蜜。
门前万事不挂眼，
头虽长低气不屈。
余杭别驾[3]无功劳，
画堂五丈容旗旄。
重楼跨空雨声远，
屋多人少风骚骚。
平生所惭今不耻，
坐对疲氓[4]更鞭棰[5]。

译文

喧闹的劝农使冠盖如乌云，
你却吃着韭菜粗盐甘甜如蜜。
门前万事你都不放在眼里，
经常低头却不肯屈服于人。
我这位杭州通判毫无功绩，
高大的衙门里却旌旗挥舞。
重重的楼阁横空，雨声稀稀渐远。
空荡的屋宇人少，风声习习轻吹。
平生惭愧的事情，如今却不以为耻。
端坐在高堂之上，鞭打疲惫的百姓。

注释

1 **劝农冠盖**："冠盖如云"语出《汉书》，是指官帽、车盖之类，这里代指身着冠服、乘坐华车的劝农使。熙宁四年(1071)朝廷曾经派遣刘彝等八人到全国各地督察农田水利等事，苏轼曾在《上神宗皇帝书》中批评这些人下乡扰民，弄得民不聊生。

2 **齑**(jī)：指捣碎的姜、蒜、韭菜等。唐代韩愈《送穷文》有"太学四年，朝齑暮盐"，这里是指粗劣的菜肴，形容清苦的生活。

3 **余杭**：即杭州。 **别驾**：汉代辅助刺史的官吏，苏轼此时任杭州通判，通判也是协助知州的官吏，所以他自称"余杭别驾"。

4 **疲氓**(méng)：指贫困的老百姓。

5 **鞭棰**(chuí)：这里指对贫困的老百姓用刑。鞭，动词，用鞭子鞭打。棰，短木棍。

原文

道逢阳虎[1]呼与言，
心知其非口诺唯[2]。

译文

路遇阳货一样的人，还要相呼与其说话。
明知他是一派胡言，假装诺诺点头称是。

居高志下真何益，	身居高位而志气低下有何用，
气节消缩今无几。	一生所重的气节如今剩多少。
文章小技[3]安足程，	文章这类雕虫小技何足挂齿，
先生别驾旧齐名。	你我过去枉自能以文章齐名。
如今衰老[4]俱无用，	如今衰老成为无用之人，
付与时人分重轻。	就让大家肆意品评去吧。

注释

1 **阳虎**：即阳货，春秋时期季孙氏的家臣，专擅鲁国的国政。他曾经想见孔子，孔子称不愿与其见面。据“乌台诗案”记载的材料，这里实际所指监司官张靓、俞希旦，也是苏轼最不喜欢的人。

2 **诺唯**：有时也作唯诺，指唯唯诺诺称是。

3 **文章小技**：汉代扬雄说过诗赋是“童子雕虫篆刻”“壮夫不为”，唐代杜甫诗：“文章一小技，于道未为尊。”

4 **衰老**：这时作者仅三十六岁，他的弟弟苏辙三十三岁，正当壮年，说衰老是暗讽朝廷不重用自己的气话。

六月二十七日望湖楼醉书

其一

导读

这首诗作于熙宁五年(1072)，苏轼任杭州通判时期。望湖楼位于杭州西湖畔，为五代时吴越王钱弘俶所建。六月二十七日，苏轼游览西湖美景后，到望湖楼上饮酒后见景而作绝句五首，此其一。全诗描写西湖风雨忽至的情景，前两句呈现骤雨忽至的动景，后两句描写风吹云散的静景。可谓风光鲜明，景致含趣。

原文

黑云翻墨[1]未遮[2]山，
白雨[3]跳珠乱入船[4]。
卷地风来[5]忽[6]吹散，
望湖楼下水如天[7]。

译文

乌云如黑墨翻涌却遮挡不住青山，
大雨激起水珠飞溅入船。
狂风卷地而来吹散乌云，
望湖楼下湖水与天一色。

注释

1 **翻墨**：打翻的黑墨水，形容云层很黑。

2 **遮**：遮盖，遮挡。

3 **白雨**：属于夏天阵雨的特殊景观，因雨点大而猛，在光线衬托下显得白而透明。

4 **跳珠**：跳动的珍珠，形容雨大势急。跳和乱写出了暴雨落在船里的形态。

5 **卷地风来**：指狂风席地卷来。唐代韩愈《双鸟》诗："春风卷地起，百鸟皆飘浮。"

6 **忽**：突然。表现出天气转换之快，以及风的巨大威力。

7 **水如天**：形容湖面像天空一样宽阔宁静。

有美堂暴雨

导读

这首诗作于熙宁六年(1073)秋,苏轼任杭州通判时期。有美堂坐落在杭州吴山的最高处,左眺钱江,右瞰西湖。相传1057年宋仁宗赐给出任杭州的梅挚诗里有“地有吴山美,东南第一州”,梅挚到达杭州后便建造有美堂以见荣宠,当时文人纷纷为此吟诗,欧阳修也曾作《有美堂记》。苏轼此作以雄奇的笔调和新妙的语言,有声有色地描写了在有美堂见骤然而至的急雨景象,气势雄伟壮阔,震慑人心,是苏轼即景而作的代表诗之一。

原文

游人脚底一声雷,
满座顽云拨不开。
天外黑风吹海立,
浙东飞雨过江来。
十分潋滟[1]金樽凸,
千杖敲铿[2]羯鼓[3]催。
唤起谪仙泉洒面[4],
倒倾鲛室[5]泻琼瑰[6]。

译文

游人的脚底忽然震起一声响雷,
有美堂上浓云缭绕挥之不去。
天风挟带乌云吹起海水如山立,
浙东暴雨渡江向杭州城袭来。
西湖如金樽盛满雨水似要满溢,
雨点敲打湖面像千杖落在羯鼓。
想要唤醒李白用满山飞泉洗脸,
欣赏如倾倒美人珠玉的奇景。

注释

1 **潋滟**(liànyàn):形容水波荡漾的样子。

2 **敲铿**(kēng):原指啄木鸟啄木的声音,这里借指打鼓声。

3 **羯(jié)鼓**:是两面蒙皮,腰部较细的一种鼓,据说由羯族传入,所以称之为羯鼓。

4 **谪仙**:被贬谪下凡的仙人,唐代诗人贺知章曾赞美李白为谪仙人。相传唐玄宗曾谱制新曲,召唤李白为之填词。李白此时已经大醉,于是以水洒面,清醒后写了很多篇诗歌。

5 **鲛(jiāo)室**:神话中海里鲛人所居之处,传说鲛人可织水成绡,其泪珠能变成珍珠。

6 **琼瑰**:指次于玉的美石,泛指珠玉,也比喻为美好的东西。

雪后书北台壁二首

其一

导读

熙宁七年(1074)苏轼由杭州通判改任密州知州,这首诗是当年十一月到任后不久所作。北台原在密州城的北面,苏轼后来将其改建为超然台。大雪之后苏轼在北台墙壁上写下两首诗,第一首写黄昏雨、半夜雪以及次日清晨登台赏雪,第二首写雪晴之景及抒发瑞雪兆丰年的喜悦之情。本篇为第一首,也是苏轼著名的咏雪诗之一。

原文	译文
黄昏犹作雨纤纤[1],	黄昏时分还是细雨纷纷,
夜静无风势转严。	夜静无风但是寒气开始弥漫。
但觉衾裯[2]如泼水,	被褥冰冷得像泼了水在上面,

不知庭院已堆盐[3]。	不知道庭院里已堆上白雪。
五更晓色来书幌[4]，	五更未明时分却曙色透窗，
半夜寒声落画檐。	半夜屋檐上原是雪水潺潺。
试扫北台看马耳[5]，	晨登北台扫雪遥望马耳山，
未随埋没有双尖。	幸未埋没而露出一对山尖。

注释

1 **纤纤**：形容雨很细的样子。

2 **衾裯**(qīnchóu)：衾指被子，裯指单被，这里指被褥床帐等卧具。语出《诗·召南·小星》："肃肃宵征，抱衾与裯，实命不犹。"

3 **堆盐**：比喻雪，据《世说新语·言语》记载，谢安曾经问："白雪纷纷何所似？"其侄儿谢朗回答："撒盐空中差可拟。"

4 **幌**(huǎng)：指用于遮挡或障隔的帘幕。书幌，一般又代指书房。

5 **马耳**：马耳山，在山东省诸城市的西南。

东栏[1]梨花

导读

这首诗作于熙宁十年(1077)四月苏轼赴任徐州后，是《和孔密州五绝》的第三首。全诗写梨花盛开，却又感叹春光易逝、人生如寄，前两句描写春末夏初时节梨花和柳树的特征，后两句则紧承物是人非的惆怅之情，是苏轼所作并不多见的伤春感逝类诗歌。

原文

梨花淡白柳深青，
柳絮飞时花满城。
惆怅东栏二株雪[2]，
人生看得几清明[3]。

译文

淡白的梨花映着深青色的柳条，
柳絮夹着飘落的梨花飞满全城。
像东栏如雪的梨花一般惆怅惘然，
人生在世谁能看得清净明澈。

注释

1 **东栏**：指诗人当时庭院门口东边的栏杆。

2 **二株雪**：这里喻指梨花，又暗指诗人自己。

3 **几清明**：清澈明朗。这里化用唐代诗人杜牧的《初冬夜饮》“砌下梨花一堆雪，明年谁此凭栏杆”。杜牧诗感慨物是人非，苏轼诗则感叹人生短促。

李思训画《长江绝岛图》

导读

这首诗作于元丰元年(1078)冬天，苏轼知任徐州时见到《长江绝岛图》并写下这首题画诗。李思训(651—716)，唐代著名的山水画家，中国山水画北派的创始人，《长江绝岛图》是他的名作(现已失传)。此诗前四句描写画里孤岛，“客舟”四句又写画中小船，最后引入当地民间故事，戏语结尾而妙趣横生。苏轼还发挥诗歌语言节奏感与音乐美的特长，全篇十三句里有八个七言句，三个五言句，两个三言句，如此起伏婉转的节奏，恰与小舟摇荡、客子俯仰的情景呼应，完美地融合了诗歌的音乐美与境界美。

原文

山苍苍，水茫茫，
大孤小孤[1]江中央。
崖崩路绝猿鸟去，
惟有乔木搀天[2]长。

译文

山色葱翠，江水渺茫，
大小孤山耸立在长江中央。
崖高险绝，猿鸟无迹，
唯有岛上的乔木直上云天。

注释

1 **大孤小孤**：指大孤山、小孤山。大孤山在今江西九江东南鄱阳湖中，小孤山在今江西九江彭泽县北、安徽宿松县东南的江水中，两山在江中遥遥相对。

2 **搀**(chān)**天**：即参天，形容树木高大。

原文

客舟何处来？
棹歌中流声抑扬。
沙平风软望不到，
孤山久与船低昂。
峨峨两烟鬟[1]，
晓镜开新妆。
舟中贾客[2]莫漫狂，
小姑前年嫁彭郎[3]。

译文

何处漂来一只客舟？
桨声在流水间忽抑忽扬。
微风里平坦的沙滩望不到边，
风浪中孤山与客船此起彼伏。
大小孤山如美人的发髻，
刚刚梳洗打扮好映在镜中。
船上的商贾莫要轻狂放荡，
小姑前年早已嫁给彭郎。

注释

1 **峨峨**：高耸的样子。 **鬟**：发髻。这句以女子的发髻比拟大小孤山水雾缭绕的峰峦。

2 **贾**(gǔ)**客**：指商人。

3 **小姑**：指小孤山。 **彭郎**：即彭浪矶，在小孤山对面。据欧阳修《归田录》卷二记载，当地民间把小孤山传为小姑山，彭浪矶传为彭郎矶，并说彭郎是小姑的丈夫，苏轼戏言这个传说意在劝诫船中商人，显得风趣幽默。

百步洪二首

其一

导读

这首诗作于元丰元年(1078)秋。苏轼任官徐州时期,与好友参寥子放舟游览百步洪,追怀往昔而感慨不已。百步洪在徐州东南二里,悬流湍急,乱石激涛,最为壮观,今已不存。前半部分写百步洪的壮丽之景,后半部分叹人生的哲理。该诗最大的特色在于丰富的比喻,四句连用七个比喻描写溪流湍急,淋漓恣肆。

原文

长洪斗落[1]生跳波,
轻舟南下如投梭。
水师[2]绝叫凫雁起,
乱石一线争磋磨[3]。
有如兔走鹰隼落,
骏马下注千丈坡。
断弦离柱箭脱手,
飞电过隙珠翻荷。

译文

长长的洪流陡然低泻,激起高高的浪花。
乘着轻轻的小船南下,快得跟飞梭一样。
随行的船工高声呼叫,惊起觅食的野鸭。
船在狭窄的水道穿行,船舷与乱石摩擦。
好像野兔受惊逃窜,苍鹰从天急速降,
骏马奔腾冲下千丈坡。
又好比弦断飞离琴柱,羽箭脱手射出去。
电光从缝隙忽闪而过,水珠从荷叶滚落。

注释

1 **斗落**:即陡落,形容水势湍急。

2 **水师**:船工。

3 **磋磨**:形容船与溪流的石头相互摩擦。

原文

四山眩转风掠耳，
但见流沫生千涡。
险中得乐虽一快，
何异水伯夸秋河[1]。
我生乘化[2]日夜逝[3]，
坐觉一念逾新罗[4]。
纷纷争夺醉梦里，
岂信荆棘埋铜驼[5]。

译文

四周的青山让人目眩，风声掠过双耳旁。
只看见有千百个漩涡，泛起无尽的泡沫。
险境求乐虽已痛快，
何必在意河伯夸秋河。
人生在世时光飞逝，
静坐睡觉间意念转瞬万里。
争权夺利如在醉梦中，
谁信铜驼也会埋没荒草。

注释

1 **水伯夸秋河**：出自《庄子·秋水》，是说秋天河水大涨的时候，河面非常开阔，河伯见后得意非凡，便向海神夸口说天下壮阔的美景都集中在他那，后来看到浩瀚的大海才望洋兴叹，觉得自己是“长见笑于大方之家”。

2 **乘化**：顺应自然运转的变化。

3 **日夜逝**：出自《论语·子罕》：“子在川上曰：逝者如斯夫，不舍昼夜。”这里用以比喻像流水一样消逝的万事万物。

4 **新罗**：古代朝鲜半岛的一国名，宋代禅僧形容“心念”之快的常用语，意谓坐着就能在一念之间过了遥远的新罗国。

5 **铜驼**：出自《晋书·索靖传》，晋人索靖预感天下将要大乱，就对着洛阳宫门前铜铸的骆驼说：“再见到你的时候，恐怕会被埋在荆棘丛中了。”苏轼这里是认为，人生在世本就像在醉梦之中，而世人却纷纷扰扰，争夺不休，完全不知世事的变化比这百步洪的流水还要快。

原文

觉来俯仰失千劫[1]，
回视此水殊委蛇[2]。
君看岸边苍石上，

译文

大梦初醒发现时光飞逝，
回看百步洪的水流曲折。
请看岸边的青石上，

古来篙眼如蜂窠。	船篙刺出的洞眼如蜂巢。
但应此心无所住，	只要己心不为外物所系，
造物虽驶如吾何。	造物再快又能如何？
回船上马各归去，	大家回船登岸各自回去，
多言譊譊[3]师所呵[4]。	再多说话又要被呵斥。

注释

1 **劫**：佛教用语，是“劫波”或“劫簸”的简称。在佛教中大约一千六百八十万年为一小劫，三亿三千六百万年为一中劫，十三亿四千四百万年为一大劫。

2 **委蛇**：形容曲折从容的样子。

3 **譊(náo)譊**：争辩，引申为说个不停，喧闹嘈杂。

4 **师**：指参寥禅师，是北宋著名的诗僧，为苏轼好友。 **呵**：呵斥。苏轼这里是说真正的禅悟在于静心体验，如果一味喋喋不休就会落入语言障，所以要赶紧打住，以免参寥禅师责怪。

予以事系御史台狱，狱吏稍见侵，自度不能堪，死狱中，不得一别子由，故作二诗授狱卒梁成，以遗子由，二首

其一

导读

这首诗作于元丰二年(1079)。苏轼因为乌台诗案被关押在京城御史台的牢狱里，估计自己难以忍受，从而会死于狱中而不能与弟弟苏辙告别，

所以写了两首诗交给狱卒梁成送给弟弟。根据叶梦得《避暑录话》记载，苏轼入狱后与长子苏迈约定，送牢饭的时候只送菜与肉，情况危险的话就送鱼。苏迈有次出门托付亲戚送饭，忘记交代送鱼和肉的情况，谁知亲戚有一次将鱼送到狱中，苏轼收到后大为吃惊，以为死期将至，于是写下两首诗寄给弟弟。狱卒也不敢隐瞒，于是报告给朝廷，宋神宗本也惜才不想杀苏轼，读了这两首诗后，为苏轼的兄弟情深所感动，不久就放了他。

原文

圣主如天万物春，
小臣愚暗自亡身。
百年未满先偿债，
十口无归更累人[1]。
是处青山可埋骨，
他时夜雨独伤神。
与君今世为兄弟，
又结来生未了因[2]。

译文

圣明君主恩大如天让万物焕发生机，
渺小臣子愚昧昏暗自取灭亡。
年未百岁时却要偿还前世的孽债，
一家十口没有归宿还要连累亲人。
到处都有青山可以埋下我的身骨，
他年风雨之夜你却独自为我伤心。
你我今生有幸成为兄弟，
来世再结下未了的因缘。

注释

1 **累人**：牵累他人。
2 **因**：因缘，佛教语，指产生结果的原因。

初到黄州

导读

这首诗作于元丰三年(1080)。乌台诗案后,苏轼被贬至黄州,暂居于定惠院,跟随寺庙僧人一起生活,于是有感而发写下此诗。全诗语言平实简洁,抒情却是复杂矛盾,既是自我解嘲,又是自我安慰。

原文

自笑平生为口忙[1],
老来事业转荒唐。
长江绕郭知鱼美,
好竹连山觉笋香。
逐客[2]不妨员外[3]置,
诗人例作水曹郎[4]。
只惭无补丝毫事,
尚费官家压酒囊[5]。

译文

我常嘲笑自己一生为嘴到处奔忙,
老来发现所谓事业变得十分荒唐。
长江环绕城郭,深知江鱼味美,
茂竹连绵青山,只觉阵阵笋香。
被贬逐的人当然会被员外安置,
而诗人的惯例可以做做水曹郎。
惭愧的是我对政事已毫无帮助,
还要耗费官府的俸禄领取酒囊。

注释

1 **为口忙**:一语双关,既指因为言事和写诗而获罪,又指为了谋生糊口,同时又呼应下文的“鱼美”“笋香”。

2 **逐客**:被贬官客居的人,这里是作者自谓。

3 **员外**:指定额编制以外的官员,苏轼所任的检校官就是属于此类。

4 **水曹郎**:隶属于水部的郎官,水曹就是水部,梁代诗人何逊、唐代诗人张籍等都做过水曹郎，所以苏轼说“例作”。

5 **压酒囊**：宋代官俸一部分用实物来抵数，叫折支。其中压酒滤糟的布袋也可以充作抵折物。

东坡八首

其一

导读

这首诗作于元丰四年(1081)。苏轼在诗前作有小序说，老朋友马正卿看到他在黄州生活艰苦，于是向官府请求划拨废弃的营地数十亩，让苏轼全家得以耕种谋生。苏轼在耕种之余写下这组诗，用质朴的语言描述了自己的辛勤劳作，又透露出对来年收成的期望。

原文	译文
废垒无人顾，	废弃的营垒无人顾及，
颓垣满蓬蒿。	颓败的土墙长满野草。
谁能捐筋力，	谁会花费精力开垦它，
岁晚不偿劳。	到年终恐怕没有收获。
独有孤旅人，	只有孤苦奔波的外人，
天穷无所逃。	被老天穷困无法逃脱。
端来拾瓦砾，	开始要收拾残砖破瓦，
岁旱土不膏。	年年干旱土地不肥沃。
崎岖[1]草棘中，	高低不平又荒草丛生，

原文	译文
欲刮一寸毛。	难以开垦很小的田地。
喟然[2]释耒[3]叹，	我放下农具长声叹息，
我廪[4]何时高。	仓中的粮食怎能堆高。

注释

1 **崎岖**：形容土地高低不平的样子。

2 **喟然**：叹气的样子。

3 **耒**(lěi)：翻种土地的工具。

4 **廪**(lǐn)：储藏粮食的仓库。

东坡

导读

这首诗作于苏轼被贬黄州时期，描写开垦东坡的闲情逸致，能脱离市集而躬耕田野，能置身名利圈外而淡然自任，表达出作者经历磨难坎坷之后的志节和情怀。

原文	译文
雨洗东坡月色清，	大雨冲洗后的东坡，月色清澈，
市人行尽野人行。	城里人离开后，唯留山野人闲游。
莫嫌荦确[1]坡头路，	莫要嫌弃坡路坎坷不平，
自爱铿然[2]曳杖声。	我恰恰喜欢拐杖铿然落地的声音。

注释

1 **荦确**(luòquè):形容怪石嶙峋的样子,或者土地坚硬的样子。

2 **铿然**(kēngrán):形容敲击金石所发出的响亮的声音。

正月二十日,与潘、郭二生出郊寻春,忽记去年是日同至女王城作诗,乃和前韵

导读

这首诗作于元丰五年(1082)。苏轼被贬谪黄州后迁居临皋亭,元丰四年(1081)正月二十日,前往岐亭造访好友陈慥,潘丙、古耕道等人将他送至女王城东禅院。元丰五年正月二十日苏轼又与潘、郭等人出城寻春,从而为一年前的同一天在女王城所作的诗写下和诗。元丰六年(1083)也还有和诗。女王城在黄州城东十五里,战国时期春申君任楚国宰相时,受封有淮北十二县,于是有了"楚王城"的误称。

原文

东风未肯入东门,
走马还寻去岁村。
人似秋鸿来有信,
事如春梦了无痕。
江城白酒三杯酽[1],
野老苍颜一笑温。

译文

春天的东风不肯吹进城东,
骑马出城寻找去年游玩的村落。
人像秋雁来去都有音讯可寻,
往事却像春梦未留一点痕迹。
去江城喝三杯自酿的好酒,
乡间老人沧桑的脸庞笑容温暖。

已约年年为此会，
故人不用赋《招魂》[2]。

已经约定每年春季出门踏青，
老朋友们不必担心我的处境。

注释

1 **酽**(yàn)：原指茶、酒等味道醇厚，这里又喻为人情深厚。

2 **《招魂》**：屈原所作，呼唤楚怀王的灵魂回归楚国。这里苏轼意在说明友们不用可怜他遭到贬谪，而设法将他内调回去。

洗儿戏作

导读

这首诗作于元丰六年(1083)。苏轼的爱妾朝云产下四子苏遯，按照风俗，出生后的第三天或满月，亲戚朋友来道贺时要为婴儿洗澡，称为洗儿。苏轼表面上写对儿子的教育和愿望，对自我一生的嘲讽，实际表达了对当时官场黑暗的悲愤，对昏庸之辈的痛斥，《宋史・苏轼传》说轼“嬉笑怒骂之间，皆可书而诵之”，这首诗堪称代表作。

原文

人皆养子[1]望聪明，
我被聪明误一生。
惟愿孩儿愚且鲁[2]，
无灾无难到公卿[3]。

译文

每个人养育子女都希望他聪明，
我却被聪明所误一生不得安宁。
只希望自己的孩儿愚笨且迟钝，
无灾无难或许就能够官至公卿。

注释

1 **养子**:指养育子女。

2 **愚且鲁**:愚指愚昧、愚笨,鲁指迟钝、笨拙。

3 **公卿**:原来指三公九卿,三公是司马、司徒、司空,九卿是政府的九个最高官职,后来泛指朝廷中的大官。

海棠

导读

这首诗作于元丰七年(1084),苏轼被贬黄州期间。据《王直方诗话》记载,苏轼贬谪黄州时居住在定惠院,东面杂花满山,唯独有一株海棠花不被当地人赏识。苏轼幽居此地后非常喜爱,经常在花下饮酒作诗。全诗前两句侧面描写海棠花的美丽和环境幽寂,后两句由花及人生而发感想,表达爱花惜花之情。虽然题为"海棠",却是曲笔描写,伤时叹事之情绵眇至极。

原文

东风袅袅[1]泛崇光[2],
香雾空蒙[3]月转廊[4]。
只恐夜深花睡去[5],
故烧高烛照红妆[6]。

译文

东风袅袅吹拂,花影浮光疏淡,
花香四溢朦胧,月亮慢慢移过回廊。
担心夜深人静,花儿悄悄睡去,
因此点燃高烛,照亮海棠静静欣赏。

注释

1 **袅袅**:微风轻轻吹拂的样子,化用《楚辞·九歌·湘夫人》中的"袅袅兮秋风”之句。一作“渺渺”。

2 **崇光**:指日渐暖融的春光。

3 **空蒙**:一作“霏霏”,形容海棠香气四溢的样子。

4 **月转廊**:月亮转过回廊另外一边。这里一是表明夜深人静,二是暗示处江湖之远,远离政治中心。

5 **花睡去**:据历史记载,唐玄宗有次召见杨贵妃赴宴,杨贵妃因为昨夜饮酒未醒,唐玄宗称赞说:“海棠睡未足耳。”

6 **红妆**:这里用美女比喻海棠。

题西林壁

导读

这首诗作于元丰七年(1084)。苏轼从湖北黄州改迁河南汝州时,途中寻访弟弟苏辙因而游览庐山。西林寺又称为乾明寺,位于庐山七岭的西面,据南山宣律师《感通录》说:“庐山七岭,共会于东,合而成峰。”全诗虽然描写山水,却是蕴含哲理,前两句描写庐山独特的地理风貌,后两句道出作者游览后的切身感悟,从而说明认知万物真谛的道理。语言浅显易懂,哲理深入浅出,亲切自然又耐人寻味。

原文

横看[1]成岭侧成峰,
远近高低总不同[2]。
不识庐山真面目[3],
只缘身在此山中[4]。

译文

正看庐山山岭连绵,侧看庐山山峰耸立。
从远处、近处、高处、低处看形态各异。
之所以看不清庐山的真面目,
只因为大家身处在庐山之中。

注释

1 **横看**:从正面看。庐山是南北走向,横看就是从东面和西面来看。

2 **“远近”句**:又写作“远近看山各不同”,怀疑是苏轼初次写作的版本,后来改为“高低总不同”。

3 **不识**:不能认识、辨别。 **真面目**:指庐山真实的景色和形状。

4 **缘**:因为、由于。 **此山**:这座山,这里指庐山。

次荆公韵四绝

其三

导读

这首诗作于元丰七年(1084)秋,苏轼赴汝州上任途中路经金陵,这时王安石二次罢相后退居金陵,号为半山居士的他与号为东坡居士的苏轼,虽然之前因为政见观点分歧较大,但是在文学和私交上仍然惺惺相惜,所以此际相见后唱和诗歌颇多,为我们展现出文学史上的文人佳话。

原文

骑驴渺渺入荒陂,
想见先生未病时。
劝我[1]试求三亩宅,
从公已觉十年迟[2]。

译文

骑着跛驴悠然于荒废的东坡,
见到先生还是未被贬谪之时。
您曾劝我试着购置三亩宅地,
跟从荆公您不觉是十年之后。

注释

1 **劝我**:指王安石劝苏轼在金陵购置田地定居下来,也好与己相邻,经常往来。

2 **十年迟**:指熙宁七年(1074)前后王安石罢相和再次入相,苏轼曾在行状里表明自己与王安石之间矛盾有所缓和,所以说距今有十年。

惠崇春江晚景二首

其一

导读

这首诗作于元丰八年(1085),是为惠崇所绘的两幅《春江晚景》所写的题画诗。惠崇为宋初"九诗僧"之一,能诗能画。《春江晚景》是惠崇所作的两幅画名:一幅是鸭戏图,一幅是飞雁图。苏轼所在的时代比其晚,只是看见其画,所以题诗。全诗分别写岸景与江景,无论是画面构图还是色彩搭配,以及动静结合各方面,都恰如其分地与画境融合,生机与情趣并存,诗情与画意交融。

原文

竹外桃花三两枝,
春江水暖鸭先知[1]。
蒌蒿[2]满地芦芽[3]短,
正是河豚[4]欲上[5]时。

译文

竹林外的两三枝桃花初放,
暖江里的鸭子们在水中嬉戏。
河滩上蒌蒿、芦笋开始抽芽,
此时河豚正要逆江洄游而上。

注释

1 **鸭先知**:侧面说明春江水还略带寒意,表明早春时节。

2 **蒌蒿**:草名,有青蒿、白蒿等种。《诗经·小雅·鹿鸣》云:"呦呦鹿鸣,食野之蒿。”

3 **芦芽**:芦笋的幼芽,也可食用。

4 **河豚**:鱼的一种,肉味鲜美,但是卵巢和肝脏有剧毒。产于我国沿海和一些内河,每年春天逆江而上,在淡水中产卵。

5 **上**:指逆江洄游而上。

西太一见王荆公旧诗,偶次其韵二首

导读

这首诗作于元祐元年(1086),苏轼被召入京城任中书舍人,七月奉命祭祀西太一宫神坛,看见王安石所写的题壁诗,而王安石刚刚于四月去世,苏轼于是感念故人次韵作诗。第一首感叹自己归耕时,王安石不再送行。第二首感慨王安石去世后门庭冷落,抒发世态炎凉的叹息。

其一

原文	译文
秋早川原净丽,	清晨山川平原,明净美丽。
雨余风日清酣。	雨后秋风送爽,阳光明媚。
从此归耕剑外[1],	今后辞官离京,返蜀耕田。
何人送我池南[2]。	有谁会在池南,为我送行。

注释

1 **剑外**:指剑门关以南,也就是苏轼的故乡西蜀。

2 **池南**：一说指池阳县以南，今陕西泾阳西北方，这里代指归蜀之路。一说指凤凰池，中书省所在之地。当时作者任中书舍人。一说就是西太一宫内的池塘南面，不是特指的地点，如唐代诗人王建《宫词》："池南池北草绿，殿前殿后花红。"

其二

原文	译文
但有樽中[1]若下[2]，	只要杯中总有若下村的美酒，
何须墓上征西[3]。	何须追求墓碑刻下征西将军。
闻道乌衣巷口[4]，	听说乌衣巷口的王荆公府宅，
而今烟草萋迷。	如今已是荒草丛生少有行人。

注释

1 **樽**(zūn)：酒杯。

2 **若下**：酒名。指吴兴（今浙江湖州市）若下村，以产美酒出名。

3 **墓上征西**：曹操年少时曾作《让县自明本志令》，说自己的志向是要博取功名封侯，死后碑上要题写"汉故征西将军曹侯之墓"（见《三国志·魏武纪》）。苏轼在这里反用这个典故，说明功名不及美酒。

4 **乌衣巷**：在南京秦淮河的南面，是东晋时王、谢两大世族的宅第所在。唐代刘禹锡有《金陵五题·乌衣巷》："朱雀桥边野草花，乌衣巷口夕阳斜。"王安石罢官后就居住在金陵。

书李世南所画秋景二首

导读

这两首诗作于宋哲宗元祐三年(1088)前后，当时苏轼任翰林学士，与宣德郎李世南同在汴京。李世南，字唐臣，安肃(今河北徐水)人，工画山水，曾作《秋景平远图》，苏轼为此画题了这二首七绝。诗歌既有浓墨重笔勾勒景物，又有淡墨点染抒发情感，可谓意趣丰富，翻空出奇，给读者以美的享受，很好地体现出诗画一体的情趣。

其一

原文

野水参差[1]落涨痕，
疏林欹倒[2]出霜根。
扁舟一棹[3]归何处？
家在江南黄叶村。

译文

曲折的岸边露出水涨落时的痕迹，
稀疏的林木倒地露出霜白的树根。
一叶扁舟飞快地划远要漂往何处？
原来是回到他居住的江南黄叶村。

注释

1 **参差**：形容不整齐的样子，这里是说水和岸相接处，水涨水落留下曲折不平的形状。

2 **欹(qī)倒**：歪倒。

3 **棹(zhào)**：一种形状如桨的划船用具。

其二

原文

人间斤斧日创夷[1]，
谁见龙蛇百尺姿。
不是溪山成独往，
何人解作挂猿枝。

译文

人们常年不息地砍伐山上的树木，
再也难见如龙蛇蜿蜒的百尺身姿。
如果不是山险滩急导致少人来往，
恐怕无人知道这是猿猴栖息的树枝。

注释

1 **创**:砍掉。 **夷**:削平。指对于林木的伤害。

送子由使契丹

导读

这首诗作于元祐四年(1089),这年苏轼以龙图阁学士出知杭州,苏辙迁任翰林学士兼吏部尚书,八月奉命出使辽国,庆贺辽主生辰。宋朝从真宗景德元年(1004)订立“澶渊之盟”以来,每年都要向辽国、西夏进贡银两、绢匹,岁以百万计,其国主生辰,还要派使臣去庆贺。国弱导致贺寿使臣的内心是屈辱的,于是苏轼写下这首诗,既抒写兄弟间依依惜别之情,又劝慰告诫弟弟要不辱使命,展现出中原人才的气节。

原文

云海相望寄此身,
那因远适更沾巾。

译文

我寄身此地与你隔着云海遥遥相望,
何必因为你要远行又泪湿衣巾。

不辞驲骑[1]凌风雪，	你不辞劳苦顶风冒雪出使充当使臣，
要使天骄[2]识凤麟[3]。	一定要让辽国认识我朝的精英。
沙漠回看清禁[4]月，	你将在沙漠留恋地回望京都夜月，
湖山应梦武林[5]春。	梦魂也会穿越湖山见到杭州春景。
单于[6]若问君家世，	辽国国主如果问起你的家世渊源，
莫道中朝第一人。	可别说自己是朝中的第一等人物。

注释

1 **驲骑**(rìqí)：即驿骑，驿马。

2 **天骄**：汉代时匈奴自称“天之骄子”，后来泛指强盛的少数民族，这里指契丹。

3 **凤麟**：凤凰与麒麟，也比喻杰出的人才。

4 **清禁**：指皇宫，苏辙此时担任翰林学士，所以经常出入皇宫。

5 **武林**：即杭州西灵隐山，后来多用武林代指杭州。苏轼这时知任杭州。

6 **单于**(chányú)：匈奴最高首领的称号，这里借指辽国国主。

赠刘景文

导读

这首诗作于元祐五年(1090)苏轼知任杭州时。刘季孙，字景文，北宋开封人，当时担任两浙兵马都监，驻地也在杭州。苏轼曾上表推荐其为“慷慨奇士”，并与他诗酒唱和。全诗凝练地概括出残秋图景，却又反衬出菊花之节、橙橘之盛，进而歌赞刘景文的品格，将写景、咏物、赞人融为一体，气势开阔旷达。

原文

荷尽已无擎[1]雨盖[2]，
菊残[3]犹有傲霜[4]枝。
一年好景君[5]须记，
最是[6]橙黄橘绿时[7]。

译文

荷花凋谢，擎雨的荷叶随之枯萎。
菊花残败，傲霜的花枝仍然挺立。
请您记住这一年中最好的景致，
正是在橙黄、橘绿的秋末初冬时节。

注释

1 **擎**：举，向上托。
2 **雨盖**：旧称雨伞，这里比喻荷叶舒展的样子。
3 **菊残**：菊花凋谢。
4 **傲霜**：不畏寒冷，坚强不屈。
5 **君**：本意指古代君王，后来泛指对男子的敬称，即“您”。
6 **最是**：一作“正是”。
7 **橙黄橘绿时**：橙子发黄、橘子将黄犹绿，指农历秋末冬初。

十月二日初到惠州

导读

这首诗作于绍圣元年(1094)十月，苏轼再次被贬到广东惠州时。诗里没有贬谪的苦难情怀，而是描写初到的喜悦气氛，表现出作者随遇而安的心态和乐观向上的精神。

原文

仿佛曾游岂梦中，
欣然鸡犬识新丰[1]。
吏民惊怪坐[2]何事，
父老相携迎此翁[3]。
苏武[4]岂知还漠北，
管宁[5]自欲老辽东。
岭南万户[6]皆春色，
会有幽人[7]客寓公[8]。

译文

仿佛曾经在梦中游历一样，
高兴鸡狗认识新丰的新家。
官员百姓惊讶奇怪，不知我因何事而来此，
父老乡亲们搀扶着迎接我。
苏武岂会知道从漠北回来，
管宁自己也想老死在辽东。
岭南家家户户都有美酒，
也有高人请我做客痛饮。

注释

1 **新丰**：在陕西省临潼东北，汉高祖刘邦是沛县丰邑人，他在长安因为思念家乡，所以命人一一仿照丰邑城，在陕西建造一座新丰城，迁居而来的丰邑百姓各入其家，连鸡犬也都能识路。苏轼这里是说广东惠州的景物跟自己的家乡一样，非常亲切熟悉。

2 **坐**：因为。

3 **此翁**：指苏轼。

4 **苏武**：西汉武帝时人，曾出使匈奴而被拘留扣押，十九年后才从大漠之北回到汉朝。

5 **管宁**：三国时人，曾避乱于辽东三十九年。苏轼这里借指自己无意回归中原，准备老死于惠州。

6 **万户**：苏轼自己注解为“岭南万户酒”，说明家家户户都有美酒。

7 **幽人**：指隐居在民间的高人。

8 **寓公**：指寄居在外地的客人。

荔支叹

导读

这首诗作于绍圣二年(1095),苏轼再次因为言事获罪而被贬官惠州。前十六句通过纪实的手法叙写进贡荔枝的事情,揭露汉唐时期官僚争献荔枝、龙眼的丑态,直言进献贡品对当地老百姓不但无益,反而带来更多的祸害。后八句转而批评本朝官员祸害百姓,对民间疾苦表示深切同情,抒发了作者无限愤慨之情。

原文

十里一置[1]飞尘灰,
五里一堠[2]兵火催。
颠坑仆谷相枕藉,
知是荔支龙眼来。
飞车跨山鹘[3]横海,
风枝露叶如新采。
宫中美人[4]一破颜,
惊尘溅血流千载。

译文

十里一座的驿站尘土飞扬,
五里一座的土堡急兵火相催。
路旁坑中摔死的尸骨堆叠,
都是为了护送荔枝龙眼。
飞奔的马车翻山越岭像鹘鸟掠海,
青枝绿叶仿佛刚刚摘采。
宫中美人高兴地咧嘴一笑,
不惜扬尘飞血遗祸千年。

注释

1 **置**:驿站。

2 **堠**(hòu):唐代瞭望敌情的土堡,五里为单堠,十里为双堠。

3 **鹘**(hú):如鹰一类的飞禽,即隼(sǔn)。

4 **宫中美人**：指杨贵妃。唐代杜牧《过华清宫》："一骑红尘妃子笑，无人知是荔枝来。"

原文

永元[1]荔支来交州[2]，
天宝[3]岁贡取之涪[4]。
至今欲食林甫[5]肉，
无人举觞酹伯游[6]。
我愿天公怜赤子，
莫生尤物为疮痏[7]。
雨顺风调百谷登，
民不饥寒为上瑞。

译文

汉和帝的荔枝来自岭南，
唐玄宗的岁贡取自涪陵。
至今痛恨为恶的李林甫，
无人祭奠谏言的唐伯游。
希望天公怜悯平民百姓，
不出产祸害人民的珍品。
只愿风调雨顺百谷丰登，
人民免受饥寒就是祥瑞。

注释

1 **永元**：东汉和帝的年号(89—105)。

2 **交州**：古地名，东汉武帝时所建十三州之一，当时称为交趾，包括今天越南北部和中部、中国广西和广东。

3 **天宝**：唐玄宗的年号(742—756)。

4 **涪**(Fú)：水名，在中国四川省中部，注入嘉陵江。据说涪陵有妃子园，专门为杨贵妃种植荔枝。

5 **林甫**：指唐玄宗时的宰相李林甫，善于奉承迎合皇帝。

6 **伯游**：指汉和帝时的临武长唐羌，字伯游，临武与交州相邻，伯游看见输送荔枝的人死了很多，于是上书劝谏和帝，汉和帝接受其意见并罢贡荔枝。

7 **疮痏**(chuāngwěi)：创伤疤痕，这里借指祸害。

原文

君不见武夷溪[1]边粟粒芽，
前丁后蔡[2]相笼加。

译文

你没见武夷溪边的芽茶，
丁谓蔡襄制成大小龙团。

原文	译文
争新买宠各出意，	为了争新买宠各出巧意，
今年斗品充官茶[3]。	今年又进献评比的茶叶。
吾君所乏岂此物，	君主缺少的难道是这些？
致养口体何陋耶。	满足口体欲望多么卑劣。
洛阳相君[4]忠孝家，	洛阳留守出身忠孝之家，
可怜亦进姚黄花[5]。	可怜如今也去进献牡丹。

注释

1 **武夷溪**：在福建省崇安县西南。武夷山绵亘百里，武夷溪环绕山间，从而盛产茶叶。其中粟粒芽就是武夷茶的上品之一。

2 **前丁后蔡**：指宋朝先有丁谓任福建漕使，随后蔡襄继任，为了博得皇上的欢心，争相斗品武夷茶作为贡品献给皇上。

3 **斗品**：斗茶，指参加品评比赛的茶叶。

4 **洛阳相君**：指钱惟演，字希圣，是吴越王钱俶的儿子，归降宋朝，宋太宗称赞其"以忠孝而保社稷"，所以苏轼说钱惟演是"忠孝家"。

5 **姚黄花**：牡丹的名贵品种，钱惟演任洛阳留守时开始进贡牡丹，苏轼也说洛阳贡花是从钱惟演开始的。

食荔支二首

其二

导读

这首诗作于绍圣三年(1096)苏轼被贬广东惠州时期。此诗表面上是描写对岭南风物荔枝的赞叹，实际上却抒发了乐观旷达的心态，同时"日啖荔支三百颗，不辞长作岭南人”又一语双关，描述出苏轼面对出世与入世的两难心境。

原文

罗浮山[1]下四时春，
卢橘[2]杨梅次第新。
日啖荔支三百颗，
不辞长作岭南[3]人。

译文

罗浮山下四季都是春天，
枇杷杨梅天天都新鲜。
如果每天吃三百颗荔枝，
我愿意永远做岭南人。

注释

1 **罗浮山**：在广东省博罗、增城、龙门三县交界处，长达百余公里，风景秀丽，为岭南名山。

2 **卢橘**：一种黑颜色的橘子，卢是黑色的意思。苏轼这里指的是枇杷。

3 **岭南**：五岭以南，古代被称为南蛮之地，中原人都不愿去。

次韵子由三首

椰子冠

导读

这首诗作于绍圣四年(1097)。据曾季貍《艇斋诗话》记载，苏轼被贬惠州时作《纵笔》诗：“白头萧散满霜风，小阁藤床寄病容。报道先生春睡美，道人轻打五更钟。”该诗传至京城被宰相章惇看到，冷笑说苏轼还能如此快活，于是将其再贬至海南儋州。苏轼到海南后以椰子酿酒，用椰子壳做帽子，自得其乐，表现出不以远谪为苦，“违时”自傲的心态。

原文

天教日饮欲全丝[1]，
美酒生林不待仪[2]。
自漉[3]疏巾邀醉客，
更将空壳付冠师。
规模简古人争看，
簪导轻安发不知。
更著短檐高屋帽[4]，
东坡何事不违时。

译文

为了保全性命，老天整日让我醉酒。
美酒产自椰林，无须酿酒的仪狄。
自己漉湿头巾过滤美酒邀请客人，
剩下的椰子空壳交给做帽的匠师。
帽子样式简单古拙，大家争着观看。
别着发簪轻轻戴上，浑然没有知觉。
再戴上檐短身高的帽子，
东坡啊，你做的哪件事不违背时势。

注释

1 **全丝**：保全袁丝。传说汉代袁盎（字丝）被任命为吴国相，侄子袁种对他说："吴王骄横已久，你如果要严加治理，吴王不是上告，就是暗杀你。你只有每天喝酒，才能摆脱灾祸。"苏轼这里是以袁盎自比。

2 **仪**：仪狄，传说是夏禹时期最会酿美酒的人。夏禹喝了他的美酒后说："后代一定会有人因为喝酒而亡国。"于是疏远仪狄，不再喝酒。

3 **漉**：过滤，根据《宋书·隐逸传》记载，陶渊明每次酿酒成熟时，就取下头巾过滤酒，滤好后再戴上。这里苏轼也以陶潜自比。

4 **短檐高屋帽**：相传为苏轼设计，又称为子瞻帽、东坡帽。根据苏轼门生李廌（zhì）《师友谈记》记载，当时士大夫都模仿苏轼戴的短檐高筒帽子，并称之为子瞻样。

六月二十日夜渡海

导读

这首诗作于元符三年(1100)六月苏轼从海南岛返回之时。诗中回顾他在南蛮之地流放的经历,表达了九死不悔的决心和旷达豪放的襟怀。

原文	译文
参横斗转欲三更,	三更时分参星北斗横挂夜空,
苦雨终风[1]也解晴。	连绵的风雨终于变成晴天。
云散月明谁点缀,	乌云散去月夜明亮,是何人安排点缀?
天容海色本澄清[2]。	海天的容貌与颜色,本来就澄澈清明。
空余鲁叟乘桴意[3],	本来想乘桴退出官场,
粗识轩辕奏乐声[4]。	如今已领会黄帝雅乐。
九死南荒吾不恨,	不悔恨被贬荒岛九死一生,
兹游奇绝冠平生。	因为南游见闻平生未有。

注释

1 **苦雨终风**:连绵不断的雨叫“苦雨”,永不停歇的风叫“终风”。形容离京在外环境恶劣,时间长久。

2 **“天容”句**:这里作者比喻自己本来清白,政乱污陷如蔽月的浮云,终会消散。

3 **鲁叟**:指孔子。 **桴**(fú):小筏子。根据《论语·公冶长》记载,孔子曾说过:“道(王道)不行,乘桴浮于海。”表示退居官场。

4 **轩辕奏乐声**：轩辕，即黄帝，《庄子·天运》中说，黄帝曾在洞庭湖边演奏《咸池》乐曲，并借音乐说了一番玄理，这里也隐指老庄玄理。

过岭二首

导读

这两首诗作于元符三年(1100)。宋徽宗继位后大赦天下，苏轼得以北迁离开海南，此二首是经过广东省大庾岭时有感而作。第一首感叹古往今来小人当道的现象，第二首抒发自己不以南迁和北归为意的豁达，同时又表达出对自己坎坷曲折人生的无限感慨。

其一

原文

暂著南冠[1]不到头，
却随北雁与归休。
平生不作兔三窟[2]，
今古何殊貉一丘[3]。
当日无人送临贺[4]，
至今有庙祀潮州[5]。
剑关西望七千里，
乘兴真为玉局[6]游。

译文

暂且戴着囚犯的帽子并未到死，
却可以随着北方的鸿雁回归。
平生从未学会狡兔三窟的伎俩，
古往今来小人当道也未改变。
当年无人敢送贬官临贺的杨凭，
至今仍有人祭奠远谪潮州的韩愈。
西望远在七千里之外的剑门关，
乘兴游赏成都的玉局观。

注释

1 **南冠**:根据《左传·成公九年》记载,晋侯看见钟仪问:“戴南方帽子而被捆住的人是谁?”回答说:“楚国囚犯。”后来以南冠作为囚犯的代称。

2 **兔三窟**:狡猾的兔子会有三个窝,用来避祸。

3 **貉(hé)一丘**:貉,外形类似狐狸,有成语“一丘之貉”,形容都是坏人。

4 **临贺**:现在广西贺县,根据《旧唐书·杨凭传》记载,杨凭被贬为临贺尉,没有亲友敢来为其送行,只有徐晦送至蓝田饯别。

5 **潮州**:现在广东省,唐代韩愈被贬官潮州,宋代潮州人为其立庙,苏轼也作有《潮州韩文公庙碑》。

6 **玉局**:宋代著名的道观,位于今四川成都市北,苏轼被赦时曾被提举玉局观。

其二

原文

七年来往[1]我何堪,
又试曹溪[2]一勺甘。
梦里似曾迁海外,
醉中不觉到江南[3]。
波生濯足鸣空涧,
雾绕征衣滴翠岚。
谁遣山鸡忽惊起,
半岩花雨落毵毵[4]。

译文

远谪七年何以忍受痛苦的折磨,
又来曹溪品尝一勺清凉的甘泉。
梦里好像多次远迁遥远的海外,
酒醉未醒时分又不觉回到江南。
借助碧波洗脚的声音回荡深谷,
雾气缭绕行人的衣裳空翠欲滴。
是何人脚步惊起山鸡突然飞起,
岩石上的花朵似雨点纷纷坠落。

注释

1 **七年来往**:苏轼于1094年贬官惠州时路过大庾岭,1100年被赦北归又经过此地,正好整整七年。

2 **曹溪**:在广东曲江东南,是禅宗六祖慧能传道之处,从而也成为佛教禅宗胜地。曹溪水也称为功德水。

3 **江南**:指江南西路,大庾岭在南雄州和南安军交界处,过岭后就是南安军，正好属于江南西路的范围。

4 **毵(sān)毵**：形容毛发、枝条细长飘拂的样子，这里用来形容落花如雨。

自题金山画像

导读

这首诗作于建中靖国元年(1101)，苏轼被赦无罪，从海南经过南昌、当涂、金陵，五月抵达真州(今江苏仪征)，六月经过润州准备到曾经购买房产的常州居住。《自题金山画像》就是苏轼在真州游金山龙游寺时，见到画家李公麟所作自己画像而写。诗歌以自嘲的口吻，抒写平生到处漂泊，却毫无建树功业的窘状，而暮年来抚今追昔，悲凉之余又有平静，真是言有尽而意无穷。

原文

心似已灰之木[1]，
身如不系之舟。
问汝平生功业，
黄州惠州儋州[2]。

译文

心像烧成灰的木头寂然无欲，
身似无法系的小船漂泊不定。
有人问我平生的功业在何方，
想来就是黄州、惠州和儋州。

注释

1 **心似已灰**：即心如死灰。《庄子 · 齐物论》里说，身体像枯木一样，心灵却跟死灰一样。

2 **黄州惠州儋州**：这是苏轼因为反对王安石新法，而被朝廷不断贬谪的三个地方，可以说是作者平生最不得志的地方，从而自我嘲讽。

花影

导读

这是一首咏物诗，一说并非苏轼所作。诗中虽然写花影的变化，实际传达作者内心的感情变化，既有收拾花影的喜怒哀乐，又有现世生活的无可奈何，动静结合，写得饶有趣味，生动活泼，体现出意在言外的诗歌含蓄之美。

原文

重重叠叠[1]上瑶台[2]，
几度呼童扫不开。
刚被太阳收拾去[3]，
却教[4]明月送将来[5]。

译文

亭台上的花影一层又一层，
几次叫唤侍童打扫却挥之不去。
太阳下山时花影刚刚散去，
又被升起的明月照得重重叠叠。

注释

1 **重重叠叠**：形容地上的花影一层又一层。

2 **瑶台**：华贵的亭台。

3 **收拾去**：指太阳落山后花影消失，好像被太阳收拾走了。

4 **教**：让。

5 **送将来**：是指花影重新在月光下出现，好像是月亮送来的。将，语气助词，用于动词之后。

春夜

导读

诗歌前两句描写春夜美好的景色，花香迷人，月色宜人。后两句则写富贵人家的生活，歌声醉人，从而委婉含蓄地讽刺醉生梦死、浪费光阴的现象。特别是“春宵一刻值千金”成为千古传诵的名句，人们常常用来形容良辰美景的短暂和宝贵。

原文

春宵[1]一刻[2]值千金，
花有清香月有阴[3]。
歌管[4]楼台声细细，
秋千院落夜沉沉。

译文

春天的夜晚即便短暂也弥足珍贵，
花香弥漫在朦胧的月影里。
楼台深处醉人的管乐声细细流淌，
深夜里挂着秋千的庭院一片寂静。

注释

1 **春宵**：春夜。

2 **一刻**：比喻时间短暂。刻，计时单位，古代用漏壶记时，一昼夜共分为一百刻。

3 **月有阴**：指月光落在花上，留下朦胧的阴影。

4 **歌管**：歌声和管乐声。

琴诗

导读

这首诗围绕琴如何发出声音的思考，采用假设问句的方式，将哲理的思考蕴含在发问之间，说明要弹奏出悦耳动听的音乐，需要琴与妙指之间的和谐碰撞，推及任何事情的成功，也是主客观条件配合的结果。全诗具有一定的辩证逻辑思维，但又写得生动有趣，启人深思。

原文

若[1]言琴上有琴声，
放在匣中何不鸣？
若言声在指头上，
何[2]不于君指上听？

译文

如果说琴声发自琴本身，
那把它放进盒子里为何不响？
如果说琴声发自手指上，
为何你的手上又听不见声音？

注释

1 **若**：如果。
2 **何**：为何，为什么。

苏轼集

词

行香子

过七里滩

导读

这首词作于熙宁六年(1073)二月的清晨,苏轼时任杭州通判,乘轻舟经过浙江境内著名风景区——富春江上的七里滩时所作。上片描写清澈宁静的水色天光,下片描写重叠青翠的山峦美景,并借歌咏严陵来感慨人生。全词借助对自然美景的赞叹,寄寓作者自适淡定的人生态度以及人生如梦的浩叹,隽永含蓄,韵味无穷。

原文

一叶舟轻,双桨鸿惊[1]。水天清、影湛波平。鱼翻藻鉴,鹭点烟汀[2]。过沙溪急,霜溪冷,月溪明。

重重似画,曲曲[3]如屏。算当年、虚老严陵[4]。君臣一梦,今古虚名。但远山长,云山乱,晓山青。

译文

驾着一叶轻舟,荡起双桨惊飞鸿雁,身影从空明清澈的水天之间掠过。游鱼翻动水草,不时跃出明镜般的水面;白鹭空中飞翔,偶尔点点停落在沙洲。小舟行过沙溪如飞,霜溪清冽,月溪明澈。

两岸连山重叠如画卷,曲折似屏风。想及当年严光隐居于此,君臣之间的往事如梦,空留下虚名与感慨。只见远山长阔,云山乱横,晓山青翠。

注释

1 **鸿惊**:即惊鸿,惊飞水鸟。三国魏曹植《洛神赋》有“翩若惊鸿”。

2 **烟汀**：雾霭迷离的小洲。

3 **曲曲**：据宋代叶梦得《避暑录话》记载："（七里濑）两山耸起壁立，连亘七里。"这里形容两岸山峰重叠曲折的样子。

4 **严陵**：汉代人，名光，字子陵，会稽余姚（今属浙江）人，少年时就有名气，曾与刘秀同游学。刘秀当上皇帝后，严陵便埋名隐姓避而不见，隐居于桐庐南的富春山，后人也称为严陵山。

江城子

湖上与张先同赋，时闻弹筝。[1]

导读

这首词作于熙宁六年(1073)，苏轼时任杭州通判。据说一日苏轼与刘攽兄弟同游西湖，忽然几位美女驾着彩舟前来，其中一位尤其美丽，弹筝一曲后翩然而去，刘氏兄弟不舍目送，苏轼见此情景写下此词。上片写湖上之景，如西湖的山水、芙蕖等。下片写弹筝之人，借湘灵鼓瑟比喻美人，化情于景，要约迷离。

原文

凤凰山[2]下雨初晴。水风清。晚霞明。一朵芙蕖[3]、开过尚盈盈[4]。何处飞来双白鹭[5]，如有意，慕娉婷[6]。

译文

凤凰山下雨过刚晴，湖面水清风凉，天边晚霞明亮。一朵荷花正鲜艳盈盈，不知哪里飞来的一对白鹭，好像有意于这位仪态娴雅的佳人。

忽然听见江上阵阵哀伤的筝声，悲

忽闻江上弄哀筝[7]，苦含情，遣谁听？烟敛云收、依约是湘灵[8]。欲待曲终寻问取，人不见，数峰青。[9]

苦动人，不知是弹给谁听？湖面烟消云散，空澈清明，仿佛湘水女神重现。等到曲声结束前往打听，不见美人身影，只见湖山青翠。

注释

1 **张先**(990—1078)：字子野，乌程(今浙江湖州)人，有《张子野词》。1073年秋天张先在吴江垂虹桥曾与苏轼等有“六客会”。 **同赋**：用同一题材作诗。

2 **凤凰山**：在杭州城南，左靠西湖，右靠钱塘江，形似飞翔的凤凰，故名凤凰山。苏轼《与文与可》：“官居在凤凰山下，此山真如凤，有两翅。”

3 **芙蕖**：指荷花。

4 **盈盈**：形容仪态的轻盈美好。《古诗十九首》之二：“盈盈楼上女，皎皎当窗牖。”这里兼喻荷花与弹筝的佳人。

5 **双白鹭**：暗指刘敞、刘攽兄弟，此时二人按守制穿着白色的孝服。

6 **娉**(pīng)**婷**：仪态娴雅的女子。

7 **哀筝**：哀怨的筝声。筝，乐器，相传为秦代蒙恬所造。

8 **湘灵**：湘妃。相传为舜帝的二妃娥皇、女英，舜帝南巡苍梧，二妃追之不及并溺死于湘水，成为湘水女神，后世又称湘君、湘夫人，这里喻指“弄哀筝”的佳人。

9 **“欲待”句**：化用唐代钱起《省试湘灵鼓瑟》诗：“曲终人不见，江上数峰青。”

瑞鹧鸪

观潮

导读

这首词作于熙宁六年(1073)八月十五日杭州观潮时。浙江钱塘潮自唐以来,天下闻名,唐代孟郊有诗:“侬是清浪儿,每踏清浪游。笑伊乡贡郎,踏土称风流。”写弄潮儿炫耀自我并嘲笑文弱书生不敢弄潮。苏轼之前的宋代诗人潘阆《酒泉子》词就回忆观潮,并表达出心往潮头的愿望。苏轼此词同样描写观潮情景,上片写弄潮儿劈波斩浪的自由活泼形象,下片写钱塘江退潮时弄潮儿唱起“使君诗”的送潮曲。全词亲切有味,用笔精练含蓄,带有浓郁的地方气息,保留了苏轼早期填词的新鲜感和青春味。

原文

碧山影里小红旗[1]。侬是江南踏浪儿[2]。拍手欲嘲山简[3]醉,齐声争唱浪婆词[4]。

西兴渡口[5]帆初落,渔浦山头日未欹[6]。侬欲送潮歌底曲[7]?尊前还唱使君诗[8]。

译文

巨浪潮头里舞动手里的红旗,我是江南踏浪弄潮的男儿。两岸观众拍手想笑我如山简酩酊大醉,齐声高唱浪婆神词。

西兴渡口赛舟的帆布刚落,渔浦山头的太阳还未偏移。我想送潮不知该唱哪支曲?对酒理应高歌陈太守的好诗。

注释

1 **碧山**:形容潮头之高。 **小红旗**:弄潮儿手里拿的红旗帜。苏轼化用宋代潘阆《酒泉子》词："弄潮儿向涛头立，手把红旗旗不湿。"

2 **侬**(nóng)：古吴语，多作"我"的意思。 **踏浪儿**：即弄潮儿，参加戏水比赛的男子。

3 **山简**：字季伦，晋时人，山涛之子。好酒，常出游，每饮必醉，《晋书》记载当时的儿歌嘲笑他"山公出何许？往至高阳池。日夕倒载归，酩酊无所知"。李白也有《襄阳歌》："傍人借问笑何事？笑杀山公醉似泥。"

4 **浪婆词**：古吴地水乡的曲调。浪婆，波浪之神，古时弄潮儿要饮酒拜祭波浪之神。唐代孟郊《送淡公》："侬是拍浪儿，饮则拜浪婆。"

5 **西兴渡口**：在浙江萧山县西十二里处，本名西陵，吴越武肃王认为不吉利，所以改称为西兴，与杭州隔江相对，是当时吴越一带重要的渡口。

6 **渔浦**：在浙江萧山县西二十里处，与杭州六和塔隔江相对，是当时的繁华之地。 **攲**(qī)：通"敧"，倾斜。

7 **歌底曲**：唱啥子歌曲。底，什么，表示疑问。

8 **尊**：同"樽"，酒器。 **使君**：指杭州太守陈襄，是日苏轼与陈襄同游。

行香子

丹阳寄述古[1]

导读

这首词为熙宁七年(1074)作于镇江。上片想象与陈襄二人同游西湖的场景，表达对故人的思念。下片从题诗入手，想象陈襄在杭州对自己的思念。全词结构首尾往复，情感委婉含蓄。

原文

携手江村，梅雪飘裙[2]，情何限、处处销魂。故人[3]不见，旧曲重闻。向望湖楼[4]，孤山寺[5]，涌金门[6]。

寻常行处[7]，题诗千首，绣罗衫、与拂红尘[8]。别来相忆，知是何人。有湖中月，江边柳，陇头云。[9]

译文

记得携妓同游江村，梅花、雪花飘落，与裙带同舞。只有情意无限，处处销魂。只是好友不见，旧曲却又重弹，在那望湖楼上、孤山寺里，涌金门边。

你我平常游玩的地方，早已题诗千首，想来也有绣罗衫为之拂去灰尘。别离以来是谁常常思念，唯有那湖中的月亮，江边的柳树，山头的行云。

注释

1 **述古**：陈襄，字述古，时任杭州知州，为苏轼好友，二人多有诗词唱和。

2 **梅雪**：梅花、雪花。 **飘裙**：指同游官妓穿的裙衣。

3 **故人**：是指作者自己。这是对面写法，立足于陈襄，表达他对自己的想念。

4 **望湖楼**：五代时期吴越王钱氏所建，又名看经楼、先德楼，在西湖昭庆寺前。苏轼写有《六月二十七日望湖楼醉书》五绝诗。

5 **孤山寺**：又名广化寺，在西湖西侧孤山上。

6 **涌金门**：宋代杭州的正西门，通往西湖。

7 **寻常行处**：平时经常行经的地方。唐代杜甫《曲江二首》诗："酒债寻常行处有。"

8 **拂红尘**：据宋代吴处厚《青箱杂记》记载，魏野和宰相寇凖早年同游僧舍并题诗，后来二人再游时发现寇凖的题诗被碧纱笼罩着保护起来，而魏野的诗却灰尘满壁。这时同游的一个官妓非常聪明，用拂袖轻轻扫去灰尘。魏野笑着说："若得常将红袖拂，也应胜似碧纱笼。"这里苏轼用典是自比魏野，将陈襄比作寇凖，表示对对方的尊崇之意。

9 **湖中月，江边柳，陇头云**：分别指西湖、钱塘江和孤山，都是杭州的标志性景物。

昭君怨

金山送柳子玉[1]

导读

这首词作于熙宁七年(1074)二月,是苏轼为送别柳子玉(名瑾)而作。上片融情入景,通过新月、烟云、江天等景,将送别情景和盘托出。下片运用叠句造境传情,想象次日分别的情景,大大扩展离情别绪的空间。全词词意清新,含蓄隽永,情深义厚。

原文

谁作桓伊三弄[2]。惊破绿窗幽梦[3]。新月与愁烟。满江天。

欲去又还不去。明日落花飞絮[4]。飞絮送行舟。水东流。

译文

是谁在学桓伊三弄琴曲,惊扰了绿纱窗内的美梦。一弯新月与漫天愁烟,笼罩着江天茫茫一片。

道别又不忍离去,在这落花飞絮纷飞的时节。那多情的柳絮追逐行舟,似是替人送行随水东去。

注释

1 **金山**:原名氐父山,在镇江西北。 **柳子玉**:名瑾,其子是苏轼堂妹婿,善于作诗。

2 **桓伊**:字叔夏,东晋人。 **三弄**:指三调,吹奏三个不同的曲调。

3 **绿窗**:一般指女子居住的地方。唐代张祜《杨花》诗:"无端惹著潘郎鬓,惊杀绿窗红粉人。" **幽梦**:指隐约不明的梦境。

4 **落花飞絮**：形容暮春时节的景象。唐代戴叔伦《暮春感怀》诗："落花飞絮成春梦。"

少年游

润州作，代人寄远。[1]

导读

这首词作于熙宁七年(1074)四月，"公以去年十一月发临平，及是春尽，犹行役未归，故托为此词耳"（王文诰《苏诗总案》）。苏轼到常州等地赈灾，四处奔波，因思念妻子王闰之而作此词。全词不直写己之思念，而是代以妻子口吻言思念自己，是苏词中为数不多的风格。上片用回环往复的句式，从去岁雪似花到今春花似雪，表达欲说难尽的心境。下片直接描写月下独饮，怜爱双燕，抒发自我孤寂的情怀。

原文

去年[2]相送，余杭[3]门外，飞雪似杨花[4]。今年春尽，杨花似雪，犹不见还家。

对酒卷帘邀明月[5]，风露透窗纱。恰似嫦娥[6]怜双燕，分明照、画梁[7]斜。

译文

至今记得去年相送的情景，杭州城外大雪纷飞，好像漫天飞舞的杨花。如今春天即将过去，飞舞的杨花又好像去年的大雪，相同的场景，不同的是你仍未归来。

举起酒杯，卷帘邀月对饮，风露透过窗纱，凉意袭人。只有明月斜照画梁，怜爱一双飞燕，相依互诉衷肠。

注释

1 **润州**:现在江苏镇江,因为州治东边有润浦而得名。 **代人**:代替别人。 **寄远**:寄诗词给远方的亲人,一般称古代女子寄诗给在外的丈夫。这里实际是苏轼代替妻子王闰之作词给自己。

2 **去年**:是指熙宁六年(1073)十一月,苏轼离开杭州前往常州、润州赈济灾民。

3 **余杭**:即杭州。隋代时设置杭州,大业三年(607)改称余杭郡。唐代改为杭州,至天宝元年(742)复为余杭郡。宋代仍称杭州。这里是沿用旧称。

4 **飞雪**:离开杭州为去年十一月。 **杨花**:暮春时节杨树开花似飞雪,此处借用东晋谢道韫咏雪诗句"未若柳絮因风起"。

5 **邀明月**:唐代李白《月下独酌》诗:"举杯邀明月,对影成三人。"这里代指妻子一人独饮。

6 **嫦娥**:月中女神。《淮南子·览冥训》:"羿请不死之药于西王母,姮娥窃以奔月。"传说姮娥为后羿之妻,偷取丈夫不死之药后奔赴月宫,后来因避汉文帝刘恒讳,改称嫦娥。

7 **画梁**:雕刻精美花纹的屋梁,燕子常常栖息的地方。

南乡子

送述古

导读

这首词作于熙宁七年(1074)七月。杭州知府陈襄调任南京应天府(今河南商丘),苏轼一路陪送,在临平山下临平镇与其道别于舟中写下此词。

上片写送别归途回望临平山景，借塔表达对陈襄的不舍之情。下片写回家后夜不能寐的思念之境，充分抒发二人的深厚情谊。

原文

回首乱山横，不见居人只见城[1]。谁似临平山上塔[2]，亭亭[3]。迎客西来送客行[4]。

归路晚风清，一枕初寒梦不成。今夜残灯斜照处，荧荧[5]。秋雨晴时泪不晴。

译文

回头远眺群山漫漫，依稀可见的临平城，湮没了你远行的身影。有谁能像山上耸立的高塔，热情地迎来送往。

回程的路上秋风乍寒，夜不能寐。今夜屋外秋雨渐止，屋内灯光斜照，映着不尽的泪水，闪闪发亮。

注释

1 **居人**：居于城中之人。《诗经・郑风・叔于田》："叔于田，巷无居人。岂无居人？不如叔也，洵美且仁。"苏轼暗用此典来赞美陈襄"洵美且仁"的高贵品格。 **城**：指临平山所在的临平镇。据《咸淳临安志》记载，镇在杭州城东北四十五里处。

2 **临平山**：在临平镇东十余里处，周十八里，高五十三丈，山上有塔，山下临湖，是北上水路的必经之地。

3 **亭亭**：高高耸立的样子。

4 **迎客西来**：临平山在杭州城东，陈襄从杭州城来，因此以临平塔自喻迎客西来。

5 **荧荧**：一说灯火微弱的样子，一说泪光点点的神态。

蝶恋花

京口得乡书[1]

导读

这首词作于熙宁七年(1074),苏轼时任杭州通判到镇江等地赈灾,收到家乡亲友来信而写下该词。上片写镇江当地之景,雨后春容,湖山丽景。下片抒发思乡之情,因一纸乡书而引发千行泪,将乡人寄信盼归的深情与自己无法得归的无奈,在强烈的对比中浓郁地释放开来。

原文

雨后春容清更丽。只有离人,幽恨[2]终难洗。北固山[3]前三面水。碧琼梳拥青螺髻[4]。

一纸乡书来万里[5]。问我何年,真个成归计。回首送春拚[6]一醉。东风吹破千行泪。

译文

雨后的春景更加美丽,只有别离故乡的人,无法洗去忧伤的泪水。只见北固山下三面临江,江水像玉梳一样蜿蜒而过,山峰像发髻一样高耸青翠。

亲人不远万里寄信询问,哪年才是真的归期?趁春光尚好,只管饮酒一醉,好让和煦多情的春风,为我抹去两行清泪。

注释

1 **京口**:现在江苏省镇江市,三国时期吴国孙权曾在此建立首府,称为京城,后来首府迁至江苏南京后,便改称为京口。

2 **幽恨**:内心深处隐约的忧愁,这里指乡思。

3 **北固山**:现在江苏省镇江市北。北峰三面临江,形势险要,故称“北固”。《世说新语·言语》注引《南徐州记》:“(京口)城西北有别岭入江,三面临水,高数十丈,号曰北固。”

4 **碧琼**:碧绿的美玉,这里形容三面环山的碧绿江水像弯弯的玉梳。 **青螺髻**:古代女子貌似青螺的发髻,这里形容北固山。唐代刘禹锡《望洞庭》诗:“遥望洞庭山水翠,白银盘里一青螺。”

5 **万里**:说明蜀中距离京口的遥远。

6 **拚**(pàn):豁出去的意思。

醉落魄

离京口作

导读

这首词作于熙宁七年(1074),苏轼时任杭州通判,经常来往于镇江(即京口)、丹阳、常州一带,公务冗忙,四处奔波,对故乡的思念之情不时袭上心头。上片写月下酒醒开船的情景,下片写酒醉梦境的感受,全词以朴素的语言、自然的笔调,含蓄蕴藉地表现了酒醉醒后思乡的心境。

原文

轻云微月。二更[1]酒醒船初发。孤城回望苍烟合[2]。公子佳人,不记归时节。[3]

巾偏扇坠藤床滑,觉来

译文

月色朦胧,云彩轻飘,二更时节才酒醒开船。回望京口笼罩在烟雾里。醉酒的公子佳人似乎忘了归程。

头巾偏、扇子落、藤床光滑,醒时梦

幽梦无人说。此生飘荡何时歇？家在西南，长作东南别。[4]

境无人诉说。今生到处飘荡何时停歇？家乡远在西南，而我却长年在东南迎往送别。

注释

1 **二更**：大概为晚上九点至十点之间。古时一夜分为五更。

2 **孤城**：即京口，今江苏省镇江市。 **合**：笼罩。

3 **公子佳人**：一作"记得歌时"。此二句形容酒醉不知时节的样子。

4 **"家在西南"二句**：作者家乡在西南的四川，而任所杭州在东南边，自己却长年奔波于京口一带。

浣溪沙

菊节别元素[1]

导读

这首词作于熙宁七年(1074)九月八日与杨元素分别之时。上片以乐景来写愁绪，表达离别之际的感伤与怀旧。下片又借璧月与菊花感慨美好易逝、物是人非的人生体悟。全词描写离愁别绪的同时，又融入人生哲理，短小而不失韵味，忧伤又增添理趣。

原文

缥缈危楼紫翠间[2]，良辰乐事[3]古难全。感时怀旧独凄然。

译文

高楼在翠峰之间隐约可见，自古良辰乐事难以齐全。独自感时怀旧不禁凄然忧伤。

璧月琼枝空夜夜[4]，菊花人貌自年年[5]。不知来岁与谁看。

璧月玉树夜夜空自闪亮，菊花人貌年年不同。不知来年有谁，一道欣赏美景。

注释

1 **菊节**：古时九月九日重阳节有佩戴茱萸、饮酒赏菊的风俗，所以又称重阳节为菊花节。唐代王维《奉和圣制重阳节宰臣及群官上寿应制》诗："无穷菊花节，长奉柏梁篇。" **元素**：即杨绘，苏轼好友。

2 **缥缈**(piāomiǎo)：形容隐约高远的样子。 **危楼**：高楼。 **紫翠**：形容山色。

3 **良辰乐事**：南朝宋谢灵运《拟魏太子邺中集诗序》："天下良辰、美景、赏心、乐事，四者难并。"说明天下这四样美好的事物难以同时实现。

4 **璧月**：形容月圆如璧玉一样。 **琼枝**：形容像玉一样的树枝。南朝陈后主诗："璧月夜夜满，琼树朝朝新。"

5 **菊花人貌自年年**：化用唐代戎昱诗："菊花一岁岁相似，人貌一年年不同。"

采桑子

润州多景楼与孙巨源相遇[1]

导读

这首词作于熙宁七年(1074)，苏轼由杭州通判调知密州，途经润州(今江苏镇江)，与孙洙、王存集会于多景楼。席间有一位名叫胡琴的官妓，姿色技艺俱佳。酒兴之余，孙巨源请求说，残霞晚照之景，非奇才之作不能道尽，于是苏轼填了这首《采桑子》。上片以四"多"巧构楼名，描写知己共饮的赏心乐事。下片惜墨如金地描写"醉脸春融"的佳人之态，既应好友赞叹残霞晚照的心愿，又画佳人醉意俏容的仪态，可谓一语双关，情韵悠长。

原文

多情多感仍多病，多景楼中。尊酒相逢[2]。乐事回头一笑空。

停杯且听琵琶语[3]，细捻轻拢[4]。醉脸春融。斜照江天一抹红。[5]

译文

你我情多意重，相逢在多景楼中。借樽杯把酒言欢，往日的种种快事都一笑而去。

听到悠远的琵琶声，不由放下手中酒杯，只见佳人在轻弹雅奏。微醉醺醺的脸上泛起春日般的红晕，犹如江边的一抹夕阳美丽动人。

注释

1 **润州**：今江苏省镇江市。 **多景楼**：位于镇江市北固山甘露寺内，北临长江，为当地的风景名胜。 **孙巨源**：名洙，广陵（今江苏扬州）人。

2 **尊酒相逢**：见唐代韩愈《赠郑兵曹》："尊酒相逢十载前，君为壮夫我少年。尊酒相逢十载后，我为壮夫君白首。"

3 **琵琶语**：指弹奏琵琶传达出来的情意。唐代白居易《琵琶行》："今夜闻君琵琶语。"

4 **捻**(niǎn)、**拢**(lǒng)：两种不同的弹奏指法，捻为揉弦，拢为叩弦。唐代白居易《琵琶行》："轻拢慢捻抹复挑。"

5 **醉脸**：醉后脸上泛起的红润。 **春融**：像春日一样暖和。 **一抹红**：指傍晚的夕阳。唐代罗虬《比红儿诗》之十七："一抹浓红傍脸斜，妆成不语独攀花。"

醉落魄

席上呈元素

导读

这首词作于熙宁七年(1074)的润州(今江苏镇江),当时,苏轼赴密州,杨绘还朝,二人自杭州出发,同行至京口而别。上片开门见山,直述二人天涯沦落之感。下片表达再约相聚的期盼。全词情景交融,将人生萍泊蓬飘、朋友聚少离多、归乡之志难酬的喟叹,都直抒胸臆地表达出来。

原文

分携如昨[1]。人生到处萍飘泊[2]。偶然相聚还离索[3]。多病多愁,须信从来错。

尊前一笑休辞却。天涯同是伤沦落[4]。故山犹负平生约[5]。西望峨嵋,长羡归飞鹤[6]。

译文

你我上次分别恍若就在昨日,一生如浮萍一样四处漂泊。今天偶然相聚却又匆匆别离,这多愁多病或许早已命中注定。

请不要推辞把酒言欢,本来沦落天涯就已伤感。今生恐怕有负归乡之约,只能西望家乡的峨眉山,而羡慕丁令威化鹤归家。

注释

1 **分携**:离别,分手。 **如昨**:熙宁四年(1071)苏轼任杭州通判,在京城与杨绘分别,如今又在润州分手,情景相近,所以说犹如昨天才发生一样。

2 **萍飘泊**:浮萍无根,随水漂泊。这里比喻人生漂泊不定。

3 **离索**:离群索居。见《礼记·檀弓上》:“吾离群而索居,亦已久矣。”

4 **天涯**:唐代白居易《琵琶行》:“同是天涯沦落人。”杨绘因不满王安石变法也被外放各地。

5 **故山**:指故乡。 **平生约**:早先定下的归乡之约。嘉祐五年(1060)未出仕时,苏轼就与其弟苏辙“相约早退,为闲居之乐”,至今已有十余年,仍未践行。这里指与杨绘相约早回故乡,但现在却是天涯沦落人,都有负当年之约。唐代白居易《寄王质夫》:“去处虽不同,同负平生约。”

6 **归飞鹤**:据陶渊明《搜神后记》记载,辽东人丁令威学道于灵虚山,学成后化成飞鹤返回辽东。这里借指苏轼与杨绘都是四川人,却不能回到家乡四川而只能向西眺望。

永遇乐

寄孙巨源

导读

这首词是熙宁七年(1074)苏轼为寄托对好友孙巨源的思念而作。当时苏轼已至海州,想起与巨源润州相遇、楚州分手的往事,不由心有所动而作此词。上片由设想巨源当初离别海州时写起,以月为抒情线索层层推进,描写对方月下之思。下片由水而起,既借其捎带深意,又是凭其承载相思,设想惊奇,抒情深透。全词以月始又以月终,将月光映衬友情,词清意达,含蕴深远。

原文

长忆别时，景疏楼下[1]，明月如水。美酒清歌，留连不住，月随人千里[2]。别来三度[3]，孤光[4]又满，冷落共谁同醉？卷珠帘、凄然顾影，共伊到明无寐。

今朝有客，来从淮上，能道使君[5]深意。凭仗[6]清淮，分明到海，中有相思泪。而今何在？西垣清禁[7]，夜永露华侵被[8]。此时看、回廊晓月，也应暗记。

译文

常常回忆起当年分别的情景，景疏楼下明月清淡如水。美酒清歌令人流连忘返，明月已随人远走千山万水。自别后，明月又将第三度圆满，我孤单冷落与谁同醉？卷起珠帘，只有孤影凄然陪伴我直到天明。

今有客人从淮河顺水而下，带来巨源兄的深情厚谊。烦请清澈的淮河东流到海，带去我相思的泪水。如今你又在哪里？皇宫里的中书省内，深夜的露水怕已沾湿被褥。此时再看回廊上的月亮，也应暗暗记下两地相思之人。

注释

1 **景疏楼**：在海州东北，宋代叶祖洽因为景仰汉代东海人疏广、疏受叔侄而建。

2 **月随人千里**：指月随人走，千里共明月的意思。前面六句是作者设想孙巨源当时离别海州时的情景。

3 **别来三度**：指与孙巨源景疏楼分别后的第三次月圆。

4 **孤光**：指月光，苏轼《西江月》也有："中秋谁与共孤光。"

5 **使君**：指孙巨源。

6 **凭仗**：凭与仗同义，连缀成一个词语，指凭借或请的意思。

7 **西垣**：中书省别称西台、西掖、西垣。 **清禁**：皇宫的别称，因其戒备森严、幽深肃静而得名。孙巨源当时任修起居注、知制诰，属于中书省门下，在深宫办公。

8 **永**：长。 **露华**：寒露之气。 **侵被**：沾湿被子。

沁园春

赴密州早行马上寄子由[1]

导读

这首词作于熙宁七年(1074)。苏轼与其弟苏辙兄弟情深,任杭州通判期间,就非常思念在济南为官的弟弟,所以向朝廷请求到离济南较近的密州任职,这首词便作于由杭州移守密州的早行途中。苏轼此行怀着复杂的心情,由于与新法派的矛盾而在朝中难以立足,满腔壮志无法舒展,所以赴密途中触景伤情,思绪万千,通过词作将感慨唏嘘而出。上片由景入情,由今入昔,直抒胸臆,表达人生遭遇的不幸和壮志难酬的苦闷。下片以二陆比拟兄弟二人,抒发建立伟大功业的豪情,然而处处碰壁的现实,使作者最后转而樽前悠游以收束,化为平淡旷达的心境。

原文

孤馆灯青[2],野店鸡号[3],旅枕梦残。渐月华收练[4],晨霜耿耿[5],云山摛锦[6],朝露漙漙[7]。世路无穷,劳生有限,似此区区长鲜欢。微吟罢,凭征鞍无语,往事千端。

当时共客长安[8]。似二陆、初来俱少年[9]。

译文

孤寂的旅馆灯光青冷,村外荒野鸡鸣不已,惊扰起旅枕好梦难成。晓月渐渐淡去了白绢似的皎洁,微亮的晨霜变得剔透晶莹,云雾笼罩山峦如展开的锦缎,晨光辉映朝露闪着点点的亮光。人世间的行程没有尽头,有限的是这劳顿的人生,像我这般难有欢愉。独自一人低吟罢,征鞍上悄然无声,唯有往事涌心头。

当年我们风华正茂共赴京城,如同陆

有笔头千字，胸中万卷，致君尧舜，此事何难。[10]用舍由时，行藏在我，[11]袖手何妨闲处看。身长健，但优游卒岁，且斗尊前[12]。	机、陆云兄弟一样。下笔千言在手，诗书万卷于胸，自诩辅佐圣上成为尧舜，这等功业指日可成。其实重用与否在于时势，入世出世要由自己权衡，不妨闲处袖手看风轻云淡。所幸你我身体健康，悠闲游乐可度余生，杯中寻醉共享此时。

注释

1 **密州**：今山东省诸城市，苏轼于熙宁七年底至九年(1076)底任密州知州。 **子由**：苏轼弟苏辙字，熙宁三年(1070)起任齐州(今山东济南)掌书记。

2 **孤馆**：形容寓居客舍的人很少。 **灯青**：点着灯起床，灯发着青光。

3 **野店鸡号**：说明走得早。五代温庭筠《商山早行》："鸡声茅店月，人迹板桥霜。"

4 **月华收练**：月光像白色的绢，渐渐收起来了。

5 **耿耿**：形容明亮的样子。

6 **摛(chī)锦**：把锦缎铺展开。形容云雾缭绕的山峦色彩变幻莫测。

7 **漙(tuán)漙**：形容露水盛多的样子。《诗经·郑风·野有蔓草》："零露漙兮。"

8 **共客长安**：指嘉祐年间，苏轼二十一岁、苏辙十八岁时二人同去汴京参加科举考试，后为欧阳修赏识双双考取进士。长安，代指汴京。

9 **二陆**：指西晋文学家陆机、陆云兄弟，二人也是二十多岁征召入京并名动京城。苏轼此处以为自喻。

10 **笔头千字**：下笔千言之意。 **胸中万卷**：胸中藏有万卷书。这里是形容读书很多，学识渊博。 **致君尧舜**：指辅佐国君成为圣明之主。唐代杜甫《奉赠韦左丞丈二十二韵》："致君尧舜上，再使风俗淳。"这里说明当年二人才情万丈、志向远大。

11 **用舍**：见《论语·述而》："用之则行，舍之则藏。"意为任用与否在朝廷，抱负施展与否在自己。 **行藏(cáng)**：意为被任用就出仕，不被任用就退隐。

12 **且斗尊前**：得乐于樽前。唐代牛僧孺《席上赠刘梦得》："休论世上升沉事，且斗尊前见在身。"斗，嬉乐戏耍之词。尊，酒杯。

蝶恋花

密州上元[1]

导读

这首词作于熙宁八年(1075)元宵节，苏轼时任密州(今山东诸城)知州。上片回忆杭州元宵节的盛况，五句分写五景，描绘出热闹辉煌的景象。下片陡转描写密州城元宵节的萧瑟，与杭州城一一形成对应，鲜明生动地描绘出两幅不同的风俗图画。

原文

灯火钱塘三五夜[2]。明月如霜，照见人如画[3]。帐底吹笙香吐麝[4]。此般风味应无价[5]。

寂寞山城[6]人老也。击鼓吹箫，乍入农桑社[7]。火冷灯稀霜露下。昏昏雪意云垂野。

译文

杭州城的元宵节灯火辉煌，月光洒在大地如霜明亮，照得观灯的人们如画里一般。罗帐里传来动人的乐曲，香炉里散发清幽的香味，别样的风情并非金钱能及。

山城密州的元宵夜却孤寂冷清，我也显得苍老疲惫。远处传来击鼓吹箫的乐声，也许是人们在祈福祭祀吧。稀疏的灯火映着满地露霜，天阴欲雪的原野乌云低垂。

注释

1 **上元**:农历正月十五,唐宋时期多在此夜张灯结彩,称为元夜、元夕、元宵。

2 **钱塘**:指杭州。 **三五**:即正月十五日元宵节。

3 **人如画**:观灯会作为上元夜的重要活动,妇女们也都刻意打扮出行游玩。

4 **笙**:古代民间簧管乐器。 **麝**:雄麝脐部分泌出一股香气,是名贵的香料,也可入药,这里代指香气。

5 此句又作“更无一点尘随马”,形容街道干净整洁。

6 **山城**:这里指密州。

7 **农桑社**:指农村祭神的地方。

江城子

乙卯正月二十日夜记梦

导读

这首词作于熙宁八年(1075)正月二十日,苏轼时任密州知州,因为思念亡妻王弗而写下此词。王弗,眉州青神人,至和元年(1054)十六岁时与苏轼成亲,育有一子苏迈,二十七岁时卒于京城,后归葬故乡,苏轼曾作有《亡妻王氏墓志铭》。王弗亡后十年苏轼遭遇政治风波而四处奔走,途中又梦见爱妻,遂写下这首千古悼词。上片直接描写对亡妻的思念和自己失意的凄凉,下片重现梦中重逢的场景,景真意切,情义绵绵,哀婉深挚,催人泪下。

原文

十年[1]生死两茫茫。不思量，自难忘。千里[2]孤坟、无处话凄凉。纵使相逢应不识，尘满面，鬓如霜。[3]

夜来幽梦忽还乡。小轩窗，正梳妆。相顾无言、惟有泪千行。[4]料得年年断肠处，明月夜，短松冈[5]。

译文

十年来我们生死别离，纵然不去想念却难以忘怀。你那孤零零的坟墓远在家乡，四处奔波的我却无处诉说内心的凄凉。即使现在你我相遇，恐怕你也难以认出我尘土满面、鬓发如霜的模样。

夜里迷迷糊糊地梦见回到故乡，而你正好坐在窗前打扮，你我面面相觑却无话可讲，只落得两行泪水倾诉忧伤。我想那月下松树旁的坟墓里，你一定也年年为我念断柔肠。

注释

1 **十年**：据苏轼《亡妻王氏墓志铭》记载，王弗于治平二年(1065)五月二十八日卒于汴京，次年六月归葬眉山东北彭山县安镇乡可龙里，距离苏轼熙宁八年(1075)写下此词整整十年。

2 **千里**：苏轼当时任职的密州距离故乡彭山很远，故云“千里”。

3 **“纵使”三句**：作者描述自己经历长期劳顿，渐渐衰老之状。

4 **“小轩窗”四句**：这里描写梦中夫妻二人相见时的情景。

5 **短松冈**：指种有小松树的山冈，古代墓旁常种松树，这里指亡妻之墓。

江城子

猎词

导读

这首词是熙宁八年(1075)十月,苏轼任密州知州时外出求雨归途中野外会猎所作。上片描写率众出猎的威武盛况和全城轰动的热烈场面,下片抒发保卫疆土和为国效力的雄心壮志。全词情景壮阔,豪迈激昂,塑造出作者威武的英雄形象,是苏轼豪放词的代表作之一。苏轼在《与鲜于子骏书》里曾谈到这首词,说自己最近新填了不少小词,都与当时名家柳永的婉约风味不同,可以令东州壮士鼓掌顿足,击节歌唱。从这番话语里可见苏轼非常在意自己"自成一家"的风格,这也奠定了他在词坛的重要地位。

原文

老夫[1]聊发少年狂。左牵黄,右擎苍。[2]锦帽貂裘、千骑卷平冈[3]。为报倾城随太守[4],亲射虎,看孙郎[5]。

酒酣胸胆尚开张。鬓微霜,又何妨。持节云中、何日遣冯唐[6]?会挽雕弓如满月[7],西北望,射天狼。[8]

译文

今天好像奋发轻狂的少年,左手牵着黄犬,右手托着苍鹰。头戴锦帽,身穿貂衣,跟众人浩浩荡荡骑马卷过山岗。为了答谢全城百姓前来观看,我一定要亲射猛虎,犹如当年的吴王孙权。

借助酒兴正浓,壮志正高,鬓发花白又能怎样?朝廷何时能再遣冯唐,带着命令重新起用云中老将?我一定还能拉满弓箭,遥望西北,射杀侵犯的天狼。

注释

1 **老夫**:苏轼自称。当时苏轼不过四十岁,古人有叹老嗟卑的习惯。

2 **左牵黄**:左手牵黄狗。 **右擎苍**:右手擎苍鹰。描述打猎时的重要行头。

3 **锦帽貂裘**:苏轼或随从所穿的猎装。 **骑**:旧读 jì,一人乘一马的合称。千骑说明随从众多。

4 **报**:答谢。 **倾城**:全城人都出动。 **太守**:是苏轼自指。

5 **孙郎**:指三国时期的孙权,他曾经骑马射虎,马被老虎咬伤,便用双戟刺伤老虎。这里是作者自比。

6 **节**:符节,古代使臣随身携带的凭证。 **云中**:汉代郡名,今在内蒙古自治区托克托县东北一带。这句应为“何日遣冯唐持节云中”。据《史记·冯唐列传》记载,汉文帝时云中太守魏尚抗击匈奴有功,却因为上报战果的数字有所出入而被削职,年迈位卑的冯唐劝谏汉文帝不应轻罪重罚,汉文帝接受冯唐的建议并派他持符节去云中赦免魏尚。苏轼这里以魏尚自比,意在希望能有机会授以守边重任,为朝廷立功。

7 **会挽**:将弓拉满。 **雕弓**:刻有精美图案的弓,形容华贵。

8 **西北**:指位于西北的西夏等国。 **天狼**:古人认为是主侵犯的星座,《楚辞·九歌·东君》:“举长矢兮射天狼。”王逸注:“天狼,星名,以喻贪残。”《晋书·天文志》:“狼一星,在东井(星)东南。狼为野将,主侵掠。”

水调歌头

丙辰中秋，欢饮达旦，大醉。作此篇，兼怀子由。

导读

这首词作于熙宁九年(1076)。苏轼从熙宁四年(1071)赴杭州与弟弟苏辙分别后再未见面,熙宁七年(1074)苏轼请求调任密州(今山东诸城),就是想与担任齐州(今山东济南)掌书记的苏辙更近一点。虽然两地相隔不远,但是两年来二人仍然无法相见,所以苏轼在中秋夜写下此篇,将对弟弟的思念之情与政坛的失意之志融为一体,成为词史上的千古名篇。上片写把酒问明月,幻想天宫之美又担忧月殿之寒,表达出盼望回朝又怕朝廷复杂难处的矛盾心情。下片写斜倚望月,将月亮的盈亏圆缺与离愁别绪联系起来,最后表达出千里共婵娟的美好祝愿。全词清新旷达,飘逸脱俗,富于哲理,寄托深远。

原文

明月几时有？把酒问青天。[1]不知天上宫阙,今夕是何年。[2]我欲乘风归去,惟恐琼楼玉宇[3],高处不胜寒。起舞弄清影[4],何似在人间。

转朱阁,低绮户,[5]照无眠。不应有恨,何事长

译文

何时有过如此明亮的月亮？我举杯问那茫茫的天穹。不知道天上的月宫是否和人间一样正逢中秋。我想乘着清风飞去月宫,可那晶莹如玉的楼宇高耸云端,我又怕难以忍受那里的清寒。月宫里翩翩起舞的清影,也恐不及人间的欢乐。

月光转过红色的楼阁,照进雕花的窗户,亮得我彻夜无眠。你既然与人间无

向别时圆[6]**！人有悲欢离合，月有阴晴圆缺，此事古难全。但愿人长久，千里共婵娟**[7]**。**

怨，为什么总在人们别离的时候最圆！人间有悲欢离合，月亮也有阴晴圆缺，这些事情自古以来都难以如愿。但愿人人能够长久，相隔千里也能共月同心。

注释

1 **“明月几时有”二句**：唐代李白《把酒问月》诗：“青天有月来几时？我今停杯一问之。”同样是疑问句，但苏词实为赞叹，肯定今夜月光之美。

2 **阙**(què)：指宫殿门前两边的楼，这里就是指宫殿。 **今夕是何年**：化用唐代韦瓘《周秦行纪》中诗：“共道人间惆怅事，不知今夕是何年。”传说天上与人间的年月不同。

3 **琼楼玉宇**：美玉般的楼阁宫殿。琼，美玉。传说宋神宗读到此句时，感叹道：“苏轼终是爱君。”

4 **起舞弄清影**：指月宫中仙女起舞，化用唐代李白《月下独酌》诗：“我歌月徘徊，我舞影零乱。”

5 **绮户**：指雕有美丽花纹的窗户。这里指月光转照到红色的楼阁并透过窗户，说明月已下沉，夜已很深。

6 **何事长向别时圆**：唐代诗人李贺有“天若有情天亦老”句谓为奇绝，宋代石延年作有“月如无恨月长圆”句更是惊艳，苏词即化用于此二句。

7 **婵娟**：代指月亮美好的样子。此句意境古人常用，如南朝谢庄《月赋》：“隔千里兮共明月。”唐代许浑《怀江南同志》诗：“唯应洞庭月，万里共婵娟。”

望江南

超然台作

导读

这首词作于熙宁九年(1076)苏轼知密州时。超然台在密州城北,苏轼上任后将破败不堪的旧台重新修整,成为时人登临游玩的去处,其弟苏辙题曰"超然台",并作《超然台记》。上片以白描手法写登台所见密州春景,笔法简练清新。下片借景感怀,抒发寒食节后思念亲人,并借品茶饮酒自娱的心情。末句点题,既写春未尽,又说人未老,情感深挚,意境清新。

原文

春未老[1],风细柳斜斜。试上超然台上看,半壕[2]春水一城花。烟雨暗千家。

寒食[3]后,酒醒却咨嗟[4]。休对故人思故国[5],且将新火试新茶[6]。诗酒趁年华。

译文

春天的脚步还在,杨柳飘拂在微风里。登上超然台远眺,护城河里春水泱泱,密州城外繁花似锦。千家万户笼罩在烟雨中,若隐若现。

寒食节后醉意刚醒,就叹息连连。不要面对老友思念故乡,还是烧起新火煎煮新茶吧。趁着人生未老,尽情饮酒赋诗。

注释

1 **老**:含"尽"的意思,以拟人手法写春天未去。

2 **壕**:城壕,护城河。

3 **寒食**:节令名。春秋时期晋国介之推辅佐晋文公重耳回国后,不愿当官并归隐山中,重耳放火逼他出山,他却抱树不出而被烧死。后来为了悼念介之推,重耳下令禁止在其死日生火。此后沿袭成为习俗,在清明前一天或两天只吃冷食,谓之寒食。

4 **咨嗟**:叹息。

5 **故国**:这里指苏轼的故乡四川眉山。

6 **新火**:旧俗寒食后以榆柳重新引火,称为新火。 **新茶**:指寒食节前采摘的"明前"春茶,又称火前茶。

阳关曲

中秋作

导读

这首词据苏轼绍圣元年(1094)作《书彭城观月诗》回忆说,是十八年前中秋夜和苏辙于徐州城观月时所作。按:熙宁九年(1076)冬苏轼离密州南下,次年春奉命改知徐州,苏辙送其赴任,兄弟二人抵达徐州后同住多日,此词当作于是时。全词记叙与弟弟苏辙久别重逢、共赏秋月的美事,抒发好景不长、聚散不定的感伤,语言清丽,耐人寻味。

原文	译文
暮云收尽溢清寒,	夜幕降临时彩云消散,晴空万里却充满了寒气。
银汉[1]无声转玉盘[2]。	银河流泻寂静无声,冉冉东升的明月像玉盘晶莹。
此生此夜不长好,	回想今生每逢中秋之夜,难得有今夜这样的美景。
明月明年何处看。	纵使明年今夜也有明月,你我又会到何处观赏?

注释

1 **银汉**:指银河。晚唐词人温庭筠有“夜深银汉通柏梁,二十八宿朝玉堂”句,就是描写星光璀璨的银河。

2 **玉盘**:指月亮,唐代诗人李白《古朗月行》:“小时不识月,呼作白玉盘。”

浣溪沙

徐门石潭谢雨,道上作五首·其二

导读

这首词作于元丰元年(1078)任徐州知州时。这年春天徐州大旱,苏轼去石潭祈雨之后谢雨,路过乡村作组词共五首,本词是其中第二首。上片写姑娘们梳妆打扮争看苏轼一行的盛况,活现出她们开朗活泼的神态。下片由近及远,写庆祝夏麦丰收的欢乐景象,又以老翁醉卧的温馨场面收束。全词用清新活泼的语言,描绘出徐州农村优美的风光和淳朴的百姓,是苏轼词作中并不多见的题材和风格。

原文

旋抹红妆看使君[1]。三三五五棘篱门[2]。相排踏破蒨罗裙[3]。

老幼扶携收麦社[4],乌鸢翔舞赛神村[5]。道逢醉叟卧黄昏。

译文

为了争看我们一行人,姑娘们匆忙打扮簇拥在篱笆门前张望。你推我挤,不觉踩坏了漂亮的红裙。

村里百姓也扶老携幼祭祀赛神,连乌鸦老鹰都在上空盘旋。暮色中的道路旁,一位老翁醉卧不醒。

注释

1 **旋抹红妆**：快速匆忙地梳妆打扮。旋，立刻、飞快。 **使君**：古代地方长官，这里是作者自指。

2 **棘篱门**：用杂树枝做成的篱笆门。

3 **相排**：相互推挤。 **蒨**(qiàn)：同“茜”，草名，根紫红色，可作染料，这里指红色的罗裙。唐代杜牧《村行》：“篱窥茜裙女。”

4 **收麦社**：收麦的季节祭祀土地神。

5 **乌鸢**(yuān)：乌鸦和老鹰。 **赛神村**：古时举行祭祀迎神的赛会。这里写乌鸦和老鹰在空中盘旋，是想伺机攫食祭品。

浣溪沙

徐门石潭谢雨，道上作五首·其四

导读

这首词作于元丰元年(1078)任徐州知州时，是组词第四首，描写离开村庄之后的情景，上片由所闻所见而写初夏乡村的风俗人情，下片由景转至作者本人，描写路途劳困的情境。全词笔法清新，自然恬适，绘出一个亲切和蔼的地方官形象。

原文

簌簌[1]衣巾落枣花。村南村北响缲车[2]。牛衣[3]古柳卖黄瓜。

译文

衣巾上沾满飘落的枣花，山村里缲丝声此起彼伏。衣着简陋的菜农，在古柳树荫叫卖黄瓜。

酒困路长惟欲睡，日高人渴漫思茶[4]。敲门试问野人家。

酒后走在路上昏昏欲睡，日头高悬又口渴难耐，于是试着轻轻敲门，向农家讨一碗清茶。

注释

1 **簌(sù)簌**：拟声词，形容纷纷落下的样子。

2 **缫车**：古代缫丝用的工具，缫，通“缲”。

3 **牛衣**：冬季盖牛马的草物，这里比喻简陋的衣服。《汉书·食货志上》：“董仲舒曰：贫民常衣牛马之衣，而食犬彘之食。”另外，据宋代曾季貍《艇斋诗话》记载，曾见苏轼真迹，写为“半依古柳卖黄瓜”，“半依”二字更具意境，可惜今无详切考证，仅作参考。

4 **漫**：不经意地。苏轼《是日偶至野人汪氏之居有神降于其室自称天人》诗也说：“酒渴思茶漫扣门。”

永遇乐

徐州梦觉，北登燕子楼[1]作。

导读

这首词作于元丰元年(1078)十月，苏轼时任徐州知州。上片写景，说明自己夜宿燕子楼时梦见关盼盼，醒来后却重寻不见。下片抒情，感叹燕子楼空，古今如梦。全词怀古而不陷于古，用典而不泥于典，将写景抒情恰到好处地表现出来。

原文

明月如霜，好风如水，清景无限。曲港跳鱼，圆荷泻露，寂寞无人见。紞如三鼓[2]，铿然一叶[3]，黯黯梦云惊断[4]。夜茫茫、重寻无处，觉来小园行遍。

天涯倦客[5]，山中归路，望断[6]故园心眼。燕子楼空，佳人何在，空锁楼中燕。古今如梦，何曾梦觉，但有旧欢新怨。异时对、黄楼[7]夜景，为余浩叹。

译文

月光如秋霜一样冰冷，夜风如秋水一样清凉，如此秋夜寂静清幽。弯弯的河港里鱼儿欢跳，圆圆的荷叶上露珠轻落，只可惜这美妙的月夜无人欣赏。三更的击鼓声传来，树叶铿铿的落地声清亮，将我从幽梦里惊起，独自在这茫茫夜色里，走遍园里的每个角落。

流落天涯无依的我，早已望穿回乡的山路和故园。当年的燕子楼也空荡无人，只留下飞来飞去的燕子。古往今来如同梦幻从未醒过，留下的只是那旧欢新怨。想象多年后人们对着黄楼夜景，也会为我长叹唏嘘吧。

注释

1 **燕子楼**：据白居易《燕子楼三首·序》记载，关盼盼是徐州已故张尚书的爱妾，美貌非凡，能歌善舞。白居易曾参加张尚书的宴会，还赠诗云："醉娇胜不得，风袅牡丹花。"张尚书去世后关盼盼念及旧爱而未再嫁，在燕子楼中幽居十几年。

2 **紞(dǎn)如**：击鼓声。《晋书·邓攸传》引吴人歌："紞如打五鼓，鸡鸣天欲曙。" **三鼓**：古人将一夜分为五更，每更击鼓报时，三鼓大概是凌晨一二点。

3 **铿然一叶**：这句写夜静时落叶的声音清晰可闻。铿然，金石声。

4 **黯黯**：黯然伤神的样子。 **梦云**：暗用宋玉《高唐赋》里写楚王梦见巫山神女的故事，这里是指梦见关盼盼。这三句写梦被更鼓声、落叶声惊醒的情状。

5 **倦客**：这里是作者自指。

6 **望断**:指故乡遥远到眼望不见,心想不到。

7 **黄楼**: 前年八月徐州城遭遇大水,苏轼亲自率领民众抗洪,并且建楼于徐州城东门,五行中土能压水,土又是黄色,所以命名为黄楼。苏轼由此想到自己修建的黄楼,若干年后是否也会如燕子楼一样人去楼空,从而借此设想后人对着黄楼凭吊自己。

蝶恋花

暮春别李公择

导读

这首词是元丰元年(1078)苏轼于徐州送别老友李公择时作。二人都是因反对新法而遭贬谪,患难之交情谊深厚。上片写暮春时节的风光,并微露惜别之情。下片写送别之地的场景,兼有对重用的渴望,末句采用回文手法,直抒二人同病相怜和恳切浓烈的情思。

原文

簌簌无风花自亸[1]。寂寞园林,柳老樱桃过[2]。落日多情还照坐[3]。山青一点横云破。

路尽河回千转舵。系缆渔村,月暗孤灯火。

译文

无风吹打,花儿悠然自落,寂静的园林里柳条长拂,樱桃的花期也已早过。多情的落日斜照静坐的身影,远远的青山点破一抹横云。

送别走到路尽头,行舟转舵回程。今夜系缆停泊渔村,唯有暗月与孤灯相伴。

凭仗飞魂招楚些[4]。我思君处君思我。

多想能像召唤屈原那样召唤离伴，在我思念友人的时候他也在想我。

注释

1 **簌簌**：拟声词，形容花落的样子。 **亸**(duǒ)：下垂。他本有作“堕”字。

2 **柳老**：指暮春时节的柳树。唐代白居易《前有〈别杨柳枝〉绝句，梦得继和云：‘春尽絮飞留不得，随风好去落谁家。’又复戏答》诗：“柳老春深日又斜。” **樱桃**：又名含桃、荆桃。 **过**：指樱桃花期已过。

3 **照坐**：照在对坐话别的两人。此句一作“落日有情还照坐”。

4 **楚些**(suò)：些，《楚辞·招魂》末句常用的语气词，如“去君之恒干，何为四方些”。古时招魂既用于死去的人，也用于遭贬谪的人。

南乡子

自述[1]

导读

这首词作于元丰元年(1078)秋。上片写白天休息，晚间行政，无事读书的悠然生活。下片写疏于功名，懒散人事，而且占尽人间愚钝。全词笔调飘逸，轻描淡写而见豁达的人生态度，既是对友人杨绘又是对自我的勉励。

原文

凉簟碧纱厨[2]。一枕清风[3]昼睡余。卧听晚衙[4]无一

译文

清凉的竹席和碧纱橱帐，白天清风吹拂好睡眠。晚间衙门无事又得

事,徐徐。读尽床头几卷书。

搔首赋归欤[5]。自觉功名懒更疏[6]。若问使君才与术,何如?占得人间一味愚[7]。

闲,慢慢地读完了放在床头的书籍。

挠头念诵起归隐的诗句,自己也对功名懒散无趣。如果有人问起才气能耐,只是占尽人间所有的愚钝。

注释

1 **自述**:又为"和杨元素"。杨元素,名绘,时任杭州知州,为苏轼好友,二人多有和作。

2 **簟**(diàn):竹席。 **碧纱厨**:夏天用来避蚊蝇的纱帐。

3 **一枕清风**:苏轼诗词里多喜用此语,如《睡起闻米元章冒热到东园送麦门冬饮子》:"一枕清风值万钱,无人肯买北窗眠。"

4 **晚衙**:古时官署一日两次坐衙,早晨坐衙称为"早衙""朝衙",晚间坐衙称为"晚衙""暮衙"。

5 **搔首**:挠头。 **归欤**:指归隐的意思。《论语·公冶长》记载,孔子在陈国的时候,曾发出"归欤"的感叹。

6 **懒更疏**:指懒散不加拘束。

7 **占得**:拥有。 **一味愚**:所有的愚昧。

江城子

恨别[1]

导读

这首词作于元丰二年(1079)苏轼由徐州调往湖州的途中。上片以感慨起调,诉说天涯流落的茫茫愁思,以及与徐州依依惜别的情境。下片即景抒情,写离徐的途中所见,表达自己怅然若失的离愁。全词借对徐州风物人情的无限留恋,在离愁别绪中融入深沉的身世之感,一波三折,读之令人肠断。

原文

天涯流落思无穷。既相逢。却[2]匆匆。携手佳人、和泪折残红[3]。为问东风余几许?春纵在,与谁同!

隋堤三月水溶溶[4]。背归鸿[5]。去吴中[6]。回首彭城、清泗与淮通[7]。寄我相思千点泪,流不到,楚江东[8]。

译文

流落天涯的人儿思绪无穷,偶尔相逢也是匆匆又别。临行之际轻携佳人欲语还休,只得流泪空对飘零的落花。想问温暖的东风还能留下多少?春天虽然还在,又能与谁共赏!

三月的隋堤春水波光粼粼。南来的大雁开始飞回北方,我却背道而去南方的吴中。回头再望徐州,清澈的泗水和淮河相通。我想洒下点点相思泪,却也无法流到楚江之东。

注释

1 一作“别徐州”。

2 **却**:犹、还的意思。宋代欧阳修《梁州令》词:“一去门闲掩,重来却寻朱槛。”

3 **残红**:暮春时节百花败谢,所以称落花为残红。

4 **隋堤**:隋炀帝大业元年(605)开通济渠,引洛水入黄河,与淮河沟通,并在通济渠两岸修筑道路,种植杨柳,后人称之为隋堤。 **溶溶**:形容水波荡漾的样子。

5 **背归鸿**:春天大雁北归,而作者却南去湖州(今属浙江),所以说是“背”。

6 **吴中**:指湖州,湖州州治在乌程,春秋时期属于吴地,所以泛称为吴中。

7 **彭城**:指徐州。 **清泗**:指泗水,发源于山东,途经徐州等地流入淮河。

8 **楚江东**:长江中下游古属楚国,一般将这段区域称为楚江,长江下游以南地区称为江东。这里也是指吴中。

卜算子

黄州定慧院寓居作[1]

导读

这首词作于元丰三年(1080)二月初,苏轼到黄州寓居定慧院时。上片写景,从视觉和听觉两方面来写寂静的月夜,再从幽人转向对孤鸿的描写,自然贴切,情境浑然。下片写人,明写缥缈无依的孤鸿,实写孤寂高洁的幽人,语语双关而深意隽永。全词境界清冷,情感清奇,宋代文人黄庭坚赞誉为“似非吃烟火食人语”。

原文

缺月挂疏桐，漏断人初静[2]。谁见幽人独往来，缥缈孤鸿影。[3]

惊起却回头，有恨无人省[4]。拣尽寒枝不肯栖[5]，寂寞沙洲冷。

译文

月亮弯弯，挂在稀疏的梧桐树梢，夜深人静，滴漏的水也已滴完。有谁看见闲居的人儿月下独自徘徊？只有时隐时现的孤鸿知道我的忧伤。

惊飞的孤鸿不断回头张望，好像有无限忧伤无人体谅。它在枯寂的枝头飞来飞去，最后还是回到寂寞清冷的沙滩。

注释

1 **黄州**：现在湖北省黄冈市。苏轼于元丰二年(1079)贬谪至此。 **定慧院**：又名为定惠院，在黄州城东南。

2 **漏断**：水已滴尽，表示夜深。漏，古代人以铜壶滴水计时。此句烘托出月夜寂静、清冷的氛围。

3 **幽人**：幽居之人。《周易·履》："履道坦坦，幽人贞吉。" **缥缈**：若隐若现的样子。此句自问自答，描写孤鸿见作者月下独自徘徊之景。

4 **省**：了解，明白。

5 **不肯栖**：传说鸿雁不在枝头留宿，而只栖息于沙滩的芦苇丛中。

南乡子

黄州临皋亭作[1]

导读

这首词作于元丰三年(1080)黄州时期。苏轼贬谪到黄州后居住在临皋亭,暮春时节见春雨春景,心神荡漾而写下此词。上片由酒杯而云山、江水、岷峨,以一系列丰富的联想描写思乡之情。下片转而倏忽变化的自然景观,暗指变幻莫测的政治风云。全词一气呵成,思乡与人生的感慨尽得表现,可谓"不着一字"而"尽得风流"。

原文

晚景落琼杯[2]。照眼云山翠作堆[3]。认得岷峨春雪浪[4],初来。万顷蒲萄涨渌醅[5]。

暮雨暗阳台[6]。乱洒歌楼湿粉腮[7]。一阵东风来卷地,吹回[8]。落照江天一半开[9]。

译文

夕阳美丽的倒影落在玉杯里,青山绿树映衬得云山满眼翠绿。认得这是故乡岷峨山的积雪融化从,上游刚流下来,万顷的江水好像那尚未过滤的美酒。

江边的山上春雨忽至,飘飞的春雨染湿春山,好像打湿美人的粉腮。一阵东风忽然卷来吹散云雨,余晖从乌云缝隙中斜照,染得江边天际半边通红。

注释

1 **临皋亭**:在黄州城南门外江边,作者元丰三年五月自定慧院迁居于此。

2 **晚景**:指夕阳之景。 **琼杯**:玉杯。这句形容夕阳倒影落入酒杯之中。

3 **照眼**:耀眼。唐代杜甫《酬郭十五判官》:"药里关心诗总废,花枝照眼句还成。" **翠作堆**:形容绿色之盛。

4 **岷峨春雪浪**:四川境内岷山山脉的北支,峨眉山傍其南面,而苏轼的家乡眉山距离峨眉很近,所以作者常以之代指家乡。苏轼《临皋闲题》也说:"临皋亭下八十数步,便是大江,其半是峨嵋雪水。"

5 **蒲萄**:即"葡萄"。 **渌醅**(lùpēi):美酒,醅是未过滤的酒。这里用绿色的葡萄酒比喻江水澄澈碧绿。语出李白《襄阳歌》:"遥看汉水鸭头绿,恰似葡萄初酦醅。"

6 **阳台**:传说在重庆巫山。宋玉《高唐赋》:"妾在巫山之阳,高丘之阻,旦为朝云,暮为行雨。朝朝暮暮,阳台之下。"这里与下句"歌楼"都指黄州附近的山峦。

7 **湿粉腮**:这里比喻春雨将山峦淋湿,好像打湿了女子施粉的面庞。

8 **吹回**:指春风将春雨吹散。

9 **落照**:指夕阳。这句描写雨后江景。唐代杜牧《洛阳长句二首》之一:"桥横落照虹堪画。"

水龙吟

次韵章质夫杨花词[1]

导读

这首词作于元丰四年(1081)春,似写杨花,实又写人,似说章质夫与家人的别离,实道自己颠沛流离的漂泊之感。将惜花、伤春、感时融为一体,要眇的情感和清幽的意境,细腻的描写和丰富的想象都恰如其分地表现出来,是苏轼咏物词的代表作。

原文

似花[2]还似非花，也无人惜从教[3]坠。抛家傍路，思量却是，无情有思。[4]萦损柔肠，困酣娇眼，[5]欲开还闭。梦随风万里，寻郎去处，又还被、莺呼起[6]。

不恨此花飞尽，恨西园、落红难缀[7]。晓来雨过，遗踪何在？一池萍碎[8]。春色三分，二分尘土，一分流水。[9]细看来，不是杨花，点点是离人泪[10]。

译文

杨花像花又不像花，没人怜惜任由飞扬。它从枝头飘落在路旁，暂时的别离看似无情，细想起来却是情思无限。这柔肠为愁思萦绕，双眼因春困倦怠，就好似梦里寻夫的思妇，一时却被黄莺惊醒。

我不怨那杨花一一飞尽，只怨西园的落花无法重回枝头。清晨的风雨过后，杨花飘落何处？惟见一池破碎的浮萍。这满园的春色，有的随流水而去，有的化为春泥尘土。若细细去看，那不是杨花，而是别离人的点点珠泪。

注释

1 **章质夫**：名楶(jié)，浦城（今属福建）人，宰相章惇之兄，曾任吏部郎中、知越州，终资政殿学士。元丰中，提点为湖北刑狱，以《水龙吟·杨花》词寄给苏轼。苏轼收到后非常高兴并回信说："柳花词妙绝，使来者何以措词。本不敢继作，又思公正柳花飞时出巡按，坐想四子，闭门愁断，故写其意，次韵一首寄去。"（《与章质夫》）次韵，就是依照别人作品的韵脚和作。

2 **似花**：古代人常常将杨花、柳絮比作花，但也有说并非花，所以说"似花"。梁元帝萧绎《咏阳云楼檐柳》诗："杨柳非花树，依楼自觉春。"

3 **从教**(jiāo)：听任、不管。

4 **抛家傍路**：杨花飞离枝头，却又飘落旁路，看似无情，细细想来又好像有意不舍离去。 **思**：与柳丝之"丝"谐音双关。唐代杜甫《白丝行》诗："落絮游丝亦有情。"

5 **柔肠**：比作柳条。 **娇眼**：比作柳叶，古人以为柳叶刚出时好似睡眼初开，所以称为柳眼，这里又比喻为美人之眼。

6 **莺呼起**：化用唐代金昌绪《春怨》诗："打起黄莺儿，莫教枝上啼。啼时惊妾梦，不得到辽西。"写杨花的随风飘荡好似梦中寻夫的思妇被黄莺惊醒时的失落无助。

7 **落红难缀**：落花飘飞后再也难以重回枝头。

8 **一池萍碎**：古人认为杨花落水后会变成浮萍，所以作者也自注说："杨花落水为浮萍，验之信然。"其实只是巧合，并不科学。

9 **"春色三分"句**：紧承上句，杨花飘落后归于尘土，付诸流水。

10 **离人泪**：最后点题杨花非花，而是别离人儿的泪水，强化借咏物而言情的主题。

水调歌头

欧阳文忠公尝问余：琴诗何者最善？答以退之《听颖师琴》[1]诗最善。公曰：此诗最奇丽，然非听琴，乃听琵琶也。余深然之。建安章质夫家善琵琶者，乞为歌词。余久不作，特取退之词，稍加檃栝，使就声律，以遗之云。[2]

导读

这首词作于元丰四年(1081)黄州时期。这是一首典型的文人戏作的檃栝词，通过改造他人的作品，达到出其不意的新奇效果，苏轼还有檃栝杜牧《九日齐安登高》诗、陶渊明《归去来辞》等的词作，都是属于这类逞才的作品。上片描写不同风格音乐的切换，从开始的轻柔旖旎，瞬间变为雄壮高昂，然后归于悠扬致远。下片通过不同时间音乐的对比：从同一时间内繁音细响与清越之声的对比，到不同时间内音乐抑扬起伏的对比，刻画出弹技之高。苏轼笔墨精微神妙，且融入自己的全新体验，使整首词呈现出与原作不同的艺术韵味。

原文

昵昵[3]儿女语，灯火夜微明。恩怨尔汝来去[4]，弹指泪和声[5]。忽变轩昂勇士[6]，一鼓填然作气[7]，千里不留行[8]。回首暮云远，飞絮搅青冥。[9]

众禽里，真彩凤，独不鸣[10]。跻攀寸步千险，一落百寻轻。[11]烦子指间风雨，置我肠中冰炭，起坐不能平。[12]推手从归去，无泪与君倾。[13]

译文

琵琶初发时仿佛静夜微弱的灯火下，一对恋人亲昵地私语。似二人时好时闹、有泪有笑，琵琶声也轻柔细碎、哀怨低吟。忽然曲调激越像气宇轩昂的勇士，在填然骤响的鼓声中，跃马驰骋一去千里。接着乐曲又犹如远天的暮云、飞扬的柳絮缥缈幽远。

百鸟争喧的错杂声中，唯有彩凤不鸣。高音突起，好像攀登悬崖峭壁寸步难行，又陡然坠入深渊一落千丈。似能兴风作雨，让人心肠寒热，坐立不宁。弹者推放琵琶而归去，为君倾倒而泪水已干。

注释

1 **《听颖师琴》**：原题名为《听颖师弹琴》，唐代文人韩愈名篇，原诗为："昵昵儿女语，恩怨相尔汝。划然变轩昂，勇士赴敌场。浮云柳絮无根蒂，天地阔远随飞扬。喧啾百鸟群，忽见孤凤凰。跻攀分寸不可上，失势一落千丈强！嗟余有两耳，未省听丝篁。自闻颖师弹，起坐在一旁。推手遽止之，湿衣泪滂滂。颖乎尔诚能！无以冰炭置我肠。"

2 **檃栝**：原义是矫正曲木的工具。引申为依据诗文原有的情节内容，将其剪裁、改写为词或其他文体形式，宋代文人常有此类逞才游戏作品。**使就声律**：使得符合声律。韩愈的诗歌不能配乐歌唱，现在改成符合音乐要求的词体，便可供人演唱。 **遗**(wèi)：赠送。

3 **昵昵**：象声词，表示亲切、亲密，这里形容琵琶声似恋人在窃窃昵语。

4 **恩怨**：恩爱，怨是处于相爱的责怨，说明恋人间时好时闹。 **尔汝**：都是第二人称，彼此亲昵，不拘形迹。

5 **弹指**：一弹指的省略，时间短暂的意思。 **泪和声**：形容彼此亲昵喜欢而假意哭闹。

6 **忽变**：形容琵琶声激越飞扬，如勇士作战勇往直前。 **轩昂**：高昂。

7 **一鼓填然作气**：比喻趁士气旺盛时，一举成事。古代作战以击鼓为进攻的信号，擂第一遍鼓时士气最旺，称为"一鼓作气"。语出《左传·庄公十年》："一鼓作气，再而衰，三而竭。"

8 **千里不留行**：见《庄子·说剑》："臣之剑，十步一人，千里不留行。"十步之内能杀人，一去千里也阻留不住，说明其剑非常锐利。

9 **青冥**：形容青苍幽远，指青天。这句形容意境开阔，如见风吹浮云远和柳絮漫天飞之景。

10 **独不鸣**：描写乐声如百鸟齐鸣，唯独没有凤凰的高亢之音。

11 **"跻攀"二句**：描写乐声逐步升到最高音阶，陡然又降到最低音阶。跻攀，攀登向上。寻，长度单位，古时八尺为一寻，倍寻为常，百寻形容极高。

12 **指间风雨**：比喻用手演奏的乐曲。 **肠中冰炭**：欣赏演奏时内心感情的激烈变化。 **起坐**：形容激动得起坐不定。这三句意在描写琵琶曲的动人效果。

13 **推手**：打手势。 **无泪与君倾**：写音乐感人之深，听者为之流尽眼泪。

南乡子

重九涵辉楼呈徐君猷[1]

导读

这首词是元丰四年(1081)苏轼贬谪黄州期间，在重阳日涵辉楼宴席上为黄州知州徐君猷所作。上片写楼中远眺之景，描绘大江两岸的晴秋景象。下片抒发感慨，就涵辉楼上宴席而感世事，表达参透人生之后的达观心态。全词融理于景，既勾勒出天高气清、明丽雄阔的秋景，又蕴含人生如梦的顿悟。

原文

霜降水痕收。浅碧鳞鳞露远洲。酒力渐消风力软，飕飕。[2]破帽[3]多情却恋头。

佳节若为酬[4]。但把清尊断送秋[5]。万事到头都是梦，休休。[6]明日黄花蝶也愁。[7]

译文

霜降时节秋水下落，碧波粼粼而沙洲渐露。微风吹过时酒力减退，这才觉凉意阵阵。唯有破帽多情留恋，不肯被风吹落。

重阳节如何度过，只有借酒消忧，打发秋日时光。世间万事到头都是转眼成空，所以不要再提往事。重阳节后菊花渐渐败谢，只怕那时恋花的蝴蝶也会发愁。

注释

1 **重九**：即农历九月初九重阳节。 **涵辉楼**：又名栖霞楼，在黄冈县西南，原为黄州知州闾丘孝终所建，成为当地名胜。宋代韩琦《涵辉楼》诗："临江三四楼，次第压城首。山光遍轩楹，波影撼窗牖。”苏轼《醉蓬莱》序云：“余谪居黄州，三见重九，每岁与太守徐君猷会于栖霞楼。” **徐君猷**：名大受，当时任黄州知州。

2 **风力软**：形容风力不大。 **飕**(sōu)**飕**：形容阴冷的样子。

3 **破帽**：据《晋书·孟嘉传》记载，桓温于九月九日宴请群僚，孟嘉戴的帽子被风吹落却浑然不觉，此后“落帽”成为重阳登高的典故。苏轼这里翻新典故，反用其意。

4 **若为酬**：怎样应付过去。

5 **尊**：同“樽”，酒杯。 **断送**：度过。

6 **万事到头**：化用宋代潘阆“万事到头都是梦，休嗟百计不如人”诗。 **休休**：不要，这里是指不要再提往事。

7 **明日黄花**：古人重阳节都要赏菊，节后菊花逐渐败谢。这里化用唐代郑谷《十日菊》诗：“节去蜂愁蝶不知，晓庭还绕折残枝。”苏轼也有《九日次韵王巩》诗：“相逢不用忙归去，明日黄花蝶也愁。”都是更进一层说明菊花凋萎，蜂蝶均愁，表达时过境迁的迟暮之感。

满江红

寄鄂州朱使君寿昌[1]

导读

这首词作于元丰四年(1081)苏轼贬官黄州时期。上片就眼前所见之景抒发思乡之情，下片由鄂州名胜联想历史人物，抒叹对古代文士命运的同情，实际也是借古人表达自己的深沉感慨。

原文

江汉西来[2]，高楼下、蒲萄深碧[3]。犹自带、岷峨雪浪[4]，锦江春色[5]。君是南山遗爱守[6]，我为剑外思归客[7]。对此间、风物岂无情，殷勤说。

江表传[8]，君休读。狂处士[9]，真堪惜。空洲对鹦鹉[10]，苇花萧瑟。不独笑书生争底事[11]，曹公黄祖俱飘忽。愿使君、还赋谪仙诗，追黄鹤。[12]

译文

长江和汉水西流而下，黄鹤楼前的江水像葡萄酒一样清澈碧绿。而且还挟带着岷山和峨眉山融雪的浪花，以及锦江的无边春色。你曾是南山百姓爱戴的父母官，我如今是剑门山外的思乡客。面对这里的风土人情，请听我慢慢诉说无尽的衷肠。

不要再去读那《江表传》，放荡不羁的祢衡令人扼腕。如今空荡荡的鹦鹉洲，只有萧瑟的苇花四处飘荡。可笑这呆书生祢衡不知在争什么，那曹操、黄祖不也同样早已死去。但愿你像李白赋诗那样，多作超越《黄鹤楼》的著名诗篇。

注释

1 **朱使君寿昌**：字康叔，天长（今属安徽省）人，历知岳州、广德军，因辞官寻母而以孝闻名于当时，与苏轼友谊深厚，二人常有书信往来。此时朱寿昌知鄂州（今湖北武汉），所以称朱使君。

2 **江汉**：长江与汉水，正好在武汉汇聚，武汉在黄州以西，所以称“西来”。

3 **高楼**：从下片可知为黄鹤楼，矗立在长江与汉水交汇处的南岸。 **蒲萄深碧**：形容江水像葡萄酒一般碧绿清澈。唐代李白《襄阳歌》诗：“遥看汉水鸭头绿，恰似葡萄初酦醅。”

4 **岷峨雪浪**：岷山与峨眉山，都在四川境内，苏轼《临皋闲题》：“临皋亭下八十数步，便是大江，其半是峨眉雪水。”说明江水挟带家乡的雪水西来，流露思乡之情。李白《经乱离后天恩流夜郎忆旧游书怀赠江夏韦太守良宰》诗：“江带岷峨雪，川横三峡流。”

5 **锦江春色**：锦江是四川境内岷江的支流。唐代杜甫《登楼》诗：“锦江春色来天地。”

6 **南山遗爱**：南山有三种说法：一说朱寿昌曾经任陕西通判，终南山在陕西境内之南。二说借用《诗经·小雅·南山有台》："南山有杞，北山有李。乐只君子，民之父母。"赞美朱寿昌爱护百姓。三说鄂州在黄州隔江之南，所以称为南山。遗爱，指遗留恩泽，爱护百姓。

7 **剑外**：四川在剑门山南面，相对于唐代首都长安而言，它是在剑门山外，所以称四川为剑外。此时作者离开家乡四川，故称"思归客"。

8 **江表传**：书名，传为晋代虞溥所撰，记述三国时期吴国的人事，现已失传。

9 **狂处士**：指祢衡(173—198)，字正平，少有才辩而气刚傲物，孔融将他推荐给曹操，他却击鼓奏《渔阳参挝》并大骂曹操，后来曹操想杀他而又顾忌虚名，将他转送给刘表，刘表又将他送给江夏太守黄祖，祢衡最后被黄祖所杀。

10 **空洲对鹦鹉**：实际为"空对鹦鹉洲"，鹦鹉洲现在武汉汉阳江中，因为祢衡曾作《鹦鹉赋》，所以将其葬地称为鹦鹉洲。

11 **不独笑书生争底事**：一说"独笑书生争底事"。是说祢衡与曹操、黄祖有什么气好争，如今他们都已飘然而逝。

12 **谪仙**：谪居世间的仙人，李白《对酒忆贺监》诗序称贺知章曾号其为"谪仙人"。这里表示希望朱寿昌能像李白作《登金陵凤凰台》诗而超越崔颢《黄鹤楼》诗那样，多出佳作。

念奴娇

赤壁怀古[1]

导读

据傅藻《东坡纪年录》记载:元丰五年(1082)七月既望(十六日),泛舟于赤壁之下,作《赤壁赋》,又怀古,作《念奴娇》。这首词是苏轼贬谪黄州时所作,也是苏词的代表作,宋代胡仔评云:"语意高妙,真古今绝唱!"(《苕溪渔隐丛话·前集》卷五十九)俞文豹《吹剑续录》载幕士评苏词:"学士词须关西大汉,执铁板,唱'大江东去'。"明代沈谦又云,读之"若身历其境,惝恍迷离,不能自主"(《填词杂说》)。此词明为写景,实为抒情;题为怀古,实则自伤。上片描写赤壁雄伟奇丽的自然景观并回顾历史,引起下片对伟大历史人物的深切缅怀,同时自嘲自我人生理想与现实遭遇的落差,此际悲壮与旷达、入世与超世都融合在一起,将古代士子壮志难酬的悲情尽情展现。此词也得到历代文人的竞相唱和而成名篇。

原文

大江东去,浪淘尽、千古风流人物。故垒[2]西边,人道是、三国周郎赤壁[3]。乱石穿空,惊涛拍岸,卷起千堆雪。江山如画,一时多少豪杰!

遥想公瑾当年,小乔

译文

滚滚长江东流而去,湍急的江水早已冲尽历史。那旧营垒的西边,有人说是三国时期周瑜大败曹操的赤壁。看那怪石高耸入云,汹涌的波涛拍打岸壁,卷起无数的浪花,像千万堆白雪。山河风景如画,引得多少英雄豪杰为之折腰。

回想起当年的周瑜,小乔刚刚嫁给

初嫁了[4]，雄姿英发[5]。羽扇纶巾[6]，谈笑间、强虏灰飞烟灭[7]。故国神游[8]，多情应笑我[9]，早生华发。人间如梦，一尊还酹江月。[10]	他，正是英姿飒爽、意气风发。只见他手摇羽扇，头戴纶巾，谈笑之间就让强敌灰飞烟灭。古时的战场令人神游，可又怕周瑜笑我多情，发已花白却功业无成。人世间的事如梦如幻，不如举杯邀月，对饮江海。

注释

1 **赤壁**：汉建安十三年(208)曹操与孙权、刘备联军激战的地方，一般指湖北武昌县西赤鼻矶，又有人说是蒲圻县（今属湖北）西之赤壁，对岸为乌林，乃周瑜击败曹操处。

2 **故垒**：旧时的营垒。指赤壁古战场。

3 **人道是**：由于无法确定赤壁古战场的具体方位，苏轼也未下断语，所以说“人道是”。《东坡志林》卷四亦云：“黄州守居之数百步为赤壁，或言即周瑜破曹公处，不知果是否？” **周郎**：周瑜(175—210)，字公瑾，建安三年(198)为东吴建威中郎将，“瑜时年二十四，吴中皆呼为周郎”（《三国志・周瑜传》），建安十三年率吴军败曹操于赤壁时，年方三十四。

4 **小乔初嫁了**：小乔，据《三国志・周瑜传》，周瑜跟从孙策攻皖，“时得桥（乔）公两女，皆国色也。策自纳大桥，瑜纳小桥”。赤壁之战时实际上娶小乔已有十年，说“初嫁”是为了突出他的风流倜傥。

5 **雄姿英发**：相貌堂堂，才华横溢。《三国志・吕蒙传》称吕蒙“学问开益，筹略奇至，可以次于公瑾，但言议英发不及之耳”。苏轼《送欧阳推官赴华州监酒》：“知音如周郎，议论亦英发。”都是指他们谈吐不凡，英气奇伟。

6 **羽扇纶巾**：程大昌《演繁露》卷八引《语林》云：“诸葛武侯（亮）与晋宣帝（司马懿）战于渭滨，乘素车，着葛巾，挥白羽扇，指麾三军。”纶巾，系以青丝带的头巾，是古代儒士的形象，这里意在突出周瑜身为武将的儒雅风度。

7 **强虏**：强大的对手，一作“樯橹”，桅杆和桨，代指曹操的军船。“遥想”六句抒发周瑜少年得志，如婚姻美满，战功卓著等。

8 **故国神游**:此句主语有两种说法:一说周瑜,赤壁为孙吴属地,故称故国;一说苏轼,今日在旧时的古战场神游。

9 **多情应笑我**:接上句,主语不同,也有两种解释:一为多情的人笑我,我即三国时的周瑜;一为“应笑我多情”的倒装句,苏轼笑自己是个自作多情的人,感慨自我发已花白却功业无成。

10 **人间如梦**:清代黄苏《蓼园词选》:“总结以应起二句。总而言之,题是赤壁,心实为己而发。” **酹**(lèi):洒酒在地上或江中,表示祭奠,故此调又名《酹江月》。

水龙吟

闾丘大夫孝终[1]公显,尝守黄州,作栖霞楼[2],为郡中胜绝。元丰五年,余谪居于黄。正月十七日,梦扁舟渡江,中流回望,楼中歌乐杂作。舟中人言:公显方会客也。觉而异之,乃作此词。公显时已致仕[3],在苏州。

导读

这首词于元丰五年(1082)正月作于黄州,表达思念友人闾丘孝终之情。上片写梦境,描写梦中闾丘孝终在栖霞楼宴会宾客、歌舞齐鸣的场景,既是对故人的怀念,又有追忆的凄凉。下片写梦醒,想象归隐苏州的闾丘孝终同样梦会自己,表达出与友人之间的深厚情谊。全词缥缈空灵,情真意切。

原文

小舟横截春江，卧看翠壁红楼起。云间笑语，使君高会[4]，佳人半醉。危柱[5]哀弦，艳歌余响，绕云萦水。念故人老大[6]，风流未减，独回首、烟波里。

推枕惘然不见[7]，但空江、月明千里。五湖闻道[8]，扁舟归去，仍携西子。云梦南州[9]，武昌东岸[10]，昔游应记。料多情病里，端来见我，也参差是。[11]

译文

我梦见自己乘小舟横渡长江，斜倚船头远眺翠绿峭壁上的栖霞楼。此时好友闾丘孝终正与友人雅聚，歌儿舞女们也都醉意朦胧，盈盈笑语四处飞扬。紧致的弦柱发出悲怨的琴声，绮丽的歌声又袅袅飘荡，轻轻萦绕在云端水间。没想到我这位老友年近七旬，仍然不减当年的风流倜傥，蓦然再回首时惟见碧波渺渺。

等到梦醒推枕起身，心里又若有所失，只见明月照在空荡的江面。想当年好友像范蠡携西施泛舟五湖一样携眷归隐，是否还记得云梦南面、武昌东岸的黄州所留下的足迹。我想他也像我一样多情，会在梦中前来黄州见我，就跟今夜的我梦见他一样。

注释

1 **闾丘大夫孝终**：闾丘孝终，字公显，曾经任黄州知州，退休后隐居故里苏州，“东坡每过必留连，尝言：‘过姑苏不游虎丘，不谒闾丘，乃二欠事。’其重之如此”（见毛晋刻《宋六十名家词》）。

2 **栖霞楼**：据王象之《舆地纪胜》卷四十九《黄州》记载，栖霞楼在黄州城仪门之外西南角，视野开阔，是当地著名景点。

3 **致仕**：把禄位还给朝廷，也就是退休。

4 **使君高会**：太守举行盛会雅聚。

5 **危柱**：乐器上的弦柱拧得很紧，使发音高亢。

6 **故人老大**：故人，指老友闾丘孝终。闾丘退休苏州之后，词人曾于1074年拜访，距离此时已近十年，所以又称“老大”。

7 **推枕**：指梦醒后起床。 **惘然**：神情迷惘的样子。

8 **五湖闻道**：实际上是“闻道五湖”的倒装语。五湖，指太湖，在苏州南面。据《越绝书》记载，春秋时期越国败给吴国后，越国人范蠡献美女西施给吴王夫差以求和。后来越王勾践卧薪尝胆，终于灭了吴国，而范蠡却携西施遁隐西湖而去。这里以范蠡暗指闾丘孝终功成名退，携眷归隐苏州。

9 **云梦南州**：唐代杜牧《忆齐安郡》诗：“平生睡足处，云梦泽南州。”黄州又名为齐安，在古云梦泽的南面，故云。这里是说苏轼此时在黄州梦见闾丘孝终，而他正好又在这里做过太守，留下很多美好的回忆。

10 **武昌东岸**：鄂州旧称武昌，即今湖北鄂城，与黄州隔江相对，因在长江以南，故云“东岸”。

11 **料多情**：是指料想闾丘对我感情深厚，所以特地来梦中相见。 **参差是**：大概如此。唐代白居易《长恨歌》：“中有一人字太真，雪肤花貌参差是。”

定风波

三月七日，沙湖[1]道中遇雨，雨具先去，同行皆狼狈，余独不觉。已而遂晴，故作此词。

导读

这首词作于元丰五年(1082)。苏轼被贬黄州时与友人同行，醉归遇雨，抒怀而作，借雨中潇洒徐行的举动，即景生情，语言诙谐，读来使人耳目一新，心胸开阔。结尾用饱含人生哲理意味的点睛之笔，道出词人行走大自然之间，于微妙一瞬所获得的顿悟和启示：自然界的雨晴既属寻常，毫无差别，社会人生中的政治风云、荣辱得失又何足挂齿？从而表现出旷达超逸的胸襟，清旷豪放的气概，寄寓独到的人生感悟。

原文

莫听穿林打叶声。何妨吟啸[2]且徐行。竹杖芒鞋轻胜马[3]，谁怕？一蓑烟雨任平生[4]。

料峭[5]春风吹酒醒。微冷。山头斜照却相迎。回首向来萧瑟处[6]。归去。也无风雨也无晴[7]。

译文

不要在意那穿林打叶的雨声，不妨一边吟咏长啸，一边悠然行走。手执竹杖，脚穿草鞋，轻捷胜过骑马，这有什么可怕的？一身蓑衣就可伴我度过人生的风吹雨打。

春风微凉，吹醒我的酒意。寒意初上，山头的斜阳正迎面相照。回头再望来时遇到风雨的地方，俱往矣。对我来说，早已无所谓风雨和阴晴。

注释

1 **沙湖**：距离黄州东南三十里处。

2 **吟啸**：放声长啸。

3 **芒鞋**：芒草制成的鞋子。 **轻胜马**：轻便胜过骑马。

4 **一蓑**：是指一身，蓑，就是蓑衣，用茅草或棕叶制成的雨衣。 **烟雨**：既指现实的风雨，又喻人生的坎坷。

5 **料峭**：形容早春微寒的样子。

6 **向来**：刚来。 **萧瑟处**：指遇雨的地方。萧瑟，风雨声。

7 **也无风雨也无晴**：是指无意风雨阴晴，说明心境恬淡。苏轼十多年后海南岛作《独觉》诗："回首向来萧瑟处，也无风雨也无晴。"可见对此句十分在意。

西江月

春夜行蕲山水中，过酒家，饮酒醉，乘月至一溪桥上，解鞍曲肱少休。及觉已晓，乱山葱茏，不谓人世也，书此词桥柱上。[1]

导读

这首词作于元丰五年(1082)黄州时期,叙写词人骑马醉过蕲水溪桥的经历。上片写路上见闻和醉态,下片言对美好景物的怜惜之情。全词寓情于景,情景交融,以空山明月的仙境,描绘诗情画意的人间,抒发了物我两忘、超然物外的情怀,表现出作者乐观豁达的人生境界。

原文

照野弥弥[2]浅浪,横空暧暧[3]微霄。障泥未解玉骢骄[4]。我欲醉眠[5]芳草。

可惜[6]一溪明月,莫教踏破琼瑶[7]。解鞍欹枕[8]绿杨桥。杜宇[9]一声春晓。

译文

月光淡淡,照在河面波光粼粼。天空碧净,映着云彩隐约迷蒙。白马缓步前行,气宇昂昂,我也流连忘返,醉眠芳草。

河溪的清风明月多么可爱,马儿啊马儿,千万不要踏破水里的明月。我要解下马鞍作枕头斜卧绿杨桥上,等到一觉天明时听取杜鹃声声。

注释

1 **蕲(qí)水**:水名,流经湖北省蕲春县境,注入长江,在黄州附近。 **曲肱(gōng)**:弯曲手臂,当作枕头。

2 **弥(mí)弥**:形容水波荡漾的样子。

3 **暧(ài)暧**:形容迷蒙隐约的样子。

4 **障泥**:用布或者锦制成,垂在马腹两边用来抵挡灰尘。此处典故出自《世说新语 · 术解》,说王济非常了解马的习性,有次骑马见前面有水,马儿不肯渡行,王济遂说这肯定是马儿爱惜障泥的原因,于是解去障泥后马儿才走。这里借来比喻自己为美景陶醉而不肯前行。 **骢(cōng)**:青白色的马。 **骄**:形容马活跃的样子。

5 **我欲醉眠**:借用南朝梁萧统《陶渊明传》句:"渊明若先醉,便语客:'我醉欲眠,卿可去。'其真率如此。"苏轼一直仰慕陶渊明,这里化用其句是指为美景所陶醉。

6 **可惜**:可爱。

7 **教**:让,使得。 **琼瑶**:美玉。形容月照溪水如美玉,而不肯骑马踏破。

8 **攲(qī)枕**:用马鞍作枕,斜卧桥头。

9 **杜宇**:鸟名,又名杜鹃。相传杜鹃为古蜀国望帝杜宇死后所化。

浣溪纱

游蕲水清泉寺,寺临兰溪,溪水西流。

导读

这首词作于元丰五年(1082)。当时苏轼准备前往黄州东南面的沙湖买田,因为察看田地而得病,闻麻桥庞安常善医,于是前往求治。病愈后,苏轼邀请庞安常同游蕲水城外两里处的清泉寺,并写下此词。上片写景,描写暮春三月时节兰溪雨后的风景,幽雅清净。下片抒情,虽然身受挫折但仍对前景充满信心。全词轻快明丽,又富于哲理。

原文

山下兰芽短浸溪。松间沙路净无泥。萧萧暮雨子规啼[1]。

谁道人生无再少？门前流水尚能西[2]。休将白发唱黄鸡[3]。

译文

山溪边长满嫩绿的兰草，洁净无泥的沙路蜿蜒在松树林间。黄昏时分细雨纷纷，子规啼叫。

谁说人生不再重回青春年少？门前的溪水还能西流入江，你又何必感叹白发易老，黄鸡催晓！

注释

1 **萧萧**：同"潇潇"，形容雨声。 **子规**：鸟名，即杜鹃鸟，又名杜宇，传说古代蜀帝杜宇所变，啼声凄切。

2 **门前流水尚能西**：中国河流多向东入海，而兰溪却西流入江，似属异常现象，所以东坡由此生发感慨，其《八月十五日看潮五绝》之三亦云："造物亦知人易老，故教江水更西流。"此句又作"君看流水尚能西"，君指麻桥医生庞安常。

3 **白发唱黄鸡**：出自白居易《醉歌（示妓人商玲珑）》诗："谁道使君不解歌，听唱黄鸡与白日。黄鸡催晓丑时鸣，白日催年酉前没。腰间红绶系未稳，镜里朱颜看已失。玲珑玲珑奈老何，使君歌了汝更歌。"感叹时光易逝，人生易老。这里却反其意而用之，劝人不必慨叹人生易老，表达了苏轼的旷达襟怀。

洞仙歌

仆七岁时，见眉山老尼，姓朱，忘其名，年九十余。自言：尝随其师入蜀主孟昶[1]宫中。一日大热，蜀主与花蕊夫人[2]夜起，避暑摩诃池[3]上，作一词。朱具能记之。今四十年，朱已死，人无知此词者，独记其首两句[4]。暇日寻味，岂《洞仙歌令》乎？乃为足之耳[5]。

导读

这首词作于元丰五年(1082),小序交代是根据眉山朱姓老尼记忆所作。上片描写花蕊夫人的富贵气质,下片描写夏夜乘凉的场景,流露出作者对时光易逝的感伤。唐圭璋先生《唐宋词简释》评价云:“将热夜纳凉情景,写得清凉自在,如涉灵境。”

原文

冰肌玉骨[6],自清凉无汗。水殿风来暗香满。绣帘开、一点明月窥人,人未寝,攲枕钗横鬓乱。

起来携素手,庭户无声,时见疏星渡河汉。试问夜如何?夜已三更,金波淡、玉绳低转[7]。但屈指、西风几时来,又不道[8]流年,暗中偷换。

译文

如冰似玉的肌肤,自然清凉无汗。摩诃池边的宫殿里清风徐徐,幽淡的香气四处弥漫。月光透过卷起的绣帘,照在还未入睡的花蕊夫人身上,只见她斜倚绣枕,金钗横斜,鬓发凌乱。

起身挽起她雪白的手,漫步在寂寥无声的庭院,只见稀疏的星星闪现在天河。轻声询问夜有多深?夜已三更,月光黯淡,北斗低垂,屈指就能计算秋风几时来到,光阴又在不觉中慢慢流淌。

注释

1 **孟昶**(919—965):五代时十国之一后蜀的国主,入宋后封秦国公,擅长作词,工于音乐。

2 **花蕊夫人**:吴曾《能改斋漫录》卷十六:"徐匡璋纳女于昶,拜贵妃,别号花蕊夫人。"一说姓费。

3 **摩诃池**:摩诃,梵语中"大"的意思,顾祖禹《读史方舆纪要》卷六十七《成都府》:"摩诃池,在府城内。……(蜀)后主衍建宣华苑于池上,又改为宣华池。"故址在今成都市郊。

4 **独记其首两句**:是指"冰肌玉骨,自清凉无汗"。然与苏轼同时的杨元素《本事曲》记载有八句:"冰肌玉骨清无汗,水殿风来暗香暖。帘开明月独窥人,欹枕钗横云鬓乱。　起来琼户启无声,时见疏星渡河汉。屈指西风几时来,只恐流年暗中换。"这实际上是《玉楼春》的词调,有人说是原词,有人说是好事者根据苏词改编而成,至今各家说法不一。

5 **乃为足之耳**:在原作前两句的基础上补足完整。

6 **冰肌玉骨**:形容花蕊夫人的晶莹高洁。《庄子·逍遥游》:"藐姑射之山,有神人居焉。肌肤若冰雪,绰约若处子。"

7 **金波**:指月光。 **玉绳**:指北斗七星中第五星北面的两颗星。 **低转**:下降,指夜已很深。南齐谢朓《暂使下都夜发新林至京邑赠西府同僚》诗:"金波丽鳷鹊,玉绳低建章。"

8 **不道**:指不说或不觉的意思。

念奴娇

中秋

导读

这首词于元丰五年(1082)中秋作于黄州，与作于熙宁九年(1076)的《水调歌头》(明月几时有)笔法类似，同样融合古代的神话传说，幻想月宫的美好景象和自己月下徘徊、乘风归去的自在，表达出作者对于身心自由的渴望，极具古代传统文人的浪漫主义情怀。

原文

凭高眺远，见长空万里，云无留迹。桂魄[1]飞来光射处，冷浸一天秋碧。玉宇琼楼[2]，乘鸾[3]来去，人在清凉国[4]。江山如画，望中烟树历历[5]。

我醉拍手狂歌，举杯邀月，对影成三客。[6]起舞徘徊风露下，今夕不知何夕[7]。便欲乘风，翻然归去，何用骑鹏翼？[8]水晶宫[9]里，一声吹断横笛[10]。

译文

我站在高处凭栏远望，只见万里长空没有一丝云迹。明月慢慢升起，碧空都被浸在清冷的月光里。晶莹剔透的月宫里，仙女们乘着鸾凤翩翩飞舞，生活在清净如水的世界。月光下的山水美丽如画，放眼望去，树影婆娑，历历在目。

带着醉意，我也不禁拍手狂歌，举起酒杯邀请明月同醉，此时明月、我和我的影子正好三人对饮。我在这风露之下挥舞长袖，竟然不知今夜是何时节。于是便想乘着清风飞去月宫，而无须凭借大鹏的羽翼。在那水晶宫里，我可以尽情欢歌，吹奏横笛。

注释

1 **桂魄**:魄,月刚出或者月缺时不明亮的部分。古人称呼月亮为月魄,又因月宫有桂树,所以又称为桂魄。唐代王维《秋夜曲》:“桂魄初生秋露微,轻罗已薄未更衣。”

2 **玉宇琼楼**:指月中宫殿。颜师古《大业拾遗记》记载瞿乾祐于江岸玩月,“俄见月规半天,琼楼玉宇灿然”。

3 **乘鸾**:据宋代王铚《龙城录》记载,传说唐明皇游月宫时,看见宫府之榜写有“广寒清虚之府”,并且有美妙年轻的女子十余人,都穿着白衣,乘着白鸾,在高大的桂树下翩翩起舞。鸾,指凤凰一类的神鸟。

4 **清凉国**:指清凉的月宫。

5 **历历**:清晰可数。唐代崔颢《黄鹤楼》:“晴川历历汉阳树。”

6 **三客**:指自己、月亮和月亮下自己的影子,明写有三客,实指孤独一人。唐代李白《月下独酌》:“举杯邀明月,对影成三人。”

7 **今夕不知何夕**:即《水调歌头》(明月几时有)“不知天上宫阙,今夕是何年”的意思。

8 **骑鹏翼**:《庄子·逍遥游》:“鹏之背,不知其几千里也,怒而飞,其翼若垂天之云……鹏之徙于南冥也,水击三千里,抟扶摇而上者九万里。”这三句是说自己想去月宫只需乘风,而不用骑大鹏。

9 **水晶宫**:指月宫,突出其晶莹明澈之貌。

10 **吹断横笛**:形容声音的高亢。据《太平广记》记载,相传唐代开元中李謩善于吹笛,当时无人能及。后来遇见独孤生吹笛,笛声遏入云霄,竟将笛子吹破,四座震惊,李謩也为之拜服。

西江月

重阳栖霞楼作

导读

这首词作于元丰五年(1082)黄州时期。上年重九时节苏轼与黄州知州徐君猷同登栖霞楼,送其离开黄州作《醉蓬莱》有“来岁今朝,为我西顾,酹羽觞江口”。苏轼作此词就是为了践约,表达对好友的思念之情。上片写楼头与江外的清冷景致,将当年与今日对比描写。下片又将黄花与红粉对比,表达出离愁别绪与对岁月飘逝的感伤。

原文

点点楼头细雨。重重江外平湖。当年戏马会东徐[1]。今日凄凉南浦[2]。

莫恨黄花未吐。且教红粉相扶。[3]酒阑不必看茱萸[4]。俯仰[5]人间今古。

译文

楼外细雨点点飘洒,远望江上烟雾重重。遥记当年相会在徐州戏马台,热闹非凡,而如今我独自一人在南浦,分外凄凉。

不要责怪菊花未吐芬芳,不如身边美女依傍。酒兴正酣何须再看茱萸,古今往事不过俯仰之间。

注释

1 **戏马**:指戏马台,项羽建于徐州。 **东徐**:指徐州,南朝宋武帝刘裕为宋公的时候,曾于重阳日与军士出游戏马台,后来相沿成为徐州本地的习俗。苏轼曾任徐州知州,所以回忆当年情景。

2 **南浦**:本义为水的南岸,见《楚辞·九歌》:“送美人兮南浦。”后来泛指送别的地方,如南朝江淹《别赋》:“送君南浦,伤如之何?”

3 **黄花未吐**:菊花未开。赏菊也是重阳风俗之一。 **红粉**:是指侍女。

4 **阑**:尽。 **茱萸**:植物名,生于川谷之间,有浓郁的香味,可入药。古人常在重阳节插茱萸以辟邪、求长寿,此句反用其意,类似唐代杜甫《九日蓝田崔氏庄》:“明年此会知谁健?醉把茱萸仔细看。”

5 **俯仰**:是指时间转瞬即逝,晋代王羲之《兰亭集序》:“俯仰之间,已为陈迹。”

南歌子

再用前韵

导读

这首词作于元丰五年(1082)黄州时期。上片描写旅途中冒雨赶路的辛劳,以及归来后歇宿的情景。下片描写抛弃世俗的功利之心而隐退之后轻松、欣慰的心情。全词表达了归隐田园的志向,以及洒脱飘逸的襟怀。

原文

带酒冲山雨[1],和衣睡晚晴[2]。不知钟鼓报天明。梦里栩然[3]蝴蝶、一身轻。

老去才都尽,归来计未成。[4]求田问舍[5]笑豪英。自爱湖边沙路、免泥行。

译文

携带酒壶冒着山雨前行,傍晚天晴我便和衣睡去。不知道报时的钟鼓几时响起,酣梦中如蝴蝶一样欢乐畅快。

人老才尽还无法实现归隐的志向。求田问舍任由英豪耻笑,我只想在湖边无泥之处悠闲散步。

注释

1 **冲山雨**:冒着山雨。这里指冒着山雨赶路。

2 **晚晴**:晚霁,指傍晚雨后初晴。

3 **栩然**:生动活泼的样子。《庄子 · 齐物论》:“昔者庄周梦为蝴蝶,栩栩然蝴蝶也。”

4 **“老去”两句**:形容逐渐老去而无法实现归隐之志。唐代杜甫《寄彭州高三十五使君適、虢州岑二十七长史参三十韵》:“老去才难尽,秋来兴甚长。”

5 **求田问舍**:据《三国志·陈登传》记载,三国时许汜抱怨陈登无主客之意,刘备指责许汜有国士之名,却求田问舍,言无可采,胸无大志。这里借用此典故是想说自己已经没有匡济天下的志向,且任凭那些雄才大略的人轻蔑吧。

满庭芳

导读

这首词作于元丰五年(1082)黄州时期。上片由讽世到愤世,下片从自叹到自适,真实地再现词人复杂曲折的内心世界,生动地刻画词人超脱俗世的圣洁理想。全词以议论为主,夹以抒情,同时将词人飘逸旷达的神采跃然纸上。

原文

蜗角[1]虚名，蝇头[2]微利，算来著甚干忙[3]？事皆前定，谁弱又谁强。且趁闲身[4]未老，尽放我、些子疏狂[5]。百年里，浑教是醉，三万六千场。[6]

思量。能几许，忧愁风雨，一半相妨。又何须，抵死说短论长[7]。幸对清风皓月，苔茵展、云幕高张[8]。江南好，千钟[9]美酒，一曲满庭芳。

译文

追逐蜗牛角上的虚名，苍蝇头大小的微利，算来算去其实都是瞎忙。万事似乎早已注定，强弱谁又能够知晓。不如趁着闲居自由、身体未老，让我放纵自己一点，可以百年里日日醉酒。

如今想来这一生的时光，忧愁之心与风雨之天各分一半。又何必再去拼命地争强好胜。所幸有清风明月相伴，以青苔为褥席，把白云当幕帐。在这风光迤逦的江南，还有千钟美酒和一曲悠扬的《满庭芳》。

注释

1 **蜗角**：形容微不足道。《庄子・则阳》说蜗牛左角的触氏与右角的蛮氏常为争地而战。唐代白居易《对酒》五首之二："蜗牛角上争何事。"

2 **蝇头**：形容微小。

3 **著甚**：做甚。 **干忙**：白忙活。

4 **闲身**：清闲少事的人。作者时在贬谪当中，所以自喻。

5 **放**：教、使得的意思。 **些子**：一点儿。 **疏狂**：狂放不羁的样子。

6 **百年里**：语出唐代李白《襄阳歌》："百年三万六千日，一日须倾三百杯。"意思是每天醉酒。

7 **抵死**：拼命。 **说短论长**：争强好胜。

8 **苔茵**：以青苔为褥席铺展，把白云当帐幕高张。

9 **钟**：盛酒的酒器。

渔父

导读

这首词作于元丰五年(1082)黄州时期。苏轼一共作有四首为一组,通过“渔父饮”“渔父醉”“渔父醒”“渔父笑”来表现渔父洒脱豁达的真性情,同时也是作者自己的倾心写照,希冀以寄托江湖来安顿心灵,摆脱现实纷争的缠绕。

原文

渔父饮,谁家去。[1]鱼蟹一时分付[2]。酒无多少醉为期[3],彼此不论钱数[4]。

译文

打渔的老翁想要喝酒到谁家去?把捕得的鱼蟹全部交给酒家,交代换酒喝到大醉为止,大家彼此之间也不计较价钱多少。

注释

1 **渔父**:打渔的老翁。这句是设问句,应回答“酒家饮酒去”,此处省略。

2 **一时**:一并。 **分付**:交付,交给。这句是指渔翁将捕获的鱼蟹全部交付给酒家。

3 **期**:期限,限度。这句是说鱼蟹换多少酒无所谓,只要喝醉为止。据陶渊明《五柳先生传》:“性嗜酒,家贫不能常得。亲旧知其如此,或置酒而招之,造饮辄尽,期在必醉,既醉而退,曾不吝情去留。”苏轼尤其欣赏敬重陶渊明,此句或从这里化出。

4 **彼此**:是指渔父和酒家都不斤斤计较鱼蟹和酒的价钱。

临江仙

夜归临皋[1]

导读

这首词作于元丰六年(1083)四月贬官黄州时。据叶梦得《避暑录话》记载,苏轼作完这首词的第二天,黄州城遍传苏轼昨晚挂冠江边乘着小船东去的消息,当时的知州也是苏轼好友的徐君猷大惊失色,以为“州失罪人”而罪责难逃,等他赶到临皋的时候发现苏轼还躺在床上鼾声如雷。上片描写自己夜饮归来的醉态,以及回家无人开门而聆听江声的处境。下片抒发自己渴望自由,不愿为名利奔波牵累的心情。全词身临其境,寥寥数笔,将哲理融入生活,表达自我的人生感悟。

原文

夜饮东坡醒复醉,归来仿佛三更。家童鼻息已雷鸣[2]。敲门都不应,依杖听江声。

长恨此身非我有[3],何时忘却营营[4]。夜阑风静縠纹平[5]。小舟从此逝,江海寄余生。

译文

晚上在东坡与好友畅饮,醒了又醉,醉了又醒,回来时仿佛已经三更。轻轻敲门无人答应,只听见家僮鼾声如雷。只好一人靠着手杖,静听滚滚东去的江水声。

常常感叹身不由己,何时才能不再劳碌奔波。此时夜已渐深,风平浪静。多希望自己能乘一叶扁舟,在江湖里随意消遣,度过余生。

注释

1 **临皋**:亭名,在黄冈城南门外,濒临长江。苏轼于元丰三年(1080)到达黄冈,先住在定慧院,不久就迁居临皋。元丰五年(1082)东坡雪堂建成后,苏轼自号为东坡居士,但他仍住在临皋,这首词就是作者从雪堂宴客归来所作。

2 **童**:通“僮”。 **鼻息**:指打鼾声,说明已经熟睡。韩愈《石鼎联句序》:“倚墙睡,鼻声如雷鸣。”

3 **此身非我有**:指不能主宰自己的命运。《庄子·知北游》:“汝身非汝有也,汝何得有夫道!”

4 **营营**:来来往往忙碌的样子,这里指为世俗的功名利禄奔忙。

5 **縠(hú)纹**:形容水波波纹。縠,绉纱一类的丝织品。

满庭芳

有王长官者,弃官三十三年,黄人谓之王先生。因送陈慥来过余,因赋此。[1]

导读

这首词作于元丰六年(1083)五月的黄州。苏轼贬谪黄州时期,同乡陈慥与其过往甚密,五年中竟七次来访。其间弃官黄州三十三年的王长官也因送陈慥到荆南某地,而得以与东坡会晤,故而有此词之作。上片旨在刻画一位饱经沧桑、令人神往的高士形象,饱含作者对于王先生人品的仰慕之情。下片描绘会见王长官时的环境、气氛,以及东坡当时的思绪和情态。全词熔叙事、写人、状景、抒情于一炉,既写一方奇人之品格,又抒旷达豪放之情感,远非普通的离合情怀词作。

原文

三十三年，今谁存者？算只君与长江。凛然苍桧，霜干苦难双。[2]闻道司州古县[3]，云溪上、竹坞松窗[4]。江南岸，不因送子，宁肯过吾邦？[5]

摐摐[6]，疏雨过，风林舞破[7]，烟盖云幢[8]。愿持此邀君，一饮空缸。[9]居士[10]先生老矣，真梦里、相对残釭[11]。歌声断，行人未起，船鼓已逢逢[12]。

译文

三十三年来如今还有谁在？算来只有王先生您能与长江并论。风骨凛然如苍桧，傲霜的枝干历经太多磨难。听说司州古县的云溪上，有一座用松竹建造的房屋。如果王先生不是为了送陈慥去长江南岸，怎么会来我所居住的黄冈县？

窗外风雨如晦。雨后风吹林破，房屋烟云缭绕。只愿持杯邀请先生，一口气把酒喝干。东坡居士已经老了，真像是在梦里与您开怀畅饮，通宵达旦直至油尽灯残。歌声中断了，行人还没起床，催促的船鼓却已嘭嘭响起。

注释

1 **王长官**：作者好友。 **陈慥**：字季常，为苏轼同乡、好友。 **过**：拜访，看望。

2 **桧**：即圆柏。一种常绿乔木，雌雄异株，果实球形，木材桃红色、有香气，寿命可达数百年。这里以苍桧比喻王长官的品格。 **霜干**：凌霜的树干。**苦**：极，非常。

3 **闻道**：听说。 **司州古县**：据《旧唐书·地理志三》记载，唐时在黄州置总管，下辖黄、蕲、亭、南司四州，黄州下有黄冈、黄陂等四县。南司州在黄陂县，所以用“司州古县”代指黄陂，此时王长官罢官后居于此。

4 **竹坞**：用竹子建造的房屋。 **松窗**：松木建造的窗子。这里形容丛竹环绕的王长官家。

5 **“江南”三句**：如果不是送陈慥，你哪里会来我这里。

6 **摐(chuāng)摐**：形容雨声。

7 **风林舞破**：即风舞林破。

8 **烟盖云幢(chuáng)**：烟如车盖，云似帷幕。幢，车上的帷幕。这里形容林间云烟的样子。

9 **“愿持”句**:愿意借这奇特的景象邀请你来尽情畅饮。一饮空缸,一口气把酒喝干。

10 **居士**:在家奉佛者。这里是作者自称,其号为东坡居士。

11 **残釭**(gāng):指夜尽油干、将要熄灭的灯。釭,油灯。

12 **逄**(péng)**逄**:象声词,常形容鼓声。《诗经·大雅·灵台》:“鼍鼓逄逄,蒙瞍奏公。”

鹧鸪天

导读

这首词作于元丰六年(1083)贬谪黄州时期,是作者幽居乡间生活的真实写照。上片写景,由远及近,由上到下,多层次、多空间地展现游玩之景。下片刻画人物形象,描写自己雨后游赏欢快、闲适的心境。全词情景交融,表现丰富,描绘了一幅夏日雨后的农村小景,读来婉转蕴藉,令人回味无穷。

原文

林断山明竹隐墙[1]。乱蝉[2]衰草小池塘。翻空白鸟时时见,照水红蕖细细香。[3]

村舍外,古城旁。杖藜[4]徐步转斜阳。殷勤[5]

译文

郁郁葱葱的树林尽头,远处的高山依稀可见,近处翠竹掩映着城墙,池塘边杂草丛生,知了在树梢鸣叫不已。天空有白鸟不时飞过,池塘中红荷幽发暗香。

我手拄藜杖,徘徊在屋舍外边、古城墙旁,转眼已是夕阳时分。承蒙天公作

原文	译文
昨夜三更雨，又得浮生[6]一日凉。	美昨夜下了场微雨，使我难得享受一日清凉。

注释

1 **林断山明**：树林断绝之处，山峰显现出来。 **墙**：是指古城黄州的城墙。

2 **乱蝉**：形容杂乱的蝉鸣声。

3 **翻空**：飞翔在空中。 **红蕖**(qú)：荷花。

4 **杖藜**：拄着拐杖。藜，一种草本植物，这里指藜木拐杖。唐代杜甫《绝句漫兴九首》："杖藜徐步立芳洲。"

5 **殷勤**：本义为"情意深厚"，这里指承蒙、劳驾的意思。

6 **浮生**：是指世事不定，人生短促。唐代李涉《题鹤林寺僧舍》："因过竹院逢僧话，又得浮生半日闲。"

水调歌头

快哉亭作[1]

导读

这首词作于元丰六年(1083)黄州时期，苏辙也作有《黄州快哉亭记》，可与此词互补阅读。上片由远及近，先描绘亭下江水与碧空相接、远处夕阳与亭台相映的优美图景，展现出一片空阔无际的境界，充满了苍茫阔远的情致，后转入对平山堂的回忆，以虚笔写快哉亭，二者景同情切。下片再次转回目前，描写江面的波澜汹涌，最后表达作者超然万物的潇洒情怀。全词写景、抒情、议论熔为一炉，波澜起伏又大开大合，表现出作者身处逆境而泰然处之的精神境界和雄奇奔放的行文风格。

原文

落日绣帘卷，亭下水连空[2]。知君为我，新作窗户湿青红[3]。长记平山堂[4]上，欹枕江南烟雨[5]，杳杳没孤鸿[6]。认得醉翁语，山色有无中。[7]

一千顷，都镜净，倒碧峰。忽然浪起，掀舞一叶白头翁[8]。堪笑兰台公子，未解庄生天籁，[9]刚道有雌雄[10]。一点浩然气，千里快哉风。[11]

译文

落日里卷起绣帘眺望，亭下江水与碧空相接。感谢你为了我的到来，特意新涂上鲜艳的油漆。不禁让我想起当年在平山堂的时候，斜倚枕席欣赏江南烟雨、遥望远方孤鸿出没的情景。这才再次体味欧阳醉翁的词，那山色若隐若现的美好景致。

广阔的江面明净如镜，翠绿的山峰倒映江中。忽然江面波涛汹涌，掀舞起风浪中驾着小舟的渔翁。可笑兰台公子宋玉未能理解庄子的天籁之说，还硬说风有雄雌。只要胸存至大至刚的浩然之气，无论哪里都能享受到快意的千里雄风。

注释

1 **快哉亭**：在黄州的江边，为张怀民所修建，以观长江胜景，苏轼为之题名曰"快哉亭"。张怀民，名梦得，又字偓佺，当时也贬官在黄州，与苏轼的心境相同，二人交往密切。

2 **水连空**：水天相接。

3 **湿青红**：指窗户刚刚修建，油漆新涂而显得色彩鲜润。青红，指颜料。

4 **平山堂**：在扬州市大明寺一侧，庆历八年(1048)欧阳修任扬州知府时所建，因为所处地势较高，江南诸山都拱列其下，故名之为平山堂。

5 **欹枕**：苏轼《西江月》词"解鞍欹枕绿杨桥"，说明对梦里江南美景的喜爱。

6 **杳杳**：深远缥缈的样子。 **孤鸿**：苏轼《卜算子》词有"飘渺孤鸿影"，这里比喻自己贬谪异地的孤寂之情。

7 **认得**：记得，领略到。 **山色有无中**：欧阳修《朝中措》词有："平山阑槛倚晴空，山色有无中。"这里是将快哉亭与平山堂相比，通过相似风景追忆恩师。

8 **一叶**:指小船。 **白头翁**:指白发渔翁,唐代杜甫《清明二首》:"春去春来洞庭阔,白蘋愁杀白头翁。"

9 **"堪笑"二句**:兰台公子,指战国楚辞赋家宋玉,相传曾做兰台令。苏轼为亭命名"快哉"即取自宋玉《风赋》"快哉此风"句。 **庄生**:战国时道家学者庄周。《庄子·齐物论》说,"人籁"是吹奏箫笛等竹器的声音,"天籁"是发于自然的音响,即指风吹声。

10 **刚道**:硬说。 **雌雄**:宋玉《风赋》云:"楚襄王游于兰台之宫,宋玉、景差侍,有风飒然而至,王乃披襟而当之,曰:'快哉此风,寡人所与庶人共者邪?'"宋玉回答说"大王之雄风"与"庶人之雌风"截然不同。苏轼认为风是自然之物而不应有雌、雄之别。

11 **浩然气**:见《孟子·公孙丑上》:"吾善养吾浩然之气。"这两句是说只要胸存浩然之气,就能享受自然的快哉之风,而不必再去区分"大王""庶人"之风。

满庭芳

元丰七年四月一日,余将自黄移汝[1],留别雪堂[2]邻里二三君子。会李仲览[3]自江东来别,遂书以遗之。

导读

这首词作于元丰七年(1084),当时作者接到诰命改任汝州(今河南临汝)团练副使。上片感慨自己无家可归,贬居远离家乡的黄州,父老乡亲都劝自己归老此地。下片借黄州父老之口抒发感慨,表达和他们的深厚情谊与不舍之情。

原文

归去来兮，吾归何处？万里家在岷峨。[4] 百年强半，来日苦无多。[5] 坐见黄州再闰[6]，儿童尽、楚语吴歌[7]。山中友，鸡豚社酒[8]，相劝老东坡[9]。

云何？当此去，人生底事，来往如梭！[10] 待闲看，秋风洛水清波。[11] 好在堂前细柳，应念我、莫剪柔柯[12]。仍传语，江南父老，时与晒渔蓑[13]。

译文

回去啊回去，我该落脚何处？我的家乡远在万里之外的岷峨。想及年近五十的自己，未来的日子已不再长久。过去几年里有两个闰年都在黄州度过，孩子们也满口都是吴楚方言。热情的朋友们都在社日这天摆上美酒佳肴，纷纷劝我终老黄州的东坡。

在这离别之际，我们竟无言以对。为什么人生一世，却要东奔西走，往来如梭？马上我就可以去悠闲地欣赏洛水之景，那里有清凉的秋风，明净的碧波。雪堂前栽种的柳树尚小，请为我仔细看护，不要让人随意攀折。最后请捎话给江南的父老乡亲，要记得为我晒晒打鱼穿的蓑衣。

注释

1 **移**：朝廷对远谪之臣移近安置，叫作量移，以示减轻处分。

2 **雪堂**：作者在黄州东坡所建的居室。

3 **李仲览**：名翔，兴国（今湖北阳新）人。当时任兴国军（治所在永兴）知军的好友杨元素（绘）听说苏轼自黄移汝，特意派遣富川弟子员李翔前来邀请苏轼取道富川（今属广西）。南宋王质《雪山集》卷七《东坡先生祠堂记》详细记载了此事。

4 **归去来兮**：陶渊明《归去来兮辞》有"归去来兮，田园将芜胡不归"。 **岷峨**：岷山、峨眉山。苏轼家在眉山县，故云。

5 **"百年"二句**：唐代韩愈《除官赴阙至江州寄鄂岳李大夫》诗："年皆过半百，来日苦无多。"强半，接近一半，苏轼此时四十八岁。

6 **再闰**：苏轼于元丰三年（1080）二月到黄州，至元丰七年四月离开，中间正好有元丰三年闰九月、元丰六年（1083）闰六月，所以说再闰。闰月，农历一年较地球公转一周相差大概十天，积累若干年后形成闰月。

7 **儿童**：苏轼贬谪黄州时次子十一岁，三子九岁，所以久居黄州后小孩已习当地方言口音。 **楚语吴歌**：黄州古属楚，三国时属吴。

8 **鸡豚社酒**：唐代韩愈《南溪始泛三首》之二："愿为同社人，鸡豚燕春秋。"农村春社、秋社时祭祀土地神，相聚饮酒，谓之社酒。

9 **东坡**：苏轼在黄州时曾携带家小垦荒于城东荒地，谓之东坡。这里指邻里乡亲劝他终老黄州。

10 **底事**：什么事。以上二句谓人生何苦奔忙。

11 **洛水**：即洛河，源出陕西洛南，经河南卢氏、洛阳，至偃师纳伊水后称伊洛，后入黄河。临汝离洛水很近。以上二句从唐代贾岛《江上忆吴处士》"秋风吹渭水"化出。

12 **剪柔柯**：《诗经·召南·甘棠》云："蔽芾（枝叶浓密貌）甘棠，勿剪勿伐，召伯所茇。"南宋朱熹传解："召伯巡行南国，以布文王之政，或舍甘棠之下，其后人思其德，故爱其树而不忍伤也。"就是说不要砍伐茂密的棠树，因为召伯曾在树下停留过。这里苏轼借指自己曾在东坡植柳，意指乡亲顾及他们昔日的感情。

13 **晒渔蓑**：是请李仲览带话给江南父老，常常帮他晾晒渔蓑，以便将来再用。言外之意是对隐居生活不胜依恋。

西江月

平山堂[1]

导读

这首词为元丰七年(1084)作于扬州。平山堂在扬州市大明寺一侧,为欧阳修所建。欧阳修是苏轼的恩师,对其一生影响巨大。嘉祐二年(1057)苏轼参加礼部进士考试,欧阳修读其文章后大为叹赏,本打算提拔为第一,由于怀疑是门生曾巩所作,为了避开嫌疑而将苏轼列为第二。后来欧阳修在给梅尧臣的信里夸赞苏轼说:“读轼书,不觉汗出。快哉快哉!老夫当避路,放他出一头地也。可喜可喜!”苏轼一生也都对欧阳修十分尊崇,此词就是借物思人,表达对恩师欧阳修的怀念和恭敬之情。

原文

三过平山堂下[2],半生弹指声中[3]。十年不见老仙翁[4]。壁上龙蛇[5]飞动。

欲吊文章太守,仍歌杨柳春风。[6]休言万事转头空[7]。未转头时皆梦。

译文

三次经过平山堂,半生便转瞬而过。不见恩师已有十余年,如今只见当年他题在墙壁的墨宝,依旧龙蛇飞舞。

想要凭吊恩师欧阳修,却又不禁唱起他作的词。不要再说万事都是空,其实未转头时已是梦幻。

注释

1 **平山堂**:见《水调歌头·快哉亭作》注。

2 **三过**:苏轼于熙宁四年(1071)由京城赴杭州任通判、熙宁七年(1074)由杭州赴任密州，加上本次元丰七年由黄州移汝州，共计三次经过扬州。

3 **半生**：苏轼此时四十八岁，所以说半生。 **弹指**：佛家语，称时间极短为刹那，一弹指为六十五刹那。

4 **十年**：熙宁四年九月，苏轼赴杭州途中曾专程去颍州（今安徽阜阳）拜访欧阳修，所以距离当时已十余年。 **仙翁**：对欧阳修的尊称。

5 **龙蛇**：这里指欧阳修在平山堂墙壁上留下的墨迹，笔力遒劲如龙蛇飞舞。唐代李白《草书歌行》："恍恍如闻神鬼惊，时时只见龙蛇走。"

6 **文章太守、杨柳春风**：直接借用欧阳修本人所作词《朝中措·送刘仲原甫出守维扬》："平山阑槛倚晴空，山色有无中。手种堂前垂柳，别来几度春风？ 文章太守，挥毫万字，一饮千钟。行乐直须年少，尊前看取衰翁。"

7 **"休言"句**：唐代白居易《自咏》："百年随手过，万事转头空。"这里加上"休言"是反用，表达人世沧桑之感。

阮郎归

初夏

导读

这首词作于元丰七年(1084)。上片从听觉入手来写静美，通过初夏的各种声响反衬环境的寂静。下片从视觉来写动美，通过一幅幅无声的画面来展示初夏的生机。全词生动地表现了初夏时节的闺阁生活，清新淡雅又富有情趣。

原文

绿槐高柳咽新蝉[1]。薰风初入弦[2]。碧绿窗下水沉烟[3]。棋声惊昼眠[4]。

微雨过，小荷翻。榴花开欲然[5]。玉盆纤手弄清泉。琼珠[6]碎却圆。

译文

绿槐高柳随风轻动，幼蝉低声鸣叫不止，和煦的南风吹过丝弦。碧绿的纱窗下沉香幽发，棋子落下的声音惊扰惬意的昼眠。

微雨过后嫩荷翻动，石榴花却怒放似火。佳人在玉盆里拨动清澈的泉水，水珠溅起就像晶莹的珍珠。

注释

1 **咽**：声音低沉。 **新蝉**：初夏刚出生的蝉。陆机《拟明月何皎皎》诗："凉风绕曲房，寒蝉鸣高柳。"

2 **薰风**：初夏时的东南风。 **入弦**：用弦乐器演奏。

3 **水沉烟**：沉香木燃烧散发的轻烟。水沉，一种名贵的木质香料，又名沉水香，质量重，入水即沉，所以得名。

4 **棋声**：苏轼喜爱用棋声和昼眠，一动一静构成宁谧的意境，还曾称赞唐代司空图诗："棋声花院静，幡影石坛高。"

5 **然**：通"燃"，形容石榴花怒放的样子。

6 **琼珠**：指水珠。

渔家傲

金陵赏心亭送王胜之龙图。王守金陵，视事一日移南郡。[1]

导读

这首词作于元丰七年(1084)与王益柔同游金陵(今江苏南京)赏心亭时。上片点明地点与环境,以及江南父老的挽留之情。下片充分发挥想象,描写其离任时的情形,充满了奇幻的想象和浪漫主义色彩,读来不禁令人神往。

原文

千古龙蟠并虎踞[2]。从公一吊兴亡处[3]。渺渺斜风吹细雨。芳草渡。江南父老留公住[4]。

公驾飞车[5]凌彩雾。红鸾骖乘青鸾驭[6]。却讶此洲名白鹭[7]。非吾侣,翩然欲下还飞去。

译文

金陵城为龙盘虎踞之地,今日随您凭吊兴亡之事。斜风吹散细雨纷纷,笼罩着芳草茵茵的渡口,当地百姓在此恳切挽留您。

您御风乘车飞跃重重彩雾,红色的神鸟陪乘,青色的神鸟驾车。惊讶这白鹭沙洲没有同行共道之人,所以翩然欲下又翱翔远飞。

注释

1 **赏心亭**:据《景定建康志》记载,亭在(南京城西)下水门之城上,下临秦淮河,可尽观览之胜。 **王胜之**:名益柔,为人刚直尚气,喜论天下事,曾任龙图阁直学士。**视事**:任职。**南郡**:宋代应天府,即南京,在今河南省商丘市南。

2 **龙蟠并虎踞**:似龙盘伏,如虎蹲坐,形容地势险要。

3 **兴亡处**:金陵为东吴、东晋及南朝宋、齐、梁、陈六朝古都,历经三百年繁华之盛,但朝代短暂,更迭频繁。

4 **留公住**:王胜之曾在金陵为官并深受百姓爱戴,所以才有挽留之举。

5 **飞车**:乘风飞行的车。

6 **鸾**:神鸟。**骖乘**(cānchéng):陪乘者。古代驾车者居中,乘者左为尊,右为陪乘。这两句写王胜之离开金陵的情景。

7 **白鹭**:即白鹭洲,原在南京西南江中,赏心亭东面。唐代李白《登金陵凤凰台》:"三山半落青天外,二水中分白鹭洲。"

满庭芳

余年十七,始与刘仲达往来于眉山,今年四十九,相逢于泗上。淮水浅冻,久留郡中,晦日同游南山,话旧感叹,因作此词。[1]

导读

这首词是元丰七年(1084)苏轼在泗州遇见同乡故人刘仲达时所作。上片开门见山叙述自己与故人对分别数十载以来的宦海浮沉感慨良深。下片转入写景进而抒情,描写与故人携手同游南山的情景,并借眼前之景抒发万里归乡之思。全词情景交融,感人至深。

原文

三十三年，飘流江海，万里烟浪云帆。[2]故人惊怪，憔悴老青衫[3]。我自疏狂异趣，君何事、奔走尘凡？[4]流年尽，穷途坐守，船尾冻相衔。[5]

巉巉[6]。淮浦外，层楼翠壁，古寺空岩。[7]步携手林间，笑挽攕攕[8]。莫上孤峰尽处，萦望眼、云海相搀[9]。家何在？因君问我，归梦绕松杉[10]。

译文

三十三年来奔波漂泊于各地，如烟浪云帆一样浮游万里。老朋友想必吃惊讶异，如今青衫破旧、神情憔悴。我不随众同流，你又为何同样奔波？你我这般坐等时光流逝，不觉船头船尾结冰连接起来。

淮河岸边的南山上，翠山岩壁巍峨险峻，古寺高楼峭拔耸立。携刘君之手，谈笑着行走林间。不要攀登孤峰之巅，放眼望去只见云海茫茫。您问我家乡在哪里？唯有梦中回到故乡的松杉林。

注释

1 **刘仲达**：苏轼青年时同乡好友，事迹不详。 **泗上**：泗水旁边，指泗州。 **晦日**：农历每月的最后一天。

2 **三十三年**：说明在人生旅途中奔波，饱尝流离之苦。 **烟浪云帆**：浪如烟波，云如船帆。唐代李白《行路难》："长风破浪会有时，直挂云帆济沧海。"

3 **青衫**：唐代八品和九品文官的官服颜色，常指官职卑微。作者此时任团练副使，从八品，所以自称。唐代白居易《琵琶行》："坐中泣下谁最多，江州司马青衫湿。"

4 **疏狂**：疏懒狂放。 **异趣**：志趣与众不同。 **尘凡**：即说凡尘、世俗之事。这三句说自己潦倒穷困是因为不随众流，为何你也同样如此？

5 **流年**：如流水般的光阴、年华。 **穷途**：比喻路走到了尽头。《世说新语·栖逸》注引《魏氏春秋》："阮籍常率意独驾，不由径路。车迹所穷，辄恸哭而反。" **坐守**：比喻无所建树，坐视时光流逝。 **相衔**：船头船尾连接起来，说明船只很多。

6 **巉(chán)巉**：形容山势峭拔险峻的样子。

7 **淮浦**:淮河岸。 **古寺空岩**:指南山的山寺岩壑。

8 **攕(xiān)攕**:古同“掺”,手纤细的样子。《诗经·魏风·葛屦》:“掺掺女手。”这里指苏轼挽着刘仲达的手。

9 **云海**:从高山下视,云铺如海。 **相搀**:指苍茫的云海与远天相接。

10 **归梦绕松杉**:梦魂缭绕在家乡故宅的松杉上。这里指归乡之梦。

浣溪沙

元丰七年十二月二十四日,从泗州刘倩叔游南山。[1]

导读

这首词作于元丰七年(1084),是苏轼赴汝州(今河南汝县)途中路经泗州(今安徽泗县)与刘倩叔同游南山时所作。上片写早春景象,下片写同游清欢,全词充满春天的气息,洋溢生命的活力,反映出作者对现实生活的热爱和积极进取的精神。

原文

细雨斜风作晓寒。淡烟疏柳媚晴滩。[2] 入淮清洛渐漫漫。[3]

雪沫乳花浮午盏[4],蓼茸蒿笋试春盘[5]。人间有味是清欢。

译文

细雨斜风伴着微寒,淡烟疏柳装扮晴后的沙滩更加妩媚。眼前的汴河也滚滚东去流入淮河。

趁此良辰呼朋引伴,沫色乳白的好茶,伴着新鲜的野菜。原来清淡的欢愉才是人间至味。

注释

1 **刘倩叔**:泗州人,生平不详。 **南山**:在泗州东南,景色宜人,被宋代米芾称为淮北第一山。

2 **细雨斜风**:唐代韦庄《题貂黄岭军官》诗:“斜风细雨江亭上,尽日凭栏忆楚乡。” **媚**:美好,这里是使美好的意思。 **滩**:指十里滩,在南山附近。

3 **洛**:实际指汴河,元丰二年(1079)导洛通汴,所以称清洛,源自安徽定远西北,北流至怀远入淮河。 **漫漫**:形容水势浩大的样子。

4 **雪沫乳花**:形容煎茶时上浮的白泡。 **午盏**:指午茶。此句描写午间饮茶的情形。宋人以将茶泡制成白色为贵,所谓“茶与墨正相反,茶欲白,墨欲黑”(见宋赵令畤《侯鲭录》卷四记司马光语)。

5 **蓼(liǎo)茸**:蓼菜的嫩芽。蓼为草本植物,可作调味品,味苦而香。 **蒿笋**:嫩蒿菜和笋。 **春盘**:旧时风俗,立春时用蔬菜、水果、糕饼等装盘馈赠亲友,取迎新的意思,称为“春盘”。

满庭芳

余谪居黄州五年[1],将赴临汝[2],作《满庭芳》一篇别黄人。既至南都,蒙恩放归阳羡,复作一篇。[3]

导读

这首词作于元丰八年(1085)二月,是苏轼由黄州奔赴临汝途中,向神宗皇帝上书请求移居江苏宜兴获准后所作。上片抒发即将回归阳羡的喜悦和对神宗皇帝的感恩之情,下片借天女来抒发自己一事无成的深沉感慨。

原文

归去来兮，清溪无底，上有千仞嵯峨。[4]画楼东畔，天远夕阳多。[5]老去君恩未报，空回首、弹铗悲歌。[6]船头转，长风万里，[7]归马驻平坡[8]。

无何[9]。何处有？银潢尽处，天女停梭。问何事人间，久戏风波？[10]顾谓同来稚子[11]，应烂汝、腰下长柯[12]。青衫破，群仙笑我，千缕挂烟蓑。[13]

译文

回去啊回去，我即将要去的阳羡，下有清澈的溪水，上有巍峨的青山。那画楼的东边，映衬着天边的夕阳。半百之年还能蒙受皇上恩德，自己却无以为报，想起不禁弹剑悲歌。赶紧掉转船头，像快马下坡一样乘风破浪。

无何有之乡到底在哪里啊？银河旁的织女也停下织梭问我："为什么还要呆在人间，饱受是非的风波？"回头又问同行的童子，腰间的斧柄恐怕早已腐烂。天宫里的仙女也一同笑我，穿的青衫如同蓑衣一般破烂不堪。

注释

1 **谪**：官员因罪降级外调。苏轼因为"乌台诗案"被贬为黄州团练副使，于元丰三年(1080)初至黄州，至元丰七年(1084)四月量移汝州时才离开，前后正好五年。

2 **临汝**：又称汝州，今属河南。苏轼此时被授检校尚书水部员外郎、汝州团练副使。

3 **阳羡**：今属江苏宜兴，时属常州府，苏轼曾在阳羡置有田产。元丰七年十月和十二月苏轼两次向神宗皇帝上《乞常州居住表》，希望去常州居住，次年二月获准，所以说蒙恩放归。此首与前一首"归去来兮，吾归何处"同韵，故云"复作一篇"。

4 **"清溪"二句**：描写宜兴山水之美。千仞，形容山势极高。一般八尺为一仞。嵯峨，形容山势高峻的样子。

5 **画楼**：指在宜兴的住宅。 **天远**：指距离京城很远，又暗指晚年可以远离官场，偷享人间之乐。

6 **弹铗**:战国时齐国孟尝君有位食客冯谖,认为自己未受重视,倚柱弹剑而歌曰:"长铗归来乎,食无鱼。"后又歌曰:"长铗归来乎,出无车。""长铗归来乎,无以为家。"(见《战国策·齐策》)苏轼以此自喻才华未展。清代刘熙载《艺概》卷四以为"词以不犯本位为高",以上三句"语诚慷慨,然不若《水调歌头》'我欲乘风归去,又恐琼楼玉宇,高处不胜寒',尤觉空灵蕴藉"。

7 **船头转**:本来北向汝州,现在获准居住常州,故谓掉转船头,南奔阳羡。**长风万里**:《宋书·宗悫传》:"愿乘长风破万里浪。"

8 **归马**:形容行船顺风南下速度之快。宋代周必大《益公题跋·书东坡宜兴事》:"军中谓壮士驰骏马下峻坂为注坡。"并称此三句"盖喻归兴之快如此"。苏轼《百步洪》诗也有"骏马下注千丈坡"之句,喻水流之速。

9 **无何**:是"无何有之乡"的简称。《庄子·列御寇》"彼至人者,归精神乎无始,而甘冥乎无何有之乡",指脱离尘俗的虚无境界。

10 **银潢**:银指银河,潢指天潢星。梁代萧纲有《七夕》:"天梭织来久,方逢今夜停。"谓银河边的织女也停梭问询作者,为何呆在人间沉浮于政治风波。

11 **稚子**:一说是想象中的随从,并非实指;一说指作者之子苏过,当时正好十四岁。

12 **长柯**:梁代任昉《述异记》卷上记载,相传晋代王质去信安郡石室山伐木,看见童子数人下棋唱歌,不一会儿斧柯(柄)烂尽,而等到他回家时发现同时代的人都已不在。所谓山中一日世上千年,这里比喻人间世事变迁之快。

13 **青衫**:暗喻自己现在的处境,天宫云烟缠绕,好似蓑衣披身。

定风波

王定国歌儿曰柔奴，姓宇文氏，眉目娟丽，善应对，家世住京师。定国南迁归，余问柔："广南风土应是不好？"柔对曰："此心安处便是吾乡。"因为缀词云。[1]

导读

这首词作于元祐元年(1086)东京(今河南开封)时期。当年苏轼的好友王巩(字定国)因为受到苏轼"乌台诗案"的牵连,被贬谪到地处岭南荒僻之地的宾州。受贬时其歌妓柔奴(别名寓娘)也毅然随行。王巩北归后在一次宴会上请出柔奴为苏轼劝酒,苏轼问及岭南的风土人情,柔奴答以"此心安处便是吾乡"。苏轼听后大受感动,作下此词加以赞赏。上片写二人的外在美——王定国的丰神俊朗与柔奴的天生丽质。下片写柔奴的内在美,通过岭南梅香赞美其克服困难的精神。最后歌颂柔奴随缘自适的乐观旷达,同时也寄寓自己的人生态度和处世哲学。

原文

常羡人间琢玉郎[2]。天应乞与点酥娘[3]。尽道清歌传皓齿[4]。风起。雪飞炎海变清凉[5]。

万里归来颜愈少[6]。微笑。笑时犹带岭梅香[7]。试问岭南应不好[8]？却道。此心安处是吾乡。

译文

常常羡慕世间如玉般俊朗的男子,连上天也垂爱赠予柔美聪慧的佳人。人人称道柔奴歌声轻妙,笑容柔美。南风吹起歌声,如雪花飞过炎日使世界变得清凉。

从遥远的蛮荒之地归来,更显年轻,笑容依旧,好像还带着岭南梅花的清香。我问柔奴:"岭南的风土应该不是很好吧?"她却坦然地回答:"内心安定的地方,便是我的故乡。"

注释

1 **王定国**:王巩,字定国。苏轼元丰二年(1079)因为“乌台诗案”被贬黄州,王定国受到牵连也于同年被贬谪至宾州(今广西宾阳),至元丰七年(1084)才得以回京城。 **广南**:指宾州,时属广南西路。 **缀词**:作词。缀,著作,组织文字以成篇章。

2 **琢玉郎**:女子对丈夫或情人的爱称,泛指青年男子,这里形容王定国英俊爽朗。

3 **乞与**:赐予。 **点酥娘**:一说是王定国歌妓柔奴又名点酥娘、寓娘,一说形容柔奴肤润如酥,滑腻如脂。

4 **“尽道”句**:人人都说柔奴歌喉美妙。唐代李白《白纻辞》:“扬清歌,发皓齿。”

5 **炎海变清凉**:形容柔奴的清歌使得岭南的炎海也为之清凉。唐代杜甫《雨》:“清凉破炎毒。”

6 **“万里”句**:柔奴随王定国从遥远的岭南归来后反而更显年轻。苏轼《与王定国书》:“君实尝云:‘王定国瘴烟窟里五年,面如红玉。’”

7 **岭**:这里指大庾岭,南方的五岭之一,在今天的江西大余和广东南雄交界处,岭上的梅花最著名。 **梅香**:梅花的香气,这里形容柔奴的微笑带着大庾岭的清幽梅香。

8 **试问**:试着提出问题,试探性地问。 **应**:应该。

如梦令

寄黄州杨使君二首[1]·其一

导读

这首词作于元祐元年(1086),苏轼在京城东京(今河南省开封市)任翰林学士期间。这首词借怀念黄州之地,思念故地之人,如对老友娓娓道来,自然亲切。同时也流露出在京城新旧两党的夹击下,意欲远离政治旋涡、出知外任的心思。果然,三年后苏轼即以龙图阁学士出知杭州。

原文

为向东坡传语[2]。人在玉堂[3]深处。别后有谁来?雪压小桥无路。[4]归去。归去。江上一犁春雨[5]。

译文

请为我向东坡父老捎带音信,如今的我远居翰林深院。自从分别之后,东坡便无人往来,白雪积压的小桥怕已无路可走。回去吧,回去,江边的东坡春雨如丝,正好犁地春耕。

注释

1 **杨使君**:杨寀,字君素,元丰六年(1083)在徐君猷之后接任黄州知州。

2 **为**:为我。 **东坡**:苏轼贬谪黄州任团练副使时,在黄州城东边开垦数十亩地,称之为东坡。这里指东坡的父老乡亲。

3 **玉堂**:指翰林院,负责起草制诰的地方。苏轼元祐元年九月至元祐四年(1087)三月任翰林学士,所以称其居住处为"玉堂"。

4 **雪压**:这首词作于元祐元年末,时值冬日,所以想象东坡小桥有雪压之景。

5 **一犁春雨**:形容春雨如丝,适合犁地春耕。此时作者在翰林院,由于厌恶官场风气,而渐生归隐东坡的想法。

如梦令

寄黄州杨使君二首·其二

导读

这首词作于元祐元年(1086),紧承上一首而作。第一首是想象别离后的情形,这一首是回忆当年的旧居生活。全词遥想当年在东坡雪堂的生活情景,手植果树,鸟鸣悠悠,描绘出一幅悠然自得、惬意无穷的闲居生活。

原文

手种堂[1]前桃李。无限绿阴青子[2]。帘外百舌儿[3],惊起五更春睡。居士[4]。居士。莫忘小桥[5]流水。

译文

雪堂前亲手栽种的桃李等果树,绿荫丛中掩映着青果累累。清晨窗外百舌鸟婉转啼叫,常常把我从睡梦中惊醒。居士啊,居士,不要忘了东坡的小桥流水。

注释

1 **堂**:指雪堂,苏轼贬谪黄州时期,在城东开垦东坡并修建房屋,因为在大雪中完成,苏轼就在墙壁上绘雪景,并命名为雪堂,还亲自写了“东坡雪堂”四字为匾额。

2 **青子**:果实没有成熟。

3 **百舌儿**:一种小鸟,立春后开始鸣叫,因为声音反复如百鸟之音而得名。唐代郑愔《百舌》:“百舌鸣高树,弄音无常则。”

4 **居士**:居士在我国有深厚的文化意蕴,有儒家居士、道家居士、佛学居士。这里是苏轼自称东坡居士。

5 **小桥**:苏轼东坡雪堂正南面的小桥。

好事近

湖上

导读

这首词作于元祐五年(1090)杭州时期。苏轼一生两度任职杭州,对杭州尤其是西湖的风景情有独钟。上片从泛舟度闲写起,然后触物生情,感慨衰颜华发,不禁而起悲凉之意。下片则极力表现萧疏冲淡、纯任自然的心境和情感。全词以写意手法铺排而成,表面平静疏淡,内心却起伏沸腾,恬淡中含忧思,旷达中寓执着。

原文

湖上雨晴时,秋水半篙初没[1]。朱槛俯窥寒鉴[2],照衰颜华发。

醉中吹堕白纶巾[3],溪风漾流月[4]。独棹[5]小舟归去,任烟波飘兀[6]。

译文

雨过天晴湖水荡漾,秋水漫过半截竹竿。平静的湖水映照着船上的红色栏杆,也照出自己的衰颜华发。

酒醉中湖风吹落头上的纶巾,月光映照船下的流波。独自划船悠然离去,任由湖面烟波飘摇。

注释

1 **半篙(gāo)初没**:指湖水刚刚漫过半根竹竿的深浅。篙,撑船用的竹竿或木棍。

2 **朱槛(jiàn)**:船上红色的栏杆。 **鉴**:镜子。这里比喻登船俯视西湖水,寒冷的湖水平静如镜。宋代欧阳修《送胡学士知湖州》:"吴兴水精宫,楼阁在寒鉴。"

3 **白纶(guān)巾**:古时一种白色头巾。傅幹《注坡词》注:"纶,青丝也。白纶巾,则有青白织纹矣。"

4 **漾**:水面动荡、摇漾。 **流月**:月映水中,波动如流。

5 **棹(zhào)**:划船的长桨。

6 **飘兀(wù)**:飘摇不稳定。欧阳修《沧浪亭》诗有:"岂如扁舟任飘兀,红蕖绿浪摇醉眠。"

贺新郎

夏景

导读

这首词的创作时间说法不一。一说作于元祐五年(1090)前后苏轼任杭州通判时,当时有府僚在西湖设宴,官妓秀兰因为浴后倦卧迟到而受到斥责。此时正逢石榴花开,秀兰于是折花谢罪,孰料府僚以为不恭敬而更加愤怒,苏轼于是作此词为其化解。一说是绍圣二年(1095)初夏苏轼贬谪惠州时,苏轼为追随、侍奉自己的爱妾朝云所作,上片写朝云居所的幽静和初夏困倦的形象,下片借咏石榴花来比喻朝云,咏物拟人,既描写朝云的孤芳高洁，又赞美其坚贞品性。寄托深远，同时又隐约抒写作者怀才不遇的抑郁情怀。

原文

乳燕飞华屋[1]。悄无人、桐阴转午[2]，晚凉新浴。手弄生绡白团扇，扇手一时似玉。[3]渐困倚、孤眠清熟[4]。帘外谁来推绣户，枉教人、梦断瑶台曲[5]。又却是，风敲竹。

石榴半吐红巾蹙[6]。待浮花、浪蕊都尽，伴君幽独。[7]秾艳一枝细看取，芳心千重似束。[8]又恐被、秋风惊绿[9]。若待得君来向此，花前对酒不忍触。[10]共粉泪，两簌簌[11]。

译文

雏燕穿飞过华丽的房屋。静悄悄儿无一人，桐影转过已是午后，晚间清凉时分，佳人刚刚沐浴。她手里摇弄白色的团扇，与素手一样似玉洁净。渐有倦意便斜倚独自睡去。帘外是何人轻推雕花的门窗？白白地惊扰了瑶台美梦。原来是夜风在敲响翠竹。

半开的石榴花像红巾拥簇，等到浮艳争春的花朵败谢，只有她陪伴孤独的佳人。取一枝秾艳的榴花细看，千重花瓣正像佳人的芳心。又恐被秋风惊得只剩绿叶。只怕佳人也不忍触目，残花之前对酒无人会意，只有泪珠和花瓣一起簌簌落下。

注释

1 **乳燕**：雏燕儿。 **飞**：据宋代赵彦卫《云麓漫钞》说曾见真迹作为“栖”。

2 **桐阴转午**：梧桐树荫移动，说明时至午后。

3 **生绡**：未被漂煮过的生织物，即丝绢。 **一时**：同时，一并。

4 **清熟**：说明独自倚靠熟睡的样子。

5 **瑶台**：玉石砌成的台，传说在昆仑山上西王母所居的宫殿，这里指梦中仙境。 **曲**：形容居所幽深的样子。

6 **红巾蹙**(cù)：形容石榴花半开时如红巾皱缩。蹙，褶皱。

7 **“待浮花”二句**：浮、浪指众花的轻浮，这里是说其他的鲜花败谢，只有石榴花陪伴幽独的美人。唐代韩愈《杏花》:“浮花浪蕊镇长有,才开还落瘴雾中。”

8 **秾**:花开繁盛的样子。 **芳心**:形容石榴花重瓣,也指佳人心事重重。

9 **秋风惊绿**:指秋风乍起吹落石榴花,只剩下绿叶。

10 **“若待”二句**:下片两个“君”字都是指美人,借以抒发作者怀才不遇的抑郁情怀。

11 **两簌簌**:形容纷纷落下的样子,这里指花瓣与眼泪一起落下。

南歌子

八月十八日观潮[1],和苏伯固二首·其一

导读

这首词的创作时间,一说是熙宁五年(1072)于杭州,并认为很可能是最早的东坡词,已开始显露豪放词风。一说是元祐五年(1090)于杭州,与杭州监税的苏伯固同游观潮。上片写观潮之景而想象仙人乘潮而来,下片写潮声如雷,望有琴师谱曲。全词用典恰当,想象丰富,气势磅礴。

原文

海上乘槎侣[2],仙人萼绿华[3]。飞升元不用丹砂,住在潮头来处、渺天涯。

雷辊夫差国[4],云翻海若家[5]。坐中安得弄琴

译文

海上有人乘着竹筏直达银河,仙女萼绿华又常来人间。可见飞上天庭不用吃仙丹,只要乘着潮头就可游遍天涯。

潮声如雷轰鸣到夫差国,潮水如云翻腾到海神家。席间谁能像抚琴的伯牙一

牙[6]，写取余声归向、水仙夸。

样，将这潮声谱写出来，就可与《水仙操》一比高下。

注释

1 **观潮**：指观钱塘江潮，钱塘江潮为天下奇观，又以八月十五至十八日最为壮观。

2 **乘槎侣**：据《博物志》卷十记载，天上银河与大海相通，海边有人看见每年八月都有竹筏经过，于是乘上竹筏，结果到达银河。这里指凡人也可以上天。

3 **萼绿华**：据陶弘景《真诰·运象》记载，有仙女萼绿华，年约二十，着青衣，有姿色，每月六次到晋人羊权家。这里又指仙人也可以下凡。

4 **雷辊**：形容潮声如雷滚动。辊，滚动。 **夫差国**：指杭州，杭州为吴国故地。夫差，春秋时吴国国君。

5 **海若家**：指大海。海若，传说是北海海神。

6 **弄琴牙**：指抚琴的伯牙。传说他向成连学琴，三年不成，后随师到海上，作《水仙操》，琴声大进。

八声甘州

寄参寥子[1]

导读

这首词作于元祐六年(1091)杭州时期。神宗去世，变法失败，司马光等新党上位，苏轼再次离开朝廷，出任杭州知州。上片描写钱塘浪潮的宏伟场面，转而说朝廷政治风波的是非不清，表明自己不愿卷入的心声。下片叙述与参寥子之间的旧情，并且表达绝不违约的决心。全词写景气势磅礴，感情沉郁顿挫，同时富含哲理深思，也是苏词的代表作之一。

原文

有情风、万里卷潮来，无情送潮归。问钱塘江上，西兴浦口[2]，几度斜晖？不用思量今古，俯仰[3]昔人非。谁似东坡老，白首忘机[4]。

记取西湖西畔，正春山好处，空翠烟霏[5]。算诗人相得，如我与君稀。[6]约他年、东还海道，愿谢公、雅志莫相违[7]。西州路[8]，不应回首，为我沾衣。

译文

多情的海风万里席卷大潮而来，又无情地将它送回。请问这钱塘江上，西兴浦口，有多少回灿烂的余晖？不用费力琢磨古往今来，俯仰之间已是物是人非。谁能像年老的东坡，白发苍苍时已淡泊明志。

记得当年我们在西湖西畔相识，那时春山正美，山色空明，苍翠欲滴。像你我这样情投意合，想来真是非常难得。我曾像东晋谢安一样期许归隐之愿，希望美好的愿望不会落空。你也不应像当年西州路上的羊昙那样，为我未能遂愿而抱憾痛哭。

注释

1 **参寥子**：僧道潜之的别号。道潜，於潜（今属杭州）浮溪村人，俗姓何，著有《参寥子集》。元丰元年(1078)曾寻访苏轼于徐州。二人情谊深厚，过从甚密，常有吟咏唱和。

2 **西兴浦口**：渡口名，现在杭州市钱塘江南岸，萧山区西十二里。

3 **俯仰**：说明时间短暂，晋王羲之《兰亭集序》："向之所欣，俯仰之间，已为陈迹。"

4 **忘机**：没有机心，此处指不再关注潮起潮落，追求宁静淡泊。

5 **空翠**：是指山色空明，青翠欲滴。唐代王维《山中》："山路元无雨，空翠湿人衣。" **烟霏**：指山中雾气。

6 **"算诗人"二句**：说自己与参寥子之间十分投缘，是难得的知己。

7 **谢公**:东晋的谢安,孝武帝时宰相,早年隐居在浙江上虞东山,做官后仍打算复归东山,只是未能如愿。 **雅志**:高雅之志,指隐居。这里苏轼以谢安自喻,表明不会违背归隐之志。

8 **西州路**:西州,晋代扬州(今江苏南京)公廨的西门。据《晋书·谢安传》记载,谢安病危后从广陵返还京城,经过西州门时,感叹"本志不遂"。死后,其外甥羊昙醉中经过西州门悲痛不已,大哭而去。这里用来叮嘱参寥子不要像羊昙哭谢安那样,在自己死后重经旧地时不要过于悲伤。

临江仙

送钱穆父[1]

导读

这首词作于元祐六年(1091)杭州时期,其时苏轼送别好友钱穆父从越州(今浙江绍兴)途经杭州移守瀛州(今河北河间)。上片写与好友久别重逢,称赞友人的高尚节操,同时又是作者自身的写照,表现出二人肝胆相照,志同道合。下片写月夜送别好友,描绘了幽冷清寂的氛围和惆怅抑郁的心情,以及对身世飘零的深沉慨叹。全词描绘出浓郁的依依惜别之情,深沉的人生浮沉之叹,一波三折,令人玩味。

原文

一别都门三改火[2],天涯踏尽红尘[3]。依然一笑作春温[4]。无波真古井,有节是秋筠。[5]

译文

京城一别就是三年,走遍天涯红尘纷飞。你的笑容依旧如春风温煦,心静如古井之水,节概似秋天之竹。

惆怅孤帆连夜发，送行淡月微云。尊前不用翠眉颦[6]。人生如逆旅，我亦是行人。[7]

惆怅之际孤帆夜间出发，淡月微云之下为君送别。举起酒杯不要蹙眉暗伤，你我都是人生旅途的匆匆过客。

注释

1 **钱穆父**：名勰，又称钱四。元祐三年（1088）因坐奏开封府狱空不实，出知越州（今浙江绍兴）。元祐五年（1090）又徙知瀛州（今河北河间）。元祐六年春钱穆父赴任途中经过杭州，苏轼作此词送别。

2 **都门**：指京城。 **改火**：古时钻木取火，因四季不同而改用不同的木材，称为"改火"。也有指寒食节禁火三日后重新起火。后来以"改火"指一年，"三改火"就是过了三年。《论语集解》马融曰："《周书·月令》有更火之文。春取榆柳之火，夏取枣杏之火，季夏取桑柘之火，秋取柞楢之火，冬取槐檀之火。一年之中，钻火各异木，故曰'改火'也。"

3 **红尘**：飞扬的尘土，这里指人世间。

4 **春温**：春天般的温暖，这里形容钱穆父的笑容依旧如春温一样亲切暖人。苏轼《送鲁元翰少卿知卫州》："时于冰雪中，笑语作春温。"

5 **无波真古井**：古井枯竭不起波澜，比喻人心寂然不动。 **节**：竹节，比喻人之节操。**筠**：坚韧的竹皮，引申为竹之别称。此句化用唐代白居易《赠元稹》"无波古井水，有节秋竹竿"，形容钱穆父不为身世沉浮而忧喜，心境平静无波澜如古井之水，有节概如秋天之竹。

6 **尊**：酒器。 **翠眉**：用黛螺描画过的眉。 **颦**：皱眉。宋代官吏宴饮多有官伎歌舞侑酒，这里表面是劝歌伎不要悲伤，实际上是劝慰友人不必为离别而蹙眉感伤。

7 **逆旅**：旅舍。 **行人**：指人生如旅途中的过客。

木兰花令

次欧公西湖韵[1]

导读

这首词作于元祐六年(1091)苏轼移知颍州(今安徽阜阳)时。欧阳修于熙宁四年(1071)退居于颍州,并作有《木兰花令》词:“西湖南北烟波阔,风里丝簧声韵咽。舞余裙带绿双垂,酒入香腮红一抹。　杯深不觉琉璃滑,贪看六幺花十八。明朝车马各西东,惆怅画桥风与月。”苏轼作此词意在怀念恩师。上片写自己泛舟颍河时触景生情,下片写月出波心而生的感慨和思念之情。全词在淡泊、凄清的秋水月色中,化出淡淡的思念和叹惋,由悲秋而怀人、伤逝的深沉思绪,读来令人一咏三叹,感慨不已。

原文

霜余已失长淮阔。空听潺潺清颍咽。佳人犹唱醉翁词,四十三年如电抹。[2]

草头秋露流珠滑。三五盈盈还二八[3]。与余同是识翁[4]人,惟有西湖波底月。

译文

霜降时分淮河水路变窄,清清的颍河也浅水潺潺。佳人传唱醉翁当年的词篇,转眼已是四十三年。

秋天的露珠在草尖轻轻滑落,十五的满月十六就将要缺。如今和我一同记取欧阳修的,只有那映在西湖的一轮明月。

注释

1 **次韵**:按照他人所作诗词的韵脚再次创作。 **欧公**:欧阳修。 **西湖**:这里指颍州城西北面的西湖,长十里,宽二里,为当地名胜。欧阳修曾隐居于此，并作有《木兰花令》词歌咏西湖。

2 **佳人**：指歌妓。 **醉翁词**：指欧阳修所填的《木兰花令》。 **四十三年**：欧阳修皇祐元年(1049)曾知颍州，距今正好四十三年。 **电抹**：形容时光飞逝。

3 **三五、二八**：指十五的满月十六将缺，形容美好时光的短暂。见谢灵运《怨晓月赋》："昨三五兮既满，今二八兮将缺。"

4 **翁**：指欧阳修。

减字木兰花

春月

导读

这首词作于元祐七年(1092)颍州时期。据苏轼好友赵令畤记载，元祐七年的正月，苏轼颍州居所的堂前梅花大开，王夫人说："春月色胜如秋月色，秋月令人凄惨，春月令人和悦。何如召赵德麟辈前来，饮此花下。"苏轼大喜说："我不知道你也能作诗也？而且是真正的诗家语。"于是召集赵德麟等客人畅饮，并写下这首《减字木兰花》词。(参见赵令畤《侯鲭录》)上片写月下美景，月色溶溶，梅花暗香。下片抒少年之乐，离人之愁。全词婉约有致，喜乐处有淡淡的惆怅，令人回味无穷。

原文

春庭月午[1]。摇荡香醪光欲舞[2]。步转回廊。半落梅花婉娩[3]香。

译文

春日庭院月色溶溶，堂前小酌欲醉飘飘。九曲回廊之间起舞弄影，半树梅花丛中梅香幽婉。

轻云薄雾。总是少年行乐处。不似秋光[4]。只与离人照断肠。

淡淡的云，薄薄的雾，如此春宵是年轻人及时行乐的佳境。不像秋天的月照得离人肠断，心痛连连。

注释

1 **月午**：月至午夜。唐代李贺《感讽》："月午树无影。"

2 **摇荡**：指梅香如酒香飘荡，梅枝在月光下欲舞。 **醪**(láo)：酒糟未过滤的酒，又称为浊酒。

3 **婉娩**(miǎn)：柔顺。《礼记·内则》记载："女子十年不出，姆教婉娩听从。"这里运用通感的手法，以女子容色的柔顺写梅花香气的温馨。

4 **不似秋光**：是说春月之光不似秋月之光令人凄惨，这里借用苏轼妻子王闰之的说法。

青玉案

和贺方回韵送伯固归吴中故居[1]

导读

这首词作于元祐七年(1092)扬州时期。元祐四年(1089)至元祐六年(1091)苏轼出任杭州太守，此时苏坚为其下属，也是其治理西湖的得力助手，两人交情深厚。元祐七年苏轼送别苏坚归吴中故乡而写下该词。上片抒写作者对苏坚归吴的羡慕和自己对吴中旧游的思念，下片抒发自己欲归不能的惋惜，间接表达对宦海浮沉的厌倦。全词抒情真挚，含蓄深沉。

原文

三年[2]枕上吴中路。遣黄耳[3]、随君去。若到松江呼小渡[4]。莫惊鸥鹭，四桥尽是，老子经行处。[5]

辋川[6]图上看春暮，常记高人右丞句[7]。作个归期天已许[8]。春衫犹是，小蛮针线，曾湿西湖雨。[9]

译文

吴中忙碌的三年里魂牵梦绕，如果有陆机家的黄耳犬传送书信，我一定会派它随您而去。您若到了松江招呼小船摆渡，一定不要惊扰那里的鸥鹭，四桥到处都有我曾经留下的足迹。

望着眼前的景色不禁想起王维的《辋川图》，也记起王右丞送友人归去的诗句。老天爷定会准许你的归期，去时带上那件爱妾亲手缝制的春衫，上面还有曾打湿春衫的西湖雨。

注释

1 **贺方回**：名铸，北宋著名词人。 **和韵**：依照前人词作的韵。苏轼此词为和贺铸《青玉案》词："凌波不过横塘路，但目送、芳尘去。锦瑟华年谁与度。月台花榭，琐窗朱户，只有春知处。 碧云冉冉蘅皋暮，彩笔新题断肠句。试问闲愁都几许？一川烟草，满城风絮，梅子黄时雨。" **伯固**：即苏坚，苏轼任杭州时的下属。 **吴中**：今江苏省吴县，春秋时为吴郡，秦在此置会稽郡，古时都称为吴中。

2 **三年**：苏轼在元祐四年至元祐六年出知杭州期间，苏坚为其下属正好首尾三年。

3 **黄耳**：指书信，此处用陆机黄犬传书的典故。据《晋书·陆机传》记载：传说陆机养有骏犬名曰黄耳。陆机待在京城的时候家乡杳无音信，便笑着对黄耳说："老家好久没有书信来，你能不能送封信回去？"黄耳摇着尾巴表示答应，于是陆机写好信，用竹筒装好绑在狗的脖子上，黄耳真的循着道路送到家乡。

4 **松江**：又名淞江、吴江，太湖最大的支流，流经吴县、昆山、青浦、嘉定等地，由黄浦江入海。 **呼小渡**：呼叫小船摆渡。

5 **莫惊鸥鹭**:这里借用“鸥鹭忘机”的典故。典出《列子·黄帝篇》,其中《好鸥鸟者》言:海上有好鸥鸟的人,每天早晨和鸥鸟一起游玩,鸥鸟纷纷飞来不止。他的父亲好奇地问他:“我听说鸥鸟都喜欢和你玩耍,你能不能抓一些回来给我玩。”第二天再去海上的时候,鸥鸟在天上飞舞再也不下来。 **四桥**:傅幹注:“姑苏有四桥,长为绝景。” **老子**:老年人的自称,这里是作者自指。

6 **辋川**:在陕西省蓝田县南,风景秀丽,唐代诗人王维曾隐居于此,并在蓝田清凉寺的墙壁上画有《辋川图》,表达林泉隐逸的情志。

7 **高人**:高风绝尘的人。 **右丞**:王维曾任尚书右丞,故称王右丞。唐代杜甫《解闷》十二首之八:“不见高人王右丞,蓝田丘壑蔓寒藤。”

8 **“作个”句**:指伯固归居吴中已是天意,会马上如愿以偿。

9 **小蛮**:唐代白居易的歌妓,白居易有歌妓樊素、小蛮。这里是指苏坚的爱姬。这句是说伯固春衫出自爱姬之手,并且穿着这件春衫追随自己在杭州忙碌三年,曾经被西湖的雨水打湿,如今可以归居吴中老家,与心爱的人相聚。

西江月

梅花

导读

这首词作于绍圣三年(1096)贬谪惠州时期,借咏岭南的梅花来赞赏爱妾朝云。上片描写惠州梅花的风姿与超尘脱俗的神韵,下片通过赞美梅花的自然光彩来赞叹朝云的天生丽质和聪颖敏慧。全词借咏梅来怀人,格调哀婉,情韵悠长,寓意深远。

原文

玉骨那愁瘴雾[1]，冰姿自有仙风[2]。海仙时遣探芳丛。倒挂绿毛幺凤[3]。

素面翻嫌粉涴[4]，洗妆不褪唇红[5]。高情已逐晓云空。不与梨花同梦[6]。

译文

如玉般的梅花何惧南方的瘴气，冰雪般的肌肤自有仙人的风致。海上的神仙也不禁羡爱，不时派遣幺凤来到花丛探望。

素雅的梅花嫌弃脂粉的玷污，败谢的花瓣唇红色依然鲜艳。爱梅之情操已随晓云离去成空，再也不会像王昌龄那样梦见梨花。

注释

1 **玉骨**：形容梅花如美玉般的品性。 **瘴雾**：南方湿热气候容易致病。

2 **冰姿**：形容梅花如冰雪般的肌体。

3 **幺凤**：鸟名，又称桐花凤，是岭南当地的珍禽，绿毛红嘴，体型跟鹦鹉相近，栖息时倒挂在树枝上，所以又称为“倒挂子”，相传从东海而来，并非当地所产。苏轼这里是说梅花的仙姿艳态引起海上神仙的羡爱，于是经常派遣使者幺凤来到花丛中探望。意在从不同角度描写出岭南梅花超尘脱俗的风韵。

4 **素面**：不施脂粉，形容梅花的素雅。 **涴**(wǎn)：玷污。

5 **唇红**：岭南的梅花与中原不同，几乎与桃花相似，其中尤以唇红香者为最。

6 **梨花同梦**：傅榦注云，苏轼自跋：“诗人王昌龄，梦中作梅花诗。”王昌龄梅诗有“落落寞寞路不分，梦中唤作梨花云”句。苏轼应是化用此诗。

西江月

中秋和子由

导读

这首词作于绍圣四年(1097)儋州时期。上片写感伤,寓情于景,歌咏人生之短促,感叹壮志之难酬。下片写悲愤,借景抒情,感慨世道之险恶,悲惋人生之寥落。全词围绕一个“凉”字,将吟咏节序与感慨身世、抒发悲情紧密结合起来,由秋思及人生,触景生情,感慨悲歌,情真意切,令人回味无穷。

原文

世事一场大梦[1],人生几度秋凉。夜来风叶已鸣廊。看取眉头鬓上。[2]

酒贱常愁客少,月明多被云妨。中秋谁与共孤光[3]。把盏凄然北望[4]。

译文

世上万事恍如一场大梦,人生经历过几度秋凉。夜深风吹树叶声响彻回廊,自己眉头鬓边又多银发。

酒不值钱便总为客少发愁,月色明亮却被乌云遮住。中秋之夜可以与谁共赏月光?只能举起酒杯凄然望北方。

注释

1 **大梦**:《庄子·齐物论》:“方其梦也,不知其梦也,梦之中又占其梦焉,觉而后知其梦也。且有大觉,而后知此其大梦也。”常用来形容人生虚幻无常。李白有《春日醉起言志》诗:“处世若大梦,胡为劳其生。”

2 **风叶**:风吹树叶所发出的声音。 **鸣廊**:在回廊上发出声响。风叶鸣廊指自然之秋，眉鬓染霜指人生之秋。

3 **谁与**：与谁。 **孤光**：月光。这里指与谁共度中秋。

4 **凄然**：形容悲凉的样子。 **北望**：苏轼被贬儋州，其弟苏辙在广东雷州，所以向北望表示思念亲人。

蝶恋花

导读

这首词大概作于绍圣年间(1094—1098)。明代张岱《琅嬛文集》卷中曾记载，苏轼被贬谪到惠州的时候，有一天与侍妾朝云闲坐，见到落木萧萧遂有凄凉悲秋之意，于是一边让朝云斟酒一边唱起“花褪残红青杏小”。朝云一曲唱毕，泪满衣襟。苏轼惊问何故，朝云回答是为“枝上柳绵吹又少，天涯何处无芳草”两句所感伤，苏轼听后笑道：“我刚刚正悲秋你却又伤春了。”不久朝云患病去世，苏轼再也没有提及该词，可见这首词大概作于苏轼贬居岭南以后。上片写暮春初夏之际的自然景色，蕴含春光美景易逝的叹息。下片写墙内墙外、佳人行人的情景，徒生烦恼转而寂寞失落。此词叙事妙趣横生，抒情缠绵悱恻。

原文

花褪残红青杏小[1]。燕子飞时，绿水人家绕。枝上柳绵[2]吹又少，天涯何处无芳草[3]。

译文

春花凋谢，杏子又青又小。燕子在天上飞舞，绿水绕村而过。枝头的柳絮被风吹得越来越少，大地的春草却依旧丰茂。

墙里秋千墙外道。墙外行人，墙里佳人笑。笑渐不闻声渐悄，多情却被无情恼[4]。

墙内秋千飘荡，墙外小道曲折。墙外的行人听见墙内佳人在嬉笑。笑声渐渐消失，墙内重又悄悄，天真可爱的佳人哪知多情的行人还在烦恼。

注释

1 **花褪残红**：暮春时节花儿凋谢。 **青杏**：杏子还未成熟。

2 **柳绵**：柳絮。清代王士禛《花草蒙拾》："'枝上柳绵'，恐屯田（柳永）缘情绮靡，未必能过。孰谓坡但解作'大江东去'耶？髯直是轶伦绝群。"可见苏轼填词也有像婉约派词人柳永一样的多情缠绵之处。

3 **天涯何处无芳草**：屈原《离骚》有"何所独无芳草兮，尔何怀乎故宅"。此句有一语双关之意，明写花草萋萋的自然景观，暗藏对美好事物的无限追求。

4 **多情**：指墙外的行人。 **无情**：指墙内的佳人。墙内闲荡秋千的佳人自在欢乐，但她并不知道墙外多情停步的行人，所以对于后者而言前者旁若无人的态度看似无情。宋代魏庆之《诗人玉屑》卷二十一引《词话》："盖行人多情，佳人无情耳，此二字极有理趣。"

减字木兰花

立春

导读

这首词作于元符二年(1099)苏轼贬谪儋州的立春之日，以欢快的笔触描写海南春光美丽，寄托作者随遇而安的旷达情怀。上下片句式相同，首句都以立春习俗开始，接着上片写桃花，下片写杨花，红白相衬，分外妖娆，为我们展现出一幅风光旖旎的海南春光图。

原文

春牛春杖[1]。无限春风来海上。便丐春工[2]。染得桃红似肉红。

春幡春胜[3]。一阵春风吹酒醒。不似天涯。卷起杨花似雪花。

译文

扬起春鞭赶春牛，海上吹来无限的春风。乞求多情的春工，趁早染起一片桃红。

挂起春旗剪彩纸，春风吹醒酒醉的人。这里不像是远在天涯的海南，杨花飞舞恰似中原早春的雪花。

注释

1 **春牛春杖**：古时立春的习俗，据《后汉书》记载："立青幡，施土牛耕人于门外，以示兆民，至立夏。"立春前后鞭打泥塑的春牛表示劝农春耕的意思。 **春杖**：鞭打土牛的鞭杖。

2 **丐**：乞求。 **春工**：春天万物生长都归于创造孕育的工匠。

3 **春幡**：立春日挂在树上的旗帜，象征春天将至。 **春胜**：古时剪纸迎春的习俗。

苏轼集

文

省试刑赏忠厚之至论

导读

此论作于宋仁宗嘉祐二年(1057),是二十二岁的苏轼参加礼部会试时的答卷。当时主考官为欧阳修,本来依据卷面打算录为第一名,又因怀疑为门生曾巩所作,并且考虑到文中"皋陶曰'杀之三',尧曰'宥之三'"两句话出处不明,为了避嫌,最后决定以第二名录取。等到成绩张榜公布后答谢主考的时候,欧阳修特意问及这两句话的出处,苏轼却笑着说是想当然而作。实际上所引出自《礼记·文王世子》周公的事例,苏轼临考时误记为尧帝的事,好事者因为不知出处,于是加以增饰编造出这段佳话来。这里也可看出苏轼为文的态度,才华横溢自然有高人之举,而不是陈规旧矩所能束缚得住的。不过,苏轼在《答李之仪书》中曾说自己年轻时"读书作文,专为应举而已",又因应举制策写了不少"妄论厉害,搀说得失"的文章,"此正制科人习气"。苏轼的这番言论却道出几分真情,也是今人再读这些策论文章所需注意的地方。

宋代王安石执政后着手改革取士制度,废止考诗赋而改考经义,重在对时事政治发表见解策论,以便选拔通经致用之人为变法服务。这种政论性的策论文体大多要求考生就一些问题展开论述,论证某项国家政策的可行性与合理性,侧重于考察考生解决问题的能力。本篇题意"刑赏忠厚"出自《尚书·大禹谟》:"罪疑惟轻,功疑惟重。"苏轼紧扣题意阐述上古圣君以忠厚为本、慎于用刑的仁政思想。开篇咏叹先王爱民之深、忧民之切,从赏善与罚不善两个方面说明,紧扣经文中的"疑"字,引用唐尧不从皋陶执法杀人的意见,以及同意四岳任用鲧的例子,解释说明"广恩""慎刑"

之道，最后归之于“忠厚”二字。紧接着进一步探讨赏罚的方式，认为古代赏赐有功者不一定以爵禄，处罚有罪者不一定用刀锯，而是“善不胜赏”“恶不胜刑”，最后又复归忠厚的核心思想。全文结构清晰严谨，论述充分且前后呼应，气势跌宕起伏，在应试文中可谓佳作。

原文

尧、舜、禹、汤、文、武、成、康之际[1]，何其爱民之深，忧民之切，而待天下以君子长者之道也。有一善，从而赏之，又从而咏歌嗟叹之，所以乐其始而勉其终。有一不善，从而罚之，又从而哀矜惩创之[2]，所以弃其旧而开其新。故其吁俞[3]之声，欢忻惨戚[4]，见于虞、夏、商、周之书。

译文

唐尧、虞舜、夏禹、商汤、周文王、周武王、周成王、周康王诸位圣贤君王当政的时代，他们是多么深切地爱护子民，多么诚恳地为百姓分忧，以君子长者的忠厚之道来对待天下的臣民。一个人如果做了点好事，就立即奖赏他，接着又歌颂赞美他，目的是为良好的开端而开心，从而勉励他能够持之以恒。一个人如果做了点坏事，就随即惩罚他，接着又怜悯警告他，目的是使他抛弃过去的错误，从而启发他开始新的生活。所以，那些感叹应答之声和欢快哀叹之情，都反映在虞、夏、商、周的篇章里。

注释

1 **文、武、成、康**：指周文王姬昌、周武王姬发、周成王姬诵、周康王姬钊。这里所列八人都是古代的贤明圣王。

2 **哀矜惩创之**：惩创，指惩罚过错，警戒未来。这句是说对其施以惩罚以警戒将来不会再犯。

3 **吁俞**（xūyú）：吁，表示不以为然的感叹声。俞，表示赞同应允的声音。这两个都是感叹应答的词。

4 **欢忻**（xīn）**惨戚**：忻，同欣，欢乐、高兴。戚，悔恨、哀伤。这里欢忻表示对圣王的敬爱，惨戚表示对自己过失的愧悔。

原文

成、康既没，穆王立，[1]而周道始衰。然犹命其臣吕侯[2]，而告之以祥刑。其言忧而不伤，威而不怒，慈爱而能断，恻然有哀怜无辜之心，故孔子犹有取焉。

译文

周成王、周康王死后，周穆王即位当政，周朝的王道开始衰败。但他还能命令大臣吕侯，告诉他要谨慎刑罚。周穆王的言语满含忧苦却不哀伤，威严而不愤怒，慈爱又很果断，还有哀怜无辜者的同情之心，所以孔子也认为他有值得肯定的地方。

注释

1 **没**：同“殁(mò)”，死亡。 **穆王**：周昭王的儿子，名满。昭王南巡的时候死于汉水，立子姬满为穆王，满此时春秋已有五十，周王朝开始衰微。

2 **吕侯**：又作“甫侯”，周穆王时担任司寇。

原文

《传》曰：“赏疑从与，所以广恩也。罚疑从去，所以慎刑也。”当尧之时，皋陶[1]为士。将杀人，皋陶曰：“杀之三”，尧曰：“宥之三”，[2]故天下畏皋陶执法之坚，而乐尧用刑之宽。

译文

经传说：“奖赏时如果有所怀疑就宁可奖赏，这样做可以达到遍施恩德的效果。惩罚时如果难以确定就免去惩罚，这是因为一定要谨慎使用刑罚。”尧帝当政的时候，皋陶掌管刑法。要处死罪犯时，皋陶几次决定处死，尧帝就几次下令赦免，所以天下的人都敬畏皋陶执法强硬，同时对尧帝的慎刑宽和感到欣慰。

注释

1 **皋陶**：尧帝时大臣，掌管刑狱之事。

2 三：表示多次。这是苏轼自己发挥编造的典故，欧阳修阅卷结束后曾询问苏轼此典出自何处，苏轼说是见于《三国志·孔融传》，欧阳修反复核查后发现没有，又问苏轼，苏轼回答说《三国志·孔融传》记载曹操消灭袁绍后，将袁绍之子袁熙的妻子赠送给儿子曹丕，孔融知道后说当年周武王讨伐商纣王，也曾将妲己赐给周公。曹操惊问这是出自哪部经书，孔融说只是以现今所见到的事情来推想当时大致如此。苏轼这里编造尧帝和皋陶的故事，也同孔融应对曹操一样。

原文

四岳曰："鲧可用"，[1] 尧曰："不可，鲧方命圮族[2]"，既而曰："试之。"何尧之不听皋陶之杀人，而从四岳之用鲧也？然则圣人之意，盖亦可见矣。

译文

四岳说："可以重用鲧。"尧帝说："不可以，鲧违犯法令，坑害族人。"接着又说："可以试用。"为什么尧帝不让皋陶处死罪犯，却采纳四岳任用鲧的意见呢？由此可以体会圣人的良苦用心。

注释

1 **四岳**：尧时的四个大臣，主管四方名山大岳诸侯之事，因此有四岳的称号，可以参议政事。 **鲧**(gǔn)：传说中的部落首领，是大禹的父亲。四岳举荐鲧治水，但因他采用堵的办法，多年未能治理水患。

2 **方命圮**(pǐ)**族**：见《尚书·尧典》，意为不遵守命令，危害同族。圮族，破裂、毁坏家族。

原文

《书》曰："罪疑惟轻，功疑惟重，与其杀不辜，宁失不经。"[1] 呜呼，尽之矣。可以赏，可以无赏，赏之过乎仁。可以罚，可以无罚，罚之过乎义[2]。过乎仁，不失为君子；过乎义，则流而入

译文

《尚书》又说："罪行轻重难以把握时，量刑要从轻，功绩大小难以确定时，赏功要从厚。与其错杀无辜的人，宁可犯不合常规的错误。"啊，道理讲得多么透彻！如果可以奖赏，也可以不奖赏时，那么奖赏就是超越了仁的要求。如果可以惩罚，也可以不惩罚时，那么惩罚就是违背了义的标准。超越了仁，仍然不失为谦谦君子；违背了义，

于忍人。故仁可过也，义不可过也。

就会渐渐变成残忍之徒。所以仁是可以超越的，而义却不能违背。

注释

1 **《书》**：《尚书》，古代儒家经典，孔子编定。 **罪疑惟轻**：对于犯罪但尚存疑点的，宁可从轻处罚。 **宁失不经**：宁可自己承担失刑违规的责任。不经，指不合乎常规。

2 **过乎义**：就是不合宜的意思。过，逾越、超越。义：同“宜”的意思。

原文

古者赏不以爵禄，刑不以刀锯。赏以爵禄，是赏之道，行于爵禄之所加，而不行于爵禄之所不加也。刑之以刀锯，是刑之威，施于刀锯之所及，而不施于刀锯之所不及也。先王知天下之善不胜赏，而爵禄不足以劝也，知天下之恶不胜刑，而刀锯不足以裁也，是故疑则举而归之于仁，以君子长者之道待天下，使天下相率而归于君子长者之道，故曰忠厚之至也。

《诗》曰：“君子如祉，乱庶遄已。君子如怒，乱庶遄沮。”[1]夫君子之已

译文

古时候奖赏不用爵位和俸禄，刑罚不用刀锯这些刑具。如果用封官加禄来奖赏功绩，那么这种办法只能局限于适合得到爵位俸禄的人身上，而在无法加以爵位俸禄的人身上就难以实施。如果用刑时使用刀锯，那么刑罚的威严只能施加于应该受到刀锯之刑的人身上，而不应该受到刀锯之刑的人就感受不到。古时先王很清楚天下的好事是奖赏不尽的，爵位俸禄不足以起到激励的作用；也很清楚天下的坏事是处罚不完的，刀锯不足以起到制裁的作用。因此，当赏罚无法确定时就根据仁的原则来处置，以君子长者的仁道来善待天下之人，使大家都争相效法君子长者的仁道，所以说这样的做法才是忠厚的极致。

《诗经》说：“君子如果能以仁待人，祸乱或许很快就会终止。君子如果能怒斥

乱，岂有异术哉？时其喜怒，而无失乎仁而已矣。《春秋》[2]之义，立法贵严，而责人贵宽。因其褒贬之义以制赏罚，亦忠厚之至也。

谗言，祸乱或许很快就会平息。”君子止息祸乱哪有什么特殊的方法？无非是让自己的喜怒都不违背仁义而已。《春秋》的旨意是制定法规时以严厉为贵，而责求人民时则以宽恕为贵。依据这样的大义来规定赏罚的准则，同样也是忠厚的极致。

注释

1 **《诗》**：《诗经》，古代儒家经典，我国第一部诗歌总集。文中所引这句话出自《诗经·小雅·巧言》。**祉**(zhǐ)：福、喜，这里指以仁待人。**遄**(chuán)**已**：很快就会平息。**遄沮**(jǔ)：很快就会停止。

2 **《春秋》**：我国第一部编年体史书，孔子所作，即现在《春秋左传》《春秋公羊传》《春秋穀梁传》的经文部分。

贾谊论

导读

《贾谊论》是一篇评论人物的论说文，旨在说明事理、阐发见解、宣示主张，其中心在于阐明“事理”“见解”“主张”，评论对象为西汉初年汉文帝时期的政治家贾谊。贾谊因才华卓绝但又“怀才不遇”，最后郁郁而终，因此历来文人多叹息贾生之才，而痛斥文帝之庸，最为典型的如司马迁《史记·屈原贾生列传》和唐代李商隐《贾生》诗的感喟。苏轼此论立意新颖，一反历史常见的肯定态度，将情感上的同情惋惜变为理论上的剖析阐述，从贾谊自身的诸多因素进行分析，指出其郁郁而终的悲剧产生的必然性，批评贾谊不能"自用其才"，"不善处穷""志大而量小"等，以及不懂施展政治理想的策略和方法，不知结交朝廷重臣以获得朝廷上下的信任，然后再慢慢施展自己的才华和政治抱负。苏轼在此表达出对于贾谊的为人、遭际既同情惋惜又批判否定的态度。

苏轼的论说没有激烈地批判，而是犹如长者的谆谆教导，对于贾谊的超群才干和内在的性格缺陷进行综合分析，层层推进，娓娓道来。首段开门见山地提出观点，表明拥有出众的才华和发挥、施展才华之间有差异，引出贾谊未能实现高远抱负的症结所在。次段提出君子施展抱负的艰难过程，要自己"有所待""有所忍"，不能全部归责于君主不识贤才。第三段例举古代圣贤如孔子、孟子与帝王之间的故事，论证"用其才"背后错综复杂的关系。第四段紧承上文从当时历史背景出发，说明汉文帝不用贾谊的客观原因，情同骨肉的开国功臣和初出茅庐的洛阳少年，通过对比，汉文帝的决定自然偏向强而有力的一方。而贾谊在政治失意后郁郁寡欢、自伤自怜，却没有退而修养其身，最后失意而终，这也是苏轼批评他"志大而量小，才有余而识不足"的缘故。末段总结讨论贤君与能臣之间的关系：劝说人君遇到贾谊这样的人才时，要大胆使用，不要错过时机；劝解贾生式的人才，要自爱其身，要善于自用其才。苏轼清醒地认识并指出贾谊自身的问题，表现出他独到的眼光，从别人意想不到的角度切入，得出令人意料之外的结论，立论新异，见解透辟，富有启发性。

原文

非才之难，所以自用者实难。惜乎贾生王者之佐，而不能自用其才也。夫君子之所取者远，则必有所待，所就者大，则必有所忍。古之贤人，皆有可致之才，而卒不能

译文

人要具有才能并不难得，把自己的才能施展出来实在不易。可惜贾谊有辅佐帝王的才能，却没能发挥出来。君子要想达到长远的目标，一定要等待时机；要想成就伟大的功业，一定要有所忍耐。古代的贤能之士，都有建功立业的才干，但有些人最终未能施展其才能的万分之一，究

行其万一者，未必皆其时君之罪，或者其自取也。

其原因未必都是当时君王的过错，也有可能就是他们自己造成的。

愚观贾生之论[1]，如其所言，虽三代何以远过。得君如汉文[2]，犹且以不用死。然则是天下无尧舜，终不可以有所为耶？

我读贾谊的文章，如果真能实现他所说的目标，即使夏、商、周三代的成就也不能超过。遇到像汉文帝这样的明君，尚且因未重用而郁郁而终。那么如果天下没有尧、舜那样的圣君，难道就终身不能有所作为了吗？

注释

1 **贾生之论**：指贾谊向汉文帝提出的《治安策》。贾谊（前200—前168），西汉洛阳人，世称贾太傅、贾长沙、贾生，西汉初期的政论家、文学家。十八岁时就以才学闻名于时，二十八岁时入朝为博士，升为太中大夫。提出劝农立本、削弱诸侯实力等多项主张，遭到周勃、灌婴等老臣的反对，贬为长沙王太傅（因为当时长沙王不受汉文帝宠爱，所以有被贬的意味），过湘水时曾作《吊屈原赋》凭吊屈原。四年后汉文帝曾召他回京，却召见他于宣室，求问鬼神之事，所以唐代诗人李商隐有诗云："宣室求贤访逐臣，贾生才调更无伦。可怜夜半虚前席，不问苍生问鬼神。"（《贾生》）后来又拜为梁王太傅，梁王意外坠马而死，贾谊自伤未能尽职，抑郁而死，时年三十三。

2 **汉文**：汉文帝刘恒，公元前180年至前157年在位。他重用老臣的同时启用有才能的新秀，重视农桑耕作，实现"文景之治"，是西汉前期最有作为的君主之一。

原文

仲尼圣人，历试于天下[1]，苟非大无道之国，皆欲勉强扶持，庶几一日得行其道。将之荆，先之以冉有[2]，

译文

孔子是圣人，曾周游列国推行他的政治理想，只要不是极端无道的国家，他都想尽力去帮扶，希望有朝一日能推行他的政治主张。孔子将到楚国去，先派冉

申之以子夏[3]。君子之欲得其君，如此其勤也。孟子去齐[4]，三宿而后出昼[5]，犹曰"王其庶几召我"。君子之不忍弃其君，如此其厚也。公孙丑问曰："夫子何为不豫？"[6]孟子曰："方今天下，舍我其谁哉，而吾何为不豫？"君子之爱其身，如此其至也。夫如此而不用，然后知天下之果不足与有为，而可以无憾矣。若贾生者，非汉文之不用生，生之不能用汉文也。

有去接洽，再派子夏去联络。君子要想得到国君的重用，就应该这样不辞劳苦。孟子离开齐国时，在昼地停留了三天才最终离去，临行时还说："齐王大概还会召见我。"君子不忍心别离他的国君，感情竟是如此深厚。公孙丑问孟子道："先生为什么不高兴呢？"孟子回答："当今的天下，如果想要把国家治理好，除了我还能有谁？我为什么还会不高兴？"君子爱惜自己，竟达到这样的境地。如果这样做还没有得到重用，然后才明白天下果然不能有所作为，也就可以没有什么遗憾了。像贾谊这样的人，并不是汉文帝不重用他，而是他自己不能为汉文帝所重用。

注释

1 **历试于天下**：指孔子曾周游列国，试图说服各国国君实行自己的政治主张。

2 **先之以冉有**：先让冉有到楚国去。冉有，字子有，孔子弟子，在孔子四科中居政事科。

3 **申之以子夏**：又让子夏重申自己的想法。子夏，姓卜，名商，孔子的弟子。

4 **孟子去齐**：孟子曾在齐国为卿，后来见齐王不能行王道，便辞官而去，但是在齐地昼停留了三天，想等齐王改过，重新召他入朝。事见《孟子·公孙丑下》。

5 **三宿**：停留三天。 **昼**：古地名，故址在今山东临淄。

6 **公孙丑**：孟子的弟子。根据《孟子·公孙丑下》记载，孟子到齐国去，弟子充虞说："先生您好像闷闷不乐的样子，前些天还听大家说，君子应该不怨天，也不怨人。”这里问孟子的应该是另一弟子充虞，而不是公孙丑。苏轼书写有误。 **不豫**：不开心。

原文

夫绛侯亲握天子玺，而授之文帝，[1] 灌婴连兵数十万[2]，以决刘、吕之雄雌。又皆高帝之旧将。此其君臣相得之分，岂特父子骨肉手足哉。贾生洛阳之少年，欲使其一朝之间，尽弃其旧而谋其新[3]，亦已难矣。为贾生者，上得其君，下得其大臣，如绛、灌之属，优游浸渍[4]而深交之，使天子不疑，大臣不忌，然后举天下而唯吾之所欲为，不过十年，可以得志。安有立谈之间，而遽为人痛哭哉[5]？观其过湘，为赋以吊屈原，纡郁愤闷，[6] 趯然有远举之志[7]。其后卒以自伤哭泣，至于夭绝[8]。是亦不善处穷者也。夫谋之一不见用，则安知终不复用也。不知默默以待其变，而自残至此。呜呼，贾生志大而量小，才有余而识不足也。

译文

绛侯周勃曾亲手捧着皇帝的印玺献给汉文帝，灌婴曾联合数十万兵力，决定刘、吕两家的胜败。二人又都是汉高祖刘邦的旧将，他们这种君臣投合的深厚情谊，哪里只是父子骨肉之情能够比拟的。贾谊不过是洛阳的一个青年，却想使汉文帝朝夕之间弃旧图新，实在是太难了。作为贾谊这样的人，理应上面取得皇帝的信任，下面得到大臣们的支持，对周勃、灌婴这样的老臣，必须从容不迫、循序渐进地和他们加深交往，使得天子对自己没有疑虑，大臣对自己没有猜忌，然后全天下才会按照自己的主张去治理，不出十年便可以实现理想抱负。怎么有在短暂地交谈后就突然对人痛哭起来的道理？看他路过湘江作赋凭吊屈原，心绪不宁又忧郁苦闷，大有远离尘世退隐山林的心思。其后终因时常感伤、动辄哭泣，以致短命夭折。这也是不善于面对逆境的原因。谋划一次没有被采用，怎么知道就永远不再被采用呢。不懂得默默地等待形势的变化，而自我摧残到如此地步。唉，贾谊只是个志向远大却气量狭小，才华有余而识见不足的人。

注释

1 **“夫绛侯亲握天子玺”二句**:绛侯,周勃,汉初大臣,追随刘邦起义,军功卓著,因为封地在绛(今山西省曲沃县),所以称为“绛侯”。汉初时又协助刘邦平定叛乱,深得刘邦器重。吕后时期官至太尉(最高军事长官),但是军权却被诸吕控制。吕后死后,诸吕想篡夺刘家天下,于是以周勃、陈平、灌婴为首的刘邦旧臣共诛诸吕,迎立刘恒为皇帝。刘恒回京城路过渭桥时,周勃曾向他跪献天子玺。

2 **灌婴**:汉初睢阳人,曾随刘邦转战南北,屡立奇功,被封为颍阴侯。 **连兵数十万**:指吕后死后诸吕作乱,齐哀王听到消息便举兵讨伐。吕禄等派灌婴迎击,灌婴率兵到荥阳(今河南荥阳)后,没有攻打齐王,反而与周勃等人共谋并屯兵荥阳,为齐王助威。周勃等诛诸吕后,齐王撤兵回国。灌婴便回到长安与周勃、陈平等共立汉文帝。

3 **尽弃其旧而谋其新**:把老臣全都遗弃而起用新臣。贾谊为太中大夫时,曾向文帝提出“改正朔,易服色,法制度,定官名,兴礼乐”以及列侯就国、更改律令等一系列建议,得罪了周勃、灌婴等人。旧,指绛侯、灌婴等人。新,指贾谊等后起之秀。

4 **优游浸渍**(zì):不露声色、从容不迫地跟他们拉近感情。优游,从容不迫的样子。浸渍,渐渐渗透的样子。

5 此句指贾谊《治安策序》说:“臣窃惟事势,可为痛哭者一,可为流涕者二,可为长太息者六。”遽,急速,骤然,迫不及待地。

6 **“观其”三句**:贾谊因被朝中大臣排挤,贬为长沙王太傅,他听说长沙地势低下,气候潮湿,认为难以长寿,加之贬谪不得意,所以路过湘水时作赋凭吊屈原,也是悼念自己。

7 **趯**(tì)**然**:超脱的样子。 **远举**:原指高飞,一般多指退出官场而隐居,这里形容贾谊志展宏图的抱负,与下文写其气量狭小以致夭折形成对比。贾谊《吊屈原赋》里有:“见细德之险征兮,遥曾击而去之。”抒发远举的意思。

8 **夭绝**:中年而早死。贾谊为梁怀王太傅,怀王坠马而死,贾谊自伤哭泣,一年后就死了。

原文

古之人有高世之才，必有遗俗之累[1]，是故非聪明睿哲不惑之主，则不能全其用。[2]古今称苻坚得王猛于草茅之中[3]，一朝尽斥去其旧臣[4]，而与之谋。彼其匹夫略有天下之半[5]，其以此哉。

愚[6]深悲贾生之志，故备论之。亦使人君得如贾谊之臣，则知其有狷介[7]之操，一不见用，则忧伤病沮，不能复振；而为贾生者，亦慎其所发[8]哉。

译文

古人具有出类拔萃的才能，必定也会因不合时宜而带来困境，所以如果不是聪明睿智、不受蒙蔽的君主，就不可能充分发挥他们的作用。古今之人一致称道苻坚能从草野之中起用王猛，在很短的时间内全部弃用旧臣，而与王猛共商军国大事。苻坚那样一个平常之辈，居然能够占据天下之半，其原因或许就在于此吧。

我深深惋惜贾谊未能施展他的抱负，故而对他详加评论。同时也希望君主明白，如果得到像贾谊这样有才的臣子，就应当懂得他们孤高自赏、卓尔不群的性格，一旦不被重用，他们就会忧伤颓废，无力重新振作起来；而作为贾谊这样的人，也应该有所节制地发泄情感，谨慎地对待自己的立身处世。

注释

1 **累**：负担，牵累。指不合时宜。

2 **睿**(ruì)：智慧通达。 **全其用**：保全高才之士使之得到任用。

3 **苻坚**：十六国时前秦的君主。 **王猛**：字景略，北海剧（今山东寿光）人，开始隐居陕西华山。大臣吕婆楼向苻坚推荐王猛，言其有治国之才，王猛得到召见，拜为中书侍郎，升为丞相，秦国日渐强盛，平定诸国。王猛被封为清河郡侯，临终时告诫苻坚不要图晋，苻坚没有听从，终有淝水之败。

4 **斥去其旧臣**：根据《晋书·载记·王猛传》记载，王猛得到苻坚重用后，旧臣仇腾、席宝等人进谗言反对，苻坚怒贬仇腾、席宝等，于是满朝皆服。

5 **略有天下之半**：苻坚在王猛的运筹之下，于公元370年灭前燕，376年灭前凉后统一了北方，与晋形成南北对峙的局面。

6 **愚**：自谦之辞。

7 **狷(juàn)介**：孤高，性情正直，不与世俗同流合污。

8 **慎其所发**：待人接物要谨慎，不要锋芒毕露。

论养士

导读

本文又名为《六国论》，也是论说文体，只是评论的对象为战国历史，所以又称为史论文。苏洵、苏辙都作过相同题目的论文，其中苏洵的《六国论》也是名篇，通过论析六国灭亡的历史教训，针砭北宋之初军事求和导致的积贫积弱现状。苏轼《六国论》则通过对六国久存而秦速亡的对比分析，突出强调了“养士”的重要作用。

“养士”之称出自战国时期，权贵之家接纳读书人当宾客，一般称之为“养士”，唐代到清代叫“幕府”。苏轼认为六国诸侯卿相都争相养士，是他们得以久存的原因，并将“士”分为智、辩、勇、力四种，他们各有着自己的才能，从而获得自己的生存空间。苏轼认为战国时期之所以维系长久的关键，在于统治阶层能够给各种人才生存的空间和发挥才能的机会，古往今来笼络人才是统治的基石和关键。

原文

春秋之末，至于战国，诸侯卿相皆争养士。自谋夫说客、谈天雕龙、坚白同异之流，[1]下至击剑、扛鼎、鸡鸣、狗盗之徒[2]，莫不宾礼。

译文

春秋末年直到战国时期，各国的诸侯卿相都争相蓄养人才。上自谋士、说客，善于谈天说地、雕饰文辞的，善于辩论"坚白同异"的人，下至善于击剑行刺、力能扛鼎的以及会学鸡鸣、会偷盗的人，没有不以宾客之礼善待他们的。

注释

1 **谋夫**：以替人出谋划策为生的人。 **说客**：游说诸侯的纵横家。 **谈天雕龙**：指战国时期以邹衍、邹奭为代表的阴阳五行家。根据《史记·孟子荀卿列传》记载，从邹衍、邹奭到他们的徒弟，都著书记录当时的治乱之事，所以齐国人都称之为"谈天衍、雕龙奭"。所谓谈天，即指以金、木、水、火、土五德相生相克为基础的理论。所谓雕龙，指邹奭发挥邹衍的理论，如雕镂龙文。 **坚白同异**：战国时期刑名家提出的两个议题。公孙龙提出"离坚白"，认为石头的坚硬、色白、本质三者是分离的，肉眼只能看到白、石而看不到坚，手只能摸到坚、石而摸不到白，这种理论割裂了事物的统一性。惠施则提出"合同异"，认为"山与泽平"，这种理论又过分夸大事物的统一性而抹杀了事物的差别。

2 **击剑**：根据《庄子·说剑》记载，赵文王善养剑客，门下有剑客三千余人。 **扛鼎**：根据《史记·秦本纪》记载，秦武王爱好举重，力士任鄙、乌获、孟说等都得以做到大官。武王与孟说比举鼎，还因此折断了膑骨。 **鸡鸣、狗盗之徒**：战国时齐公子孟尝君到秦国做官，后来秦王准备杀死他，孟尝君得知消息后向秦昭王的宠姬幸姬求救。幸姬要求得到他的白狐裘才肯帮忙，然而此裘早在孟尝君到秦国时就已献给了秦昭王。这时，孟尝君的门客中有个善学狗叫的夜里潜入秦宫，偷出狐裘献给了幸姬，孟尝君等才得以脱身逃出咸阳。但是走到函谷关的时候，因天没亮所以关门没有打开，孟尝君害怕秦昭王会派兵追杀，这时门客中又有个善学鸡叫的，他一学鸡叫后众鸡全都跟着鸣叫，守关的人以为天已放亮，所以打开了关门，孟尝君最后得以出关脱险。

原文

靡衣玉食以馆于上者，何可胜数。越王勾践，有君子六千人[1]。魏无忌、齐田文、赵胜、黄歇、吕不韦，皆有客三千人[2]。而田文招致任侠奸人六万家于薛[3]。齐稷下谈者亦千人[4]。

译文

穿着华丽的衣裳，吃着珍美的食物，住着上等宾馆的人，多得数都数不清。越王勾践有“君子军”六千人。魏公子无忌、齐公子田文、赵公子赵胜、楚公子黄歇以及吕不韦等人，也都有门客三千人。田文还招聚了任侠犯罪者六万家安置在他的封邑薛地。齐国稷下聚集的高谈阔论的学者也有上千人。

注释

1 **君子六千人**：根据《国语・越语》记载，越王勾践将军队分为左右军，亲自率领君子六千人为中军，也就相当于齐国的士。

2 **魏无忌**：即魏国信陵君，战国著名的四公子之一。根据《史记・魏公子列传》记载，他非常礼贤下士，门下有食客三千。 **齐田文**：即齐国孟尝君，战国著名的四公子之一，食邑在薛（今山东省滕州市东南）。根据《史记・孟尝君列传》记载，他舍业养士，也有食客数千人。 **赵胜**：即赵国平原君，赵惠文王的弟弟，夫人是魏信陵君的姐姐，战国著名的四公子之一。根据《史记・平原君列传》记载，他也善于养士，有门客数千人。**黄歇**：即楚国春申君，楚顷襄王时任左徒，考烈王时任令尹，战国著名的四公子之一。根据《史记・春申君列传》记载，其门下有食客三千。**吕不韦**：战国末期的富商，秦庄襄王时任相国。嬴政即位之后，吕不韦也学战国四公子，养门客数千人。

3 **而田文招致任侠奸人六万家于薛**：根据《史记・孟尝君列传》记载，孟尝君在自己的封地薛，收养侠客及逃亡的罪犯达到六万户。

4 **稷下**：齐国首都临淄稷门之下。 **谈者**：议论政事或学术的人。齐宣王喜好文学游说之士，当时邹衍、淳于髡、田骈、接予、慎到等七十多人常于稷下议论政事，一时被称为“稷下学士”。

原文

魏文侯、燕昭王、太子丹[1]，皆致客无数。下至秦、汉之间，张耳、陈餘[2]号多士，宾客厮养[3]，皆天下豪俊。而田横[4]亦有士五百人。其略见于传记者如此。度其余当倍官吏而半农夫也。[5]此皆奸民蠹国者，民何以支，而国何以堪乎？

译文

魏文侯、燕昭王、燕太子丹等，也都曾招致宾客无数。到了秦、汉更替的时候，张耳、陈餘也号称帐下人才济济，宾客和仆役都堪称天下俊杰。而齐国田横也有敢死之士五百人。这些都是见于史书记载的，估计不见于史籍的养士数量，应当是当时官员的一倍、农夫的一半。这些都是残害百姓、蛀蚀国家之徒，人民如何吃得消，国家又怎么能支撑得住呢？

注释

1 **魏文侯**：战国时魏国国君，公元前 445 年至前 396 年在位。由于他礼贤下士，国中称其仁。 **燕昭王**：战国时燕国国君，公元前 311 年至前 279 年在位。他曾卑身厚币以招贤者，并采纳郭隗的建议，筑黄金之台以求士，各国贤者纷纷来到燕国。 **太子丹**：战国时燕国太子。曾经在秦国充当人质，回国后一心报仇，于是招纳勇士荆轲前去刺杀秦王，这便是历史上著名的荆轲刺秦王事件。

2 **张耳**：原为魏国儒生。陈胜起义后归于陈胜部下，后来又转到项羽帐下，封为常山王。后来归顺刘邦，封为赵王。 **陈餘**：先是魏国的儒生，也参加了陈胜起义，与张耳既是同乡，又是刎颈之交。后来因为矛盾激化，二人互相攻杀，陈餘击败了张耳，封为代王。

3 **厮养**：指地位低下的门客，如养马劈柴的役夫等。

4 **田横**：原为齐国贵族，秦末起兵自立为齐王，被汉兵击败后率徒属五百人逃到海岛。刘邦命他归属洛阳，田横因不愿向汉称臣，行至途中自杀，徒属五百人也都自杀。

5 **度其余当倍官吏而半农夫也**：估计不被传记记载的，应当是官吏的一倍、农夫的一半。

原文

苏子[1]曰：此先王之所不能免也。国之有奸，犹鸟兽之有鸷猛，昆虫之有毒螫[2]也。区处条理，使各安其处，则有之矣，锄而尽去之，则无是道也。吾考之世变，知六国之所以久存，而秦之所以速亡者，盖出于此，不可以不察也。夫智、勇、辩、力此四者，皆天民之秀杰也，类不能恶衣食以养于人[3]，皆役人以自养者也。故先王分天下之富贵，与此四者共之。此四者不失职，则民靖矣。四者虽异，先王因俗设法，使出于一。

译文

我以为：这是古代帝王无法避免的事。国家有奸邪之人，如同鸟兽中有猛禽，昆虫中有毒虫一样。将他们分别加以安置，使他们能够各安本位，这些人便都有用了，倘若把他们全部铲除，是没有道理的。我曾考察过世道的兴废，知道六国之所以能久存，秦朝之所以很快灭亡，原因就在这里，所以这种现象不可不加以关注。有智慧、有勇气、有辩才、有气力的四种人，都是黎民百姓当中的佼佼者，他们大多不肯穿破旧之衣、吃粗劣之食去受人奉养，而是需要役使别人来取得奉养的人。所以前代帝王把天下财富分出一部分，与这四种人共同享有。这四种人不失其职，百姓便能安定下来。这四种人虽然各有其特点，先王却能根据习俗制定法令制度，使他们在同一原则下受到选拔。

注释

1 **苏子**：作者自称。作者以这种方式来发表议论。

2 **毒螫**(shì)：有毒的虫子。

3 **类**：不同人群的分类。 **恶衣食以养于人**：被别人用粗恶衣食来养活。

原文

三代以上，出于学。[1]战国至秦，出于客。汉以后，出于郡县吏。[2]魏、晋以来，

译文

三代以上，是从学校中选拔。战国到秦代，是从门客中挑选。汉代以后，是从郡县小吏中选拔。魏晋以来，则通过九品中正制

出于九品中正[3]。隋、唐至今，出于科举[4]。虽不尽然，取其多者论之[5]。

进行选拔。隋、唐以至现在，则是通过科举考试进行选拔。虽不是完全如此，但就绝大多数而论无疑是这样的。

注释

1 **三代以上**：指夏、商、周时期。 **出于学**：指出自学校教育。

2 **汉以后，出于郡县吏**：从西汉开始，官吏一般从郡县小吏中选拔培养，负责考察推荐的除朝官之外，更多的是地方刺史和太守，被选拔出来的人有的直接授官，有的经过一段时间学习后授官，也称为察举制。

3 **九品中正**：曹丕称帝时的黄初元年(220)，就接受吏部尚书陈群的建议，在全国各州郡设立大中正、中正职，专事选拔各地优秀的人才。九品中正的基本原则是由中正官将自己所辖地区内的人才按优劣分为上上、上中、上下、中上、中中、中下、下上、下中、下下九等，依次向朝廷推荐。曹魏初期奉行曹操唯才是举的原则，司马氏秉政后九品中正法改为以门阀高低为标准，成为维护门阀制度的重要工具。

4 **科举**：指最高统治者采取开科考试的办法来选拔人才的制度。始于隋代，唐、宋两代继承并发展了这种制度。

5 **取其多者论之**：取每个时期主要的选拔方式而论。如“三代以上，出于学”，但也能通过军功、自荐或他人举荐的方式而得官。“汉以后，出于郡县吏”，但也有通过太学射策而得官者。

原文

六国之君，虐用其民，不减始皇、二世，然当是时，百姓无一人叛者，以凡民之秀杰者，多以客养之，不失职也。其力耕以奉上，皆椎鲁无能为者[1]，虽欲怨叛，而莫

译文

六国的君主，虐待奴役他们的百姓，丝毫不亚于秦始皇和秦二世，然而当时的百姓没有一个人起来造反。这是因为所有百姓中优秀杰出的人才，大多被当作宾客奉养起来，没有使他们失去职分。那些辛勤耕作供养贵族的，都是些愚蠢而毫无作为的人，即使他们有反叛之心，也没有谁肯做他们

为之先，此其所以少安而不即亡也。

的领袖，这就是六国所以能够维持一定时期的安定而没有很快灭亡的原因。

注释

1 **椎鲁(chuílǔ)无能为者**：愚钝粗鲁、没有能力的人。

原文

始皇初欲逐客[1]，用李斯之言而止[2]。既并天下，则以客为无用，于是任法而不任人，谓民可以恃法而治，谓吏不必才取，能守吾法而已。故堕名城，杀豪杰，民之秀异者散而归田亩，向之食于四公子、吕不韦之徒者[3]，皆安归哉！

译文

秦始皇当初想驱逐宾客，后来因为听从李斯的建议才没有实施。吞并天下之后，就认为宾客已经没有用处，于是只认同法律而不再信任人才，说百姓可以凭借法律来统治，说官吏不必具有才干，只要能遵守我的法律就足够了。所以才毁坏名城，杀戮豪杰，百姓中优秀杰出之辈都被遣散回乡。从前寄食于四公子、吕不韦之流的那些门客，都归向何处了呢？

注释

1 **始皇初欲逐客**：秦王嬴政在位时，韩国借帮助秦国修渠为名来消耗秦国的国力。这件事情暴露后，秦国宗室大臣请求秦王把他国之人一律驱逐出境。客，客居在秦国的其他国家人。

2 **李斯**：战国时楚国上蔡（今河南上蔡）人，曾与韩非子一同问学于荀子。秦王决定逐客时，李斯担任秦国长史并认为这一做法实际上是在驱逐人才，于是上《谏逐客书》列举大量事实说明客居于秦的人为秦国壮大作出的重要贡献。秦王阅读后便收回成命。秦统一全国之后李斯被任命为丞相。

3 **“向之”句**：以前在四公子、吕不韦等人门下做食客的人才。这里是泛指这一类人才，而并非实指四公子、吕不韦的门客。

原文

不知其能槁项黄馘以老死于布褐乎[1]？抑将辍耕叹息以俟时也[2]？秦之乱，虽成于二世，然使始皇知畏此四人[3]者，有以处之，使不失职，秦之亡，不至若此之速也。纵百万虎狼于山林而饥渴之[4]，不知其将噬人，世以始皇为智，吾不信也。

译文

不知道他们是颈项枯槁、面黄肌瘦、忍饥挨饿地老死在贫苦之中呢，还是停止耕作并坐在垄上叹息等待时机呢？秦朝的变乱，虽然爆发在秦二世当政之时，然而假使秦始皇当初懂得敬畏这四种人，并想办法妥善安置他们，使他们不失其业，秦朝的灭亡还不至于如此之快。将数以百万计的虎狼放到山林中去，却让它们忍饥挨饿，竟然不明白它们将来必定要吃人的，世人都认为秦始皇聪明，我是不相信的。

注释

1 **槁项**(gǎoxiàng)：干枯的颈项。 **黄馘**(xù)：黄瘦的脸。这两个词都借指贫弱、年老的样子。 **老死于布褐**：终老于贫穷而无所作为。布褐，即粗布褐衣。

2 **辍耕叹息**：陈胜少年时被别人雇去耕地，曾辍耕于垄上而对同耕的人说："日后有人富贵了，彼此不要忘记旧情。"同耕者讥笑他说："你是个替人耕地的人，什么时候才能富贵呢？"陈胜叹息道："燕雀安知鸿鹄之志哉？" **俟时**：等待时机。

3 **四人**：指上文提到的智、勇、辩、力四种人。

4 **纵百万虎狼**：放纵百万虎狼般的有才之人。 **饥渴之**：使之处于饥渴的状态或境地。

原文

楚、汉之祸[1]生民尽矣。豪杰宜无几，而代相陈豨[2]，从车千乘，萧、

译文

楚、汉相争的大祸使得老百姓都快死光了。所谓的英雄豪杰也应该没剩多少，然而代相陈豨，仍有成千辆车的侍从，萧

曹[3]为政，莫之禁也。至文、景、武[4]之世，法令至密矣，然吴王濞、淮南、梁王、魏其、武安之流[5]，皆争致宾客，世主不问也。岂惩秦之祸，以为爵禄不能尽縻天下之士，故少宽之，使得或出于此也邪？

何、曹参当政的时候，都没有加以禁止。到了汉文帝、景帝、武帝之时，法令已经相当严密，然而吴王刘濞、淮南王、梁王、魏其侯、武安侯那些人，都还争着招致宾客，当世的皇帝也没有过问。这难道不是鉴于秦朝祸乱的教训，以为单靠爵位俸禄不能束缚住天下人才，所以稍加宽容，使他们能够从宾客中脱颖而出吗？

注释

1 **楚、汉之祸**：项羽、刘邦争夺天下的惨祸。

2 **代相陈豨**(xī)：陈豨，刘邦的将领。汉初任赵国的国相，大养宾客，又任代国相。后来勾结匈奴叛汉，刘邦亲率军队征讨，陈豨战败被杀。

3 **萧、曹**：萧何和曹参。二人都是辅佐刘邦建立汉王朝的功臣。萧何先为相国，死后曹参继任丞相，忠实地执行萧何所制定的政策。

4 **文、景、武**：西汉初期的三位皇帝。汉文帝刘恒，公元前180年至前157年在位。汉景帝刘启，公元前157年至前141年在位。汉武帝刘彻，公元前141年至前87年在位。

5 **吴王濞**：即吴王刘濞，刘邦兄刘仲的儿子，封于吴。他曾击破英布叛军，收罗亡命之徒为己所用。汉景帝时晁错请求削弱诸侯之地，刘濞以“清君侧、诛晁错”为名首倡叛乱，也就是历史上的“七国之乱”，兵败后被杀。 **淮南**：即淮南王刘长，刘邦的幼子。其子刘安继任淮南王，养士数千，后因谋反罪自杀。 **梁王**：即梁孝王刘武，汉文帝的儿子，他也曾延致四方宾客。 **魏其**：即魏其侯窦婴，孝文皇后从兄窦广国之子。“七国之乱”时被拜为大将军。七国平叛后封为魏其侯。他也喜欢养士，天下之士争归之。后因救灌婴事得罪丞相田蚡，被弃于市。 **武安**：即武安侯田蚡，孝景皇后的弟弟。汉武帝即位后封为武安侯，拜为太尉。窦太后死后又拜为丞相。

原文

若夫先王之政,则不然,曰:"君子学道则爱人,小人学道则易使也。"[1]呜呼,此岂秦、汉之所及也哉!

译文

上古圣王的政治理念并不是如此,孔子就说过:"君子学习了礼乐就懂得关爱别人,小人学习了礼乐就容易被使用。"哎,这哪里是秦朝和汉朝能够做到的啊!

注释

1 **"君子"二句**:出自《论语·阳货》。道,指儒家所提倡的仁义道德。

答谢民师推官书

导读

这篇属于书信体,古代文人之间往来的书信,除了平常的嘘寒问暖,还有夹杂诗文赠答的酬唱之作,并有诗文创作的心得交流,渐渐成为诗人文学观点阐发的重要形式。谢民师,名举廉,新淦(今江西新干)人,宋神宗元丰八年(1085)进士,宋哲宗元符中在广东为幕僚。元符三年(1100)苏轼遇赦北归时路过广州,担任广州推官的谢民师多次携带诗文登门求教,他们在很短的时间内结下了情谊。苏轼离开广州后,两人继续书信往来,这篇《答谢民师推官书》是答谢民师的第二封信。苏轼这封写给谢举廉的书信,开端陈述二人的深厚友谊,结尾回复对方的请求,中间则重点谈艺论文,阐发自己的诗文观点。

书信的中间部分苏轼由赞扬谢举廉的作品入手,发出"行云流水,初无定质”的妙论，表达对平易自然文风的崇尚，这与其《文说》里自评的观点一致：“吾文如万斛泉源，不择地皆可出，在平地滔滔汩汩，虽一日千里无难；及其与山石曲折，随物赋形而不可知也。所可知者，常行于所当行，常止于不可不止，如是而已矣。”由此顺理成章地指出为文首要的在于“辞达”，强调重文与达意并重，重新赋予孔子所论“辞达”观以丰富深厚的内涵。苏轼认为所谓“辞达”：一要能够“求物之妙”，善于寻求客观事物的奥妙底蕴，把握难以捕捉的生动意象；二要“能使是物了然于心”，通过细致地观察，熟悉、认识、理解事物的内在本质；三要“能了然于口与手”，以准确而形象的语言进行生动地表现。只有这样才能做到真正的“辞达”，辞而能达后自然有文采。与此同时，苏轼借批评扬雄“好为艰深之辞，以文浅易之说”，进一步阐明“行云流水”的境界和“辞达”的要求，并非仅仅停留于形式，而是首先取决于内容。同时以“行云流水”比喻文风的自然，以“系风捕影”比喻把握创作灵感，以“精金美玉”比喻文章佳妙，语言新颖生动，富于文采，正是符合他所阐明的理论观点。纵观全文，笔势流动，挥洒自如，很能体现出苏轼文章的特色。

原文

轼启。近奉违[1]，亟辱问讯[2]，具审起居佳胜[3]，感慰深矣。

译文

苏轼拜言：近日离别之后，多次承蒙你来信问候，知道你一切都好，深感宽慰！

注释

1 **奉违**：指与对方告别。奉，敬辞，书信中表示谦逊的用语。违，离别。

2 **亟(qì)辱问讯**：多次承蒙书信问候。亟，屡次。辱，委屈，谦辞。

3 **具审**：完全了解。审，明白。 **起居佳胜**：饮食起居一切均好。

原文

轼受性刚简[1]，学迂材下，坐废累年[2]，不敢复

译文

我生性刚直简率，所学不合时宜，能力才识低下，因而遭受贬谪多年，不敢再

齿缙绅[3]。自还海北[4],见平生亲旧,惘然[5]如隔世人,况与左右无一日之雅[6],而敢求交乎?数赐见临,倾盖如故[7],幸甚过望,不可言也。所示书教及诗赋杂文,观之熟矣。大略如行云流水,初无定质,但常行于所当行,常止于所不可不止,文理自然,姿态横生。

与缙绅之辈并列。自从渡海北还,见到平生的亲朋故旧,恍惚像隔世那样生疏。何况与先生平素并未谋面,怎敢奢求交往结为朋友?蒙你几次光临鄙处,亲切交谈犹如老朋友一般。没想到能有这样的荣幸,简直无法用言语来形容。你寄来的书信和诗赋杂文,我已经仔细拜读过了。大致像行云流水一样,虽然刚看起来没有固定的形式,却在该落笔处落笔,在该收笔处收笔,文章条理自然,姿态多变而不受拘束。

注释

1 **受性刚简**:秉性刚直简率,没有心计。受性,秉性。

2 **坐废**:因事贬职。 **累年**:好几年。苏轼于哲宗绍圣元年(1094)被贬到惠州,绍圣四年(1097)移儋州,元符三年遇赦,这一次贬谪前后共七年。

3 **不敢复齿缙(jìn)绅**:不敢再居于士大夫之列,与之交游。

4 **还海北**:渡海北还。儋州在今海南省海口市琼山区。宋徽宗继位后,苏轼遇赦渡海北归,所以说还海北。

5 **惘然**:即"恍然",惆怅感慨的样子。

6 **左右**:本来是指左右侍从的人,这里用作对人的尊称,特指对谢民师。 **一日之雅**:一面之交,素无交情。雅,素常,指旧交情。

7 **倾盖如故**:指偶一相见,就如同老朋友。古时两人乘车在路上相遇,把伞盖向对方倾斜一下,以示敬意,叫作倾盖。

原文

孔子曰:"言之不文,行而不远。"[1]又曰:"辞

译文

孔子说:"说话没有文采,就传播不远。"又说:"言辞能够准确表达自己的意

达而已矣。”[2] 夫言止于达意，即疑若不文，是大不然。求物之妙，如系风捕影，能使是物了然于心者[3]，盖千万人而不一遇也。而况能使了然于口与手[4]者乎？是之谓辞达。辞至于能达，则文不可胜用矣。扬雄好为艰深之词[5]，以文浅易之说[6]，若正言之，则人人知之矣。

思就可以了。”那么文辞只要能够表达意思，就似乎不需讲究文采，这种看法是很不准确的。想了解事物的精妙，就好像捕风捉影那样困难，能使所写的事物了然于心，大概千万人中也难遇见一个，更何况能再把事情准确地用语言和文字来表达明白呢？用语言表达通畅叫作辞达。言辞到了能够准确表达意思的程度，那么写起文章来就得心应手了。扬雄好用晦涩难懂的词语，来粉饰他鄙浅没有见地的学说，如果直接说出来，那么人人都会懂得的。

注释

1 **“言之”二句**：出自《左传·襄公二十五年》，强调文章有文采的重要性。

2 **辞达而已矣**：出自《论语·卫灵公》，强调言辞表达要清楚准确。

3 **能使是物了然于心者**：能够准确把握事物的精髓。是物，此物，指所求得事物的奥妙。

4 **了然于口与手**：用嘴和文章把事物的奥妙表达得完美精确。

5 **艰深之词**：晦涩难懂的词语。

6 **文**：遮掩，粉饰。 **说**：内容。

原文

此正所谓雕虫篆刻[1]者，其《太玄》《法言》[2]，皆是类也。而独悔于赋[3]，何哉？终身雕虫，而独变其音节[4]，便谓之经[5]，可乎？屈原作《离骚经》，盖风、雅之再

译文

他正是所谓刻意追求辞藻技巧的人，他的《太玄》《法言》都属于这一类。扬雄只是后悔作赋，为什么呢？一生刻意追求辞藻华丽，只是改变原来行文的声韵音节，就把它称为“经书”，那怎么可以呢？屈原作《离骚经》，算是继承《风》

变者[6]，虽与日月争光可也。可以其似赋[7]而谓之雕虫乎？

《雅》而变化出新者，可以说能够与日月争光。难道因为其文体和赋相似就能说它是雕虫小技吗？

注释

1 **雕虫篆刻**：比喻雕琢字句的技巧，追求辞藻修饰。虫，虫书，笔划如虫形的一种字体。刻，刻符，刻在信符上的一种字体。这是秦代八种字体中的两种。

2 **《太玄》**：扬雄所作的《太玄经》，共十卷，八十一首，仿《周易》之六十四卦。**《法言》**：又叫《扬子法言》，今存两种版本，司马光注本为十卷，李轨注本为十三卷。该书模仿《论语》，尊圣人，倡王道，宣扬儒家思想。

3 **独悔于赋**：只是对自己作赋有后悔之意。根据《法言·吾子》记载，有人问扬雄年轻时为什么喜欢写赋，他回答说这些是雕虫小技，如今再也不作了。

4 **变其音节**：改变行文的声韵音节。赋是韵文，《太玄》《法言》是散文，所以说改变了音节。此句意谓同样属于雕虫篆刻之作，仅仅把韵文变成了散文。

5 **便谓之经**：就把它称为经书。此处指扬雄自以为《太玄经》是经书，苏轼却认为它根本没有资格称经。

6 **风、雅**：《诗经》中的十五《国风》和大小《雅》部分。 **再变**：指屈原的《离骚》是继承《诗经》风、雅的优良传统而再创作的。《史记·屈原列传》载司马迁语："《国风》好色而不淫，《小雅》怨诽而不乱，若《离骚》者，可谓兼之矣。"

7 **可以其似赋**：可以因《离骚》的写作手法接近于赋。这是针对扬雄独悔于赋而言。

原文

使贾谊[1]见孔子，升堂[2]有余矣，而乃以赋鄙之[3]，

译文

假如孔子见到贾谊的文章，他的文章定会登堂入室，然而扬雄却因为贾谊作过赋瞧

至与司马相如同科[4]！雄之陋，如此比者甚众。可与知者道，难与俗人言也。[5]因论文偶及之耳。欧阳文忠公[6]言文章如精金美玉，市有定价，非人所能以口舌定贵贱也。纷纷多言，岂能有益于左右。愧悚不已。

不起他，甚至把他与司马相如一样看待！扬雄的见识浅陋，像他这样的人太多了。这些话只能与明白事理的人说，很难同一般人讲清楚。我不过是因为谈论起文章来，偶然涉及罢了。欧阳文忠公说过，文章就如同纯金美玉，市场上自有它的价值，不是人们随便靠口说就能定出它的贵贱。我没有节制地说了这么多话，对你能有什么益处，实在是惭愧惶恐。

注释

1 **贾谊**：西汉著名政论家和文学家，《史记》《汉书》均有他的传记。

2 **升堂**：指学识相当深厚。《论语·先进》载："子曰：'由也，升堂矣，未入于室也。'"古代屋舍建筑形式分为前后两部分，前半部分是空的，由两楹撑住屋顶，叫作堂；后半部分才是封闭的，叫作室。升堂表示学生对老师的学识已基本掌握，入室表示学生对老师的学识已掌握精透。古人把学问由浅入深的三种境界比喻为"入门""升堂""入室"。

3 **而乃以赋鄙之**：然而扬雄却因为贾谊曾作过赋，所以瞧不起他。

4 **司马相如**：汉武帝时著名辞赋家，尤长于大赋。**同科**：同一类型的人。《法言·吾子》载："如孔氏之门用赋也，则贾谊升堂，相如入室矣。"

5 **"可与"二句**：此话出自司马迁《报任安书》。

6 **欧阳文忠公**：北宋文豪欧阳修，文忠是他的谥号。欧阳修是北宋诗文革新运动的领袖，苏轼曾得到他的赏识、提拔。

原文

所须惠力法雨堂字[1]。轼本不善作大字，强作终不佳；又舟中局迫难写，未

译文

你要我为惠力寺法雨堂题字。我本来不善于写大字，勉强写出来毕竟不好；况且船中地方狭小难以书写，所以未能

能如教[2]。然轼方过临江，当往游焉。或僧有所欲记录，当作数句留院中，慰左右念亲之意[3]。今日已至峡山寺[4]，少留即去。愈远。惟万万以时自爱。不宣[5]。

遵命。但我将要经过临江，并要到那里游赏，也许会有僧人要我写点什么，我会顺便写上几句留在寺院，以告慰先生亲善之意。今日已经到了峡山寺，稍作停留就要离开。越走越远。希望你千万随时爱惜自己的身体。其余不一一细说。

注释

1 **惠力**：惠力寺，在江西临江府清江县南（今江西清江西南）。 **法雨堂**：惠力寺中的堂名。谢民师请苏轼为此堂题写匾额。

2 **如教**：遵从您的嘱托。此处指由于条件所限，字还没写。

3 **慰左右念亲之意**：以满足您对家乡的挂念之心。谢民师家乡新淦属临江军所辖。

4 **峡山寺**：古寺名，即广庆寺，故址在今广东清远市东的清远峡。

5 **不宣**：古人书信末常用的套语，意思是说话不多述。

答李端叔书

导读

这是苏轼与好友李之仪之间私人往来的一封书信。李之仪，字端叔，姑孰（今安徽当涂）人，曾经担任苏轼的幕僚，与苏轼关系密切，宋哲宗元祐年间官至枢密院编修官，负责编纂记述等事。书信真实地反映出苏轼内心的切实所感，以及对于文章写作的复杂心态，所以细读此文可以再次走近苏轼，感受他经历人生波澜之后思想的细微变化。

苏轼与李之仪关系密切，并对李影响极其深刻。李之仪所著《姑溪居士全集》中收与苏轼有关的作品四十余篇，苏轼所著《苏轼文集》和《苏轼诗集》中收与李之仪有关的作品二十余篇，特别是苏轼在遇赦北归的一年时间内，给李之仪的信笺就有七封。这封书信是苏轼有感于对方的殷切关怀而作，并结合自己的人生经历写下不少切身感悟。如认为自己品评古今人物的策论文章，只是泛泛空论而无实际意义，是科举应试造成的不良习气。如谈及自己因诗文坐罪，希望混迹芸芸众生，甚至连书信也不肯示人。这些都可见其对为文作书的游离心态，但同时又表露出乐观的人生态度，以及知己之间互相劝慰和支持的友情。

原文

轼顿首再拜。闻足下[1]名久矣，又于相识处，往往见所作诗文，虽不多，亦足以仿佛其为人矣。寻常不通书问，怠慢之罪，犹可阔略[2]，及足下斩然在疚[3]，亦不能以一字奉慰，舍弟子由至[4]，先蒙惠书，又复懒不即答，顽钝废礼，一至于此，而足下终不弃绝，递中再辱手书[5]，待遇益隆，览之面热汗下也。

译文

苏轼顿首再拜。久闻先生的大名，又在熟人那里偶尔拜读您的诗文，虽然数量不是很多，也足以了解您的风度。平常没有写信问候您，其间怠慢之罪，还望您能宽恕，但您愁闷在家居丧之时，我却没有只言片语表达慰问，我弟弟子由前来黄州，捎带您给我的书信，我又懒惰没有及时回复，愚顽迟钝荒废礼仪，竟然到了如此地步，而您始终没有计较我的过错，通过驿递再次寄来亲笔书信，对我的礼遇更加隆重，我读完书信不禁脸热汗下，羞愧不已。

注释

1 **足下**：表示对对方的敬称。

2 **阔略**：宽恕不计。

3 **斩然在疚**：谓在忧病之中。疚，病。《诗·周颂·闵予小子》：“嬛嬛在疚。”郑玄笺：“嬛嬛然孤特，在忧病之中。”后来用作居丧的代称。

4 **舍弟子由至**：舍弟，指苏辙，字子由。元丰三年(1080)正月，苏辙从应天府(今河南商丘)带着苏轼的家属来到黄州。

5 **递中再辱手书**：邮驿中再次送来您的亲笔书信。辱，谦辞。

原文

足下才高识明，不应轻许与人[1]，得非用黄鲁直、秦太虚辈语，真以为然邪？[2]不肖为人所憎，而二子独喜见誉，如人嗜昌歜、羊枣[3]，未易诘[4]其所以然者。以二子为妄则不可，遂欲以移之众口，又大不可也。

译文

先生您才华横溢、见识高明，不应该轻易地称许他人，莫非您是听了黄鲁直、秦观等人的话，就信以为真了？我被别人所讨厌，而他们二位却偏偏称赞我，就像有人喜欢吃昌歜、羊枣一样，很难责问清楚什么原因。因为他们二人的胡乱称赞实在不该，又想要改变大家的观点，那就更加不合适了。

注释

1 **不应轻许与人**：不应轻易地称许他人。这句话说李端叔没有必要拜服于自己。

2 **“得非”二句**：莫不是听信了黄庭坚、秦观等人的话，真把我当成老师了？黄庭坚，字鲁直，号山谷，洪州分宁(今江西修水)人，治平四年(1067)进士，为苏门四学士之首。秦观，字少游，被苏轼推荐为太学博士，著有《淮海集》，也是苏门四学士之一。

3 **嗜昌歜(chù)、羊枣**：喜欢吃昌歜和羊枣。昌歜，菖蒲菹，腌制的菖蒲根。菖蒲，一种生在沼泽地的草本植物。羊枣，小黑枣。这两种东西并不好吃，但周文王喜欢吃菖歜(《吕氏春秋·遇合》)，曾皙喜欢吃羊枣(《孟子·尽心下》)。

4 **诘(jié)**：责问，追问。

原文

轼少年时，读书作文，专为应举而已。既及进士第，贪得不已，又举制策[1]，其实何所有。而其科号为直言极谏，故每纷然[2]诵说古今，考论是非，以应其名[3]耳。人苦不自知[4]，既以此得，因以为实能之，故诶诶至今[5]，坐此得罪几死。所谓齐虏以口舌得官[6]，真可笑也。然世人遂以轼为欲立异同，则过矣。

译文

我在年轻的时候，读书和写文章，不过是专门为了应付考试。等到进士及第之后，又不停地贪图功名，参加了制策科考试，其实我哪有什么才能。因为考试科目号称"直言极谏"，所以我就随意地谈古论今，议论是非，不过是用来应付这个科名罢了。人总是苦于缺乏自知之明，我既然凭此科名做了官，自以为真能直言极谏，所以多嘴多舌争到现在，还因此获罪招来杀身之祸。正如当年刘邦骂刘敬以口舌得官一样，实在是可笑之极。然而世人却以为我想标新立异，那就错了。

注释

1 **制策**：科举中的制科考试，一般由皇帝亲自主持。宋仁宗嘉祐五年(1060)，欧阳修曾举荐苏轼参加过直言极谏科考试，轼考入第三等。

2 **纷然**：随便纷乱的样子。

3 **以应其名**：指应合"直言极谏"的名号。

4 **自知**：认知自己。

5 **诶(náo)诶**：形容喧闹嘈杂的论辩声。

6 **齐虏以口舌得官**：这是汉初刘邦骂齐人刘敬的话。刘邦亲自率军征讨匈奴，派人侦察敌情，大家都说匈奴只剩下老弱残兵，可以出兵击溃敌人。此时只有刘敬上书说匈奴在使诈，轻易出击可能会遭到埋伏。刘邦听后非常生气并骂他："齐虏以口舌得官，今乃妄言沮吾军！"于是将刘敬关押起来。本文苏轼以刘敬自比，说明当初自己因为写诗而得罪他人，结果被捕入狱。

原文

妄论利害，搀说得失，此正制科人习气。譬之候虫时鸟[1]，自鸣自已[2]，何足为损益[3]。轼每怪时人待轼过重，而足下又复称说如此，愈非其实。得罪以来[4]，深自闭塞，扁舟草履，放浪山水间，与樵渔杂处，往往为醉人所推骂。辄自喜渐不为人识，平生亲友无一字见及，有书与之亦不答，自幸庶几免矣。

译文

狂妄评议政治利弊，掺杂着议论得失成败，正是制科出身之人的习气。就像那些候鸟昆虫，自己鸣叫自己停止，怎么会对朝廷政事产生影响呢？我常常惊讶人们过于抬举我，现在您又这样称赞，就更不合乎事实了。我自从获罪以来，就一直封闭自己，经常驾着小船，穿着草鞋，在山水之间游荡，和樵夫渔民混在一起，还时常被醉汉推搡辱骂。但我甘于这种渐渐不被别人认识的状态，平生亲友也没有书信来往，即使有信寄来也不回复，希望可以因此免祸。

注释

1 **候虫时鸟**：随季节鸣叫的虫类和随气候迁徙的鸟类。

2 **自鸣自已**：自己鸣叫，自己停止。

3 **何足为损益**：还谈什么坏处或好处呢？这几句是指有些人喜欢议论是非，但并不影响朝廷政策。

4 **得罪以来**：指元丰二年(1079)苏轼担任湖州知州时期，御史李定、舒亶、何正臣等人摘录苏轼诗文的语句，诬告其毁谤、讽刺新法，苏轼也因此被捕入狱。出狱后被贬为黄州团练副使。苏轼写这封信时还在黄州贬所。

原文

足下又复创相推与，甚非所望。木有瘿[1]，石有晕[2]，犀有通[3]，以取妍于人，皆物之病也。谪居无事，默

译文

而您再度开始赞扬我，这并不是我所希望的。树上有木瘤，石上有晕圈，犀角有小洞，这些虽然招人喜欢，但都是万物的病态。自从贬谪以来闲居无事，我常常默默地反

自观省，回视三十年以来所为，多其病者。足下所见皆故我，非今我也。无乃闻其声不考其情，取其华而遗其实乎？抑将又有取于此也？此事非相见不能尽。自得罪后，不敢作文字。此书虽非文，然信笔书意，不觉累幅，亦不须示人。必喻此意。岁行尽，寒苦。惟万万节哀强食[4]。不次。

省自己，回顾三十年来的所作所为，大多属于这种病态啊。您所了解的我，都是过去的我，而不是现在的我。您恐怕只是听到我过去的名声，而没有细细考察我的实情，只是徒取其表而丢弃实质吧？或者想要从我的病态中有所收获？这种感受不见面是说不清楚的。自从获罪之后，我就不敢轻易作文了。这封回信虽然算不得什么文章，然而信笔写来，又不知不觉有好几页纸，先生您也不必给别人看。您一定要理解我的心意。年终将近，天气寒冷，希望您要节制悲伤的情绪，努力饮食。好了，不一一细说。

注释

1 **瘿**(yǐng)：植物受病菌、昆虫、叶螨、线虫等寄生后所长的瘤节。

2 **晕**(yùn)：光影色泽模糊的部分，这里指石头上的晕圈。

3 **犀有通**：犀牛角有小洞首尾相通。犀牛角本不应相通，两头相通也是不正常的情况。

4 **节哀强食**：控制哀伤，勉强努力吃饭。

赤壁赋

导读

这篇赋作于宋神宗元丰五年(1082)七月，苏轼因“乌台诗案”被贬为黄州团练副使时。从文体界定而言，该文属于文赋这一新文体，也就是融合文和赋的文体特征而成，大体以散文语言为主，在体式上部分借鉴汉大赋主客问答的结构，以及六朝抒情小赋的骈偶句式。其中骈散结合的语言，设为主客的结构，情感深挚的意境，是构成文赋最主要的三个特点。文赋的代表作如文坛盟主欧阳修的《秋声赋》，其追随者苏轼的《赤壁赋》与《后赤壁赋》等，将文章写作的“从心所欲”与“不逾矩”完美地结合。《赤壁赋》这篇抒情性文赋融情于景，写景、叙事生动有味，抒情、感怀和畅深邃，曲折地表现了作者内心的苦闷和不平，同时又传达出寄情山水的旷达心态。

赋的首段即点题，描写月夜泛舟长江的美好景色，以及携友饮酒赋诗的舒畅心情。作者投入自然的怀抱领略清风白露、高山流水，浩瀚的江水与洒脱的胸怀交相映衬，营造出轻松愉悦的月夜泛游图。次段转而写作者扣舷放歌的歌声，以及客人“如怨如慕”“如泣如诉”的箫声，将情绪带入沉重悲郁的氛围，人生莫名的惆怅涌上心头，文气波澜丛生、起伏跌宕。接着苏轼采用赋体常用的主客问答形式，主人以“何为其然也”设问，客人以赤壁的历史古迹作答，并发出人生短促无常的感叹。于是又以江水、明月为喻，表达出身处逆境也能保持豁达超脱、乐观自适的心态。最后，主客在此一番谈话后转悲为喜，并开怀畅饮，极尽游赏之乐，至乎超然之境。整首赋一气呵成，酣畅淋漓，情境若现，令人叹为观止。

苏轼同年还作有《后赤壁赋》以及《念奴娇·赤壁怀古》词，而此一词一赋便成为咏叹黄州赤壁的历史名篇。词中苏轼浓墨重彩地描绘出风流儒雅的周瑜,赞颂其丰功伟绩和潇洒英姿,同时又借以自喻,引发出壮志难酬的感喟,以及乐观旷达的豪迈情感。赋中苏轼则充分发挥赋体铺排的文体特点,情绪表达可谓一波三折,由夜游赤壁的恬淡闲适,转而因箫声呜咽触发怀古伤今,最后由悲而喜、豁然畅饮,与词的雄壮豪迈相比显得沉郁顿挫。同一事件在不同的文体中表现出不同的情感体验,苏轼的文学功底可见一斑。

原文

壬戌[1]之秋,七月既望[2],苏子与客泛舟,游于赤壁[3]之下。清风徐来,水波不兴。举酒属[4]客,诵明月之诗[5],歌窈窕之章[6]。

译文

元丰五年的秋天,七月十六日,我和友人乘着小舟,游玩到赤壁山下。清凉的江风徐徐吹过,平静的江面波澜不起。我举起酒杯劝客同饮,吟诵《月出》之诗,歌咏“窈窕”古篇。

注释

1 **壬戌**:宋神宗元丰五年。此时苏轼任黄州团练副使。

2 **既望**:既,过了。望,农历小月十五日,大月十六日。“既望”指望日后一天。

3 **赤壁**:实际上是黄州的赤鼻矶,现在湖北黄冈临长江处,并不是三国时期赤壁之战的旧址,当地人因音近亦称之为赤壁。

4 **属**:通“嘱”,致意,倾注。属客就是斟酒劝客的意思。

5 **明月之诗**:一说出自《诗经·陈风·月出》:“月出皎兮,佼人僚兮,舒窈纠兮。”一说出自曹操《短歌行》:“明明如月,何时可掇”“月明星稀,乌鹊南飞”句。

6 **窈窕之章**:一说同上句出自《诗经·陈风·月出》:“月出皎兮,佼人僚兮,舒窈纠兮。”窈纠就是窈窕的意思。一说出自《诗经·周南·关雎》:“窈窕淑女,君子好逑。”

原文

少焉，月出于东山之上，徘徊于斗牛[1]之间。白露横江，水光接天。纵一苇之所如[2]，凌万顷之茫然。浩浩乎如冯虚御风[3]，而不知其所止，飘飘乎如遗世独立，羽化[4]而登仙。

译文

不一会儿，明月从东山缓缓升起，徘徊在斗宿和牛宿之间。苍茫的水雾弥漫在江面，波光与星空在天际相连。任凭小船似苇叶般自由飘荡，浮在无边无际的茫茫大江。如此浩浩然的样子，像是凌空乘风而行，不知道将要停留何处，如此飘飘然的样子，像是脱离尘世无所牵挂，随之飞升成了神仙。

注释

1 **斗牛**：即南斗和牵牛，二十八宿中的两个星宿名。

2 **纵一苇之所如**：一苇，比喻所乘的小舟，语出《诗经·卫风·河广》："谁谓河广？一苇杭之。"

3 **冯虚御风**：冯，通"凭"；虚，太空；御，驾驭。

4 **羽化**：道家用语，称飞升成仙为羽化。见《抱朴子·对俗》："古之得仙者，或身生羽翼，变化飞行。"

原文

于是饮酒乐甚，扣舷而歌之。歌曰："桂棹兮兰桨，击空明兮溯流光[1]。渺渺兮予怀[2]，望美人兮天一方[3]。"客有吹洞箫者，倚歌而和之，其声呜呜然，如怨如慕，如泣如诉，余音袅袅，不绝如缕。舞幽壑之潜蛟，泣孤舟之嫠妇[4]。

译文

这时候酒兴渐起，敲击船舷并应声高歌。歌中唱道："桂木船棹啊兰木桨，轻拍空明的水波，在月光下逆流而上。我的情思啊幽远绵长，思念心中的美人啊，她在遥远的地方。"宾客中有会吹洞箫的，按着节奏为歌声伴和，洞箫声呜咽，像是幽怨又像是思慕，像在抽泣又像在低声地诉说，余音悠扬婉，转缠绵不绝。这箫声能使深渊的蛟龙闻之起舞，孤舟的寡妇听之落泪。

注释

1 **击空明**:船桨击打着被月光照亮的江水。 **溯流光**:在月光浮动的水面逆流而上。这里空明和流光是互文,既是状月又是写水。

2 **渺渺兮予怀**:化用《楚辞·九歌》:“目眇眇兮愁予”,将主谓倒装,抒发贬谪黄州思君而不能见君的情思辽阔幽远。渺渺,悠远的样子。

3 **望美人兮天一方**:想望美人,却在遥远的地方。美人,借鉴屈原的表现手法,常常比喻为君王或良友。

4 **泣孤舟之嫠(lí)妇**:使孤舟上的寡妇哭泣。嫠,孤居的妇女,这里指寡妇。

原文

苏子愀然[1],正襟危坐,而问客曰:“何为其然也?”[2]客曰:“‘月明星稀,乌鹊南飞’[3],此非曹孟德之诗乎?西望夏口[4],东望武昌[5]。山川相缪[6],郁乎苍苍,此非孟德之困于周郎者乎[7]?

译文

我听后也不禁凄凉无限,整好衣襟端然而坐,问宾客道:“为何曲调如此凄怨呢?”宾客回答说:“‘月明星稀,乌鹊南飞’,这不是曹孟德的诗吗?从这里西望是夏口,东望是武昌。山水环绕,草木葱郁,不正是当年曹操困败于周瑜的地方吗?

注释

1 **愀(qiǎo)然**:忧愁惆怅的样子。

2 **何为(wèi)其然也**:曲调为什么显得如此凄凉?

3 **“月明”二句**:曹操《短歌行》中的诗句:“月明星稀,乌鹊南飞,绕树三匝,何枝可依。”

4 **夏口**:古城名,三国时孙权所建,现在湖北省武汉市。

5 **武昌**:鄂州州治,现在湖北省鄂州市。

6 **相缪(liáo)**:相互盘绕,连续不断。缪,通“缭”。

7 **孟德之困于周郎**:汉献帝建安十三年(208),孙吴联合刘备在赤壁火烧曹操战船,曹军大败。“此非……乎?”这一疑问句法,表示不是非常确定的说法,因为曹操与周瑜交战的赤壁现在湖北嘉鱼长江边,与黄冈的赤鼻矶不是一处,所以这里是苏轼借历史故事来抒发感情。

原文

“方其破荆州[1]，下江陵[2]，顺流而东也，舳舻千里[3]，旌旗蔽空，酾酒临江[4]，横槊赋诗[5]，固一世之雄也，而今安在哉？

译文

“遥想当年曹操夺取荆州，攻破江陵，沿江顺流东下，麾下的战舰绵延千里，旌旗遮天蔽日，临江洒酒誓师，横握长矛赋诗，堪称一世豪杰，如今又在何方？

注释

1 **破荆州**：汉献帝建安十三年七月，曹操南击荆州。八月，荆州刺史刘表病卒。九月，刘表的儿子刘琮以荆州投降曹操。荆州，汉刺史部名，现在湖北省襄樊市。

2 **下江陵**：曹操占领荆州后，又于当阳长坂击败刘备，进攻江陵。江陵，汉郡名，现在湖北省荆州市江陵县。

3 **舳舻**(zhúlú)：长方形的战船。舳，是船尾掌舵处。舻，是船头划桨处。

4 **酾**(shī)**酒临江**：将酒撒入大江之中，表示誓师。

5 **横槊**(shuò)：横执长矛。语出唐代元稹为杜甫所作墓志铭：“曹氏父子鞍马间为文，往往横槊赋诗。”形容气概雄迈。

原文

“况吾与子渔樵于江渚之上，侣鱼虾而友麋鹿，驾一叶之扁舟，举匏尊[1]以相属。寄蜉蝣于天地[2]，渺沧海之一粟[3]。哀吾生之须臾，羡长江之无穷。挟飞仙以遨游，抱明月而长终。知不可乎骤得，托遗响于悲风。”

译文

“何况你我不过在江边捕鱼打柴，与鱼虾作伴，以麋鹿为侣，驾着一叶小船，举杯相互劝酒。我们将蜉蝣般短暂的生命置身于广阔的天地，渺小得像沧海中的一粒粟米。叹息人生转瞬即逝，羡慕长江无穷无尽。我多渴望能与神仙为伴遨游太空，与明月相拥永世长存。但又深知愿望不会立即实现，只好付之箫声寄托给瑟瑟秋风。”

注释

1 **匏(páo)尊**：葫芦制成的酒器。匏，葫芦。

2 **蜉蝣**：一种很小的飞虫，春夏之交生于水边，生命短暂，只有几个小时。此句说人生不过如蜉蝣寄托于天地之间，生命极为短暂。

3 **渺沧海之一粟**：人生就如同沧海中的一粒粟米，十分渺小。

原文

苏子曰："客亦知夫水与月乎？逝者如斯，而未尝往也。[1] 盈虚者如彼，而卒莫消长也。[2] 盖将自其变者而观之，则天地曾不能以一瞬。自其不变者而观之，则物与我皆无尽也，而又何羡乎？且夫天地之间，物各有主。苟非吾之所有，虽一毫而莫取。惟江上之清风，与山间之明月，耳得之而为声，目遇之而成色。取之无禁，用之不竭。是造物者之无尽藏也，而吾与子之所共适。"客喜而笑，洗盏更酌。肴核既尽，杯盘狼藉。相与枕藉乎舟中，不知东方之既白。[3]

译文

我说："你可明白江水明月包含的道理？不断流逝的就像这江水，其实并没有真正逝去。时圆时缺的就像这明月，其实也没有真正增减。如果从变化的角度来看待世界，天地间的万事万物没有一瞬间不发生变化。如果从静止的角度来看待世界，万事万物和我们自身又同样无穷无尽，所以何必无端地去羡慕呢？何况天地之间，万物各有自己的主宰。倘若不是自己本该拥有的，即使一丝一毫也不该占有。只有江上的清风，和山间的明月，送到耳朵里便是美妙之音，进入眼帘即成美丽之色。得到这些不会有人禁止，享用这些可以没有穷尽。这是大自然赐予的无穷宝藏，你我可以共同享受。"宾客听罢高兴地笑了，于是洗净杯盏重新斟酒。菜肴果品已经被吃光，酒杯菜盘乱成一片。大家彼此倚靠睡在船上，不知不觉东方已经露出曙光。

注释

1 **“逝者如斯”二句**:流去的时光就像江水一样,但又像从未消失。语出《论语·子罕》:“子在川上曰:‘逝者如斯夫,不舍昼夜。’”

2 **“盈虚者如彼”二句**:像月亮一样忽圆忽缺,最终也没有增减。

3 **枕藉**(jiè):相互枕靠着睡着了。枕,枕着。藉,垫着。**既白**:已经显出白色,指天明了。

后赤壁赋

导读

《后赤壁赋》作于宋神宗元丰五年(1082)十月,与《赤壁赋》可以说是姐妹篇,虽为前后两篇却也浑然一体。虽然是同一个地点(赤壁),同一种形式(泛舟夜游、携友饮酒),但不同的季节,描绘出不同的景致,抒发了不同的情趣,表达了不同的主题。前赋意在借月夜江景来谈玄说理,后赋则描写生活趣事来抒发情感。虽然面对的都是赤壁景色,却因不同季节而景致有别,前赋是“清风徐来,水波不兴”“白露横江,水光接天”,后赋则是“江流有声,断岸千尺,山高月小,水落石出”,各具诗情画意却又境界不同。与前赋相比,后赋可谓波澜起伏,妙处横生,给人以壮阔自然美的享受。

全赋略分为泛游赤壁前与后两部分。前一部分交代前期的准备活动,包括时间、行程、同行者以及准备酒肴等,为再游赤壁作出充分地铺垫。而苏轼却又生出波澜,“归而谋诸妇”的环节,不仅增添了些许生活气息,而且将写景叙事铺垫得更精彩。后一部分作为全赋的重点,同样起伏转折变化多端,只是寥寥数笔描述再游赤壁的初冬夜景,重点却在后文生出的多重波澜。一波在于主客弃舟登岸攀崖游山的雅兴，并着力描写赤壁山川寒寂的意境。又一波在于苏轼独自登临绝顶而生冷清之心，于是不得不再返舟中。一波在“横江东来”“戛然长鸣”的孤鹤擦舟西去，作者孤寂之心又添悲怜。又一波在梦中遇见化鹤归去的道士，复杂的心情变得更为迷离，增添了几分神秘色彩，在孤鹤和道士的描写中寄托作者旷然豁达的胸怀和慕仙出世的思想。结尾“开户视之，不见其处”八字一语双关，既言梦中的道士倏然不见，又含现实里的自己前途何往。

原文

是岁[1]十月之望，步自雪堂[2]，将归于临皋[3]。二客从予，过黄泥之坂[4]。霜露既降，木叶尽脱，人影在地，仰见明月。顾而乐之，行歌相答。

译文

这年十月十五日，我从东坡雪堂出发，准备返回临皋亭。有两位朋友跟随着我，一起路过黄泥坂。当时已经降过霜露，树叶也都脱落了，见身影倒映在地，抬头才见明月当空。环顾四周景致十分惬意，于是一面行走一面唱和酬答。

注释

1 **是岁**：指元丰五年。

2 **步自雪堂**：从雪堂步行出发。雪堂，苏轼在黄州所建的堂名，在黄冈东面，离他在临皋的住处不远。堂在大雪时建成，画雪景于四壁，故名“雪堂”。

3 **临皋**：亭名，在湖北黄冈南的长江边，苏轼贬到黄州后先暂居定慧院，后来迁至临皋亭。

4 **黄泥之坂**：黄冈东边东坡附近的山坡叫“黄泥坂”，是从雪堂至临皋亭的必经之处。坂，山坡，斜坡。

原文

已而叹曰：“有客无酒，有酒无肴，月白风清，如此良夜何？”[1]客曰：“今者薄

译文

过了一会儿，我叹惜地说：“有朋友却没有美酒，有了美酒又没有菜肴，月色皎洁，清风送爽，怎能错过这样美好的夜晚。”一

暮,举网得鱼,巨口细鳞,状似松江之鲈,顾安所得酒乎?”归而谋诸妇。[2] 妇曰:“我有斗酒,藏之久矣,以待子不时之须。”于是携酒与鱼,复游于赤壁之下。

位朋友说:“今天傍晚撒网捕到一条鱼,嘴大鳞细,体形好像松江的鲈鱼,只是到哪里去弄到酒呢?”于是我回家与妻子商量。妻子说:“家里有一斗酒,已经珍藏了很久,就是为了应付先生突然的需求。”于是我们带着酒和鱼,再次来到赤壁下游玩。

注释

1 **已而**:过了一会儿。**如此良夜何**:将如何度过这个美好的夜晚?“如……何”与“奈……何”近似,表示怎么对待、对付的意思。

2 **松江之鲈**(lú):松江,即吴淞口,下游为苏州河,流经江苏省和上海市一带。鲈鱼是松江(今属上海)的名产,体扁,嘴大,鳞细,味鲜美。**谋诸妇**:诸,相当于“之于”,向妻子询问办法。

原文

江流有声,断岸千尺。山高月小,水落石出。曾日月之几何,而江山不可复识矣。[1] 予乃摄衣而上,履巉岩,披蒙茸,[2] 踞虎豹[3],登虬龙[4]。攀栖鹘之危巢[5],俯冯夷之幽宫[6],盖二客不能从焉。划然长啸,草木震动。山鸣谷应,风起水涌。予亦悄然而悲,肃然而恐,凛乎其不可久留也。

译文

江水发出巨大的声响,陡峭的江岸高高耸立。高山上的月亮显得很小,江水退落后,礁石也露了出来。这才隔了几多时日呀,上次游览过的江山景色变得不再熟悉。于是我撩起衣衫登上岸边,踏着险峻的岩石,拨开纷乱的野草,蹲上形如虎豹的怪石,拉住形似虬龙的树枝,攀上猛禽筑巢的悬崖,俯看水神冯夷的深宫。两位朋友都没能跟我爬到高处。我大声长啸,草木震动。山谷里回声鸣响,大风乍起,波浪汹涌。我也感到阵阵哀伤并紧张恐惧,觉得这里令人惧怕而不可久留。

注释

1 **“曾日月之几何”二句**：这是联系前次赤壁之游而说，前次游赤壁在“七月既望”，距离这次仅仅三个月，时间很短，所以说“曾日月之几何”。前次所见的是“水光接天”“万顷茫然”，这次所见的是“断岸千尺”“水落石出”，所以说“江山不可复识”。

2 **履巉(chán)岩**：登上险峻的山崖。履，践、踏。巉岩，险峻的山石。**披蒙茸**：拨开丛生的乱草。蒙茸，杂乱的丛草。

3 **踞虎豹**：蹲坐在状如虎豹的山石上。

4 **登虬龙**：攀援形似虬龙弯曲的古木。虬龙，古代传说中有角的小龙。

5 **栖鹘(hú)**：栖息在树上的鹘。鹘，隼，鹰的一种。 **危巢**：高处的鸟窝。

6 **俯冯(féng)夷之幽宫**：低头看水神冯夷的深宫。冯夷，水神，即河伯。幽，深。“攀栖鹘之危巢，俯冯夷之幽宫”，是说向上登山之极高处，向下临江之极深处。

原文

反而登舟，放乎中流，听其所止而休焉。时夜将半，四顾寂寥。适有孤鹤，横江东来，翅如车轮，玄裳缟衣[1]，戛然[2]长鸣，掠予舟而西也。须臾客去，予亦就睡，梦一道士，羽衣翩跹[3]，过临皋之下，揖予而言曰：“赤壁之游乐乎？”问其姓名，俯而不答。呜呼噫嘻，我知之矣，畴昔之夜[4]，飞鸣而过我者，非子也耶？道士

译文

于是又回到船上，把船划到江心，任凭漂流，随意停泊。此时将近半夜，环望四周，寂静无声。正好一只白鹤横穿江面从东边飞来，翅膀如车轮一般大小，尾部的黑羽如同黑色长裙，满身的白羽如同洁白衣衫，戛戛地尖叫长鸣，擦过我们的小船向西飞去。不多时分，朋友离船而去，我也回家睡觉，梦见一位道士，身穿羽毛编织的衣裳，步履轻快地飘然而过临皋亭，向我拱手作揖道：“赤壁之游快乐吗？”我问他姓名，他却低头不答。啊哈！我知道先生的来历了。昨天夜里，边飞边叫经过小船之上的白鹤，不就是先生你吗？道

顾笑，予亦惊悟。开户视之，不见其处。	士回头笑起来，我也猛然惊醒。推开柴门向外看时，临皋亭下不见他的踪影。

注释

1 **玄裳缟衣**：形容孤鹤全身白羽，如人穿白绸衣，尾部纯黑。古人以上衣为衣，下衣为裳。

2 **戛(jiá)然**：形容鹤雕一类的鸟，高而尖的叫唤声。如白居易《画雕赞》："轩然将飞，戛然欲鸣。"

3 **羽衣**：道士穿的道服。古人称道士升仙为羽化，故道士被称为羽客，所穿的衣服称为羽衣。 **翩跹**：飘舞轻快的样子。

4 **畴昔之夜**：昨天夜里。此语出自《礼记·檀弓上》"予畴昔之夜"。畴，语首助词，没有实在的意思。昔，昨。

黠鼠赋

导读

这是一篇理趣兼具的咏物小赋，表面上是写深夜里狡猾的老鼠，利用人类的疏忽而乘机逃脱的小事，却从中生发出做人的道理：做人做事要专心一致，不然就会分心疏忽。寓意深刻，发人深省。首段写狡猾的老鼠骗人逃脱，次段分析老鼠的伎俩，并感悟万物之间的道理，末段揭示"不一于汝，而二于物"的核心思想，有感而发又顺理成章，语朴情真，趣幽旨深，真是小赋蕴含有大智慧。

关于这篇小赋的写作时间，有的说是苏轼少年时期所作，但据宋代叶梦得《避暑录话》卷下说:"苏子瞻扬州题诗之谤,作《黠鼠赋》。"其中扬州题诗就是指元祐六年(1091)苏轼遭人攻击,说其所作《归宜兴留题竹西寺》是庆幸宋神宗的去世,同时结合赋里所说的"一鼠之啮而为之变",似乎也暗指不要因为少数政敌的攻击而分散注意力。可见这篇文章作于苏轼中年时期,这也与文中自称苏子并有童子使唤的情况较为吻合。

原文

苏子夜坐,有鼠方啮[1]。拊床[2]而止之,既止复作。使童子烛[3]之,有橐中空[4]。嘐嘐聱聱[5],声在橐中。曰:"嘻,此鼠之见闭而不得去者也。"发而视之,寂无所有。举烛而索,中有死鼠。童子惊曰:"是方啮也,而遽死耶?向为何声,岂其鬼耶?"覆而出之,堕地乃走。虽有敏者,莫措其手。

译文

我夜里坐着打盹,听见有老鼠在咬东西。拍打床板后声音就停了,不久又响了起来。我叫侍童拿蜡烛照一下,发现有个袋子空着,老鼠咬东西的"嘐嘐聱聱"声,就是从空袋子里发出的。侍童说:"啊哈,这只老鼠被关住跑不掉了。"打开袋子来看,里面静悄悄的什么也没有。举起蜡烛接着搜索,发现里面有只死老鼠,侍童惊讶地说:"老鼠刚才还在叫,怎么会突然死了呢?那刚才是什么声音,难道是它的鬼魂吗?"把袋子翻过来倒出老鼠,不料老鼠掉到地上就逃走了。即使是再敏捷的人,也会措手不及。

注释

1 **啮**(niè):咬东西。

2 **拊**(fǔ)**床**:拍打床。

3 **烛**:作动词用,用蜡烛照亮。

4 **橐**(tuó):口袋的一种,两端不封口,可以根据要装物品的多少来决定封口处,物品多了就可以作大的口袋,少了可以作小的口袋,装好物品后两端再行封口,方便牲畜载驮。

5 **嘐**(jiāo)**嘐聱**(áo)**聱**:嘐嘐,形容鼠啮物声或叫声。聱聱,形容嘈杂声。

原文

苏子叹曰:“异哉,是鼠之黠也。闭于橐中,橐坚而不可穴[1]也。故不啮而啮,以声致人;不死而死,以形求脱也。吾闻有生,莫智于人。扰龙、伐蛟、登龟、狩麟[2],役万物而君之,卒见使于一鼠。堕此虫之计中,惊脱兔于处女[3]。乌在其为智也?”坐而假寐,私念其故。若有告余者曰:“汝惟多学而识之,望道而未见也。不一于汝,而二于物,故一鼠之啮而为之变也。人能碎千金之璧,不能无失声于破釜;能搏猛虎,不能无变色于蜂虿[4]。此不一之患也。言出于汝[5],而忘之耶?”余俯而笑,仰而觉。使童子执笔,记余之作。

译文

我感慨道:“真是令人惊讶啊,这只老鼠狡猾得出了奇。它被关在袋子里,袋子很坚固而不容易被咬破。所以它在不该咬的时候咬袋子,用咬袋子的声音招惹人来;在没有死的时候装死,又凭借装死的样子求得逃脱。我听说有生命的东西,没有比人更有智慧的了。人们驯服神龙、刺杀蛟龙、捉取神龟、狩猎麒麟,支配世界万物然后主宰它们,结果却被一只老鼠利用,陷入它设下的圈套中,惊讶于老鼠能像文静的少女,又像敏捷的兔子。人怎么能算得上最有智慧呢?”我坐下来假装着闭眼打盹,心里默想其中的原因。仿佛有人对我说:“你只是多学多记了一点知识,但是离‘道’还很远呢。你自己心里不专一,又受到外界事物的干扰,所以一只老鼠发出叫声就能招引你转移注意力。人能够在打破价值千金的碧玉时不动声色,而在打破一口锅时却失声尖叫;人能够同猛虎搏斗,可见到蜂蝎时不能面不改色。这些都是不专一的结果。这是你早先时候说过的话,就都忘记了吗?”我低下头笑了,抬起头又有所觉悟。于是吩咐侍童拿着笔,记下了这篇文章。

注释

1 **穴**:作动词用,打洞的意思。

2 **扰龙、伐蛟**：扰，驯服。伐，擒住。登龟、狩麟：登，捉取。狩，狩猎。

3 **惊脱兔于处女**：像逃跑的兔子一样敏捷，像处女一样沉静，这里形容老鼠反应迅速。

4 **虿**(chài)：指蝎子一类的毒虫。

5 **言出于汝**：根据王宗稷《东坡先生年谱》记载，庆历五年(1045)苏轼十岁的时候，曾经按照父亲苏洵的要求撰写《夏侯太初论》，该文就有上面所引"人能碎千金之璧……不能无变色于蜂虿"一段话。

喜雨亭[1]记

导读

这是一篇记文，此时苏轼刚刚参加科举考试步入仕途，于嘉祐六年(1061)十二月被推荐担任凤翔府签判，正是意气风发之时，所以心存儒家仁政的理想，将久旱得雨视作为百姓谋福祉的幸事，亦是实现自己仕途抱负的初步尝试。该文开篇点题，交代命名为"喜雨"的缘由，接着记叙修亭的经过，点明修亭之人、时间、地点以及周围环境。次而将修亭与喜雨联系起来，描写官吏、商贾、农夫等的喜雨之情，以忧衬喜。最后借亭上宴饮，通过对话表达上应天心、下顺民意的为官之道和儒家思想。

记文层次分明，一、二段阐明以雨名亭的缘由，三、四段解释以雨名亭的含义，以喜雨名亭开始，又以喜雨名亭收束，从不同角度反复抒写喜雨之情，将喜雨之情抒发得浓厚之至。行文灵活多变，全记共三百多字却用"雨"字十五个，而且每处都别有笔调，既有"不雨""雨珠""雨玉"的虚写，又有"乃雨""又雨""大雨"的实写，曲折表现出喜雨的过程。记文语言风趣，句式多变，如首段以“周公得禾”开始的六句，通过俳句的使用加强表现力。末尾又用歌词作结，韵散结合，别有情致，具有苏轼早期为文的轻松潇洒之气。

原文

亭以雨名，志喜也。古者有喜，则以名物，示不忘也。周公得禾，以名其书；[2] 汉武得鼎，以名其年；[3] 叔孙胜狄，以名其子[4]。其喜之大小不齐，其示不忘一也。

译文

这座亭子用“雨”来命名，是为了纪念喜庆的事情。古时候有了喜事，就用它来为事物命名，表示不要忘记此事。周公得到天子赏赐的稻禾，就用《嘉禾》来作为文章的篇名；汉武帝在汾水得到宝鼎，便用“元鼎”作为年号；叔孙得臣战胜狄人侨如，就用“侨如”作为自己儿子的名字。这些喜事虽然有大有小，但表示纪念的用意是一致的。

注释

1 **喜雨亭**：宋仁宗嘉祐六年苏轼任凤翔府签判官，次年三月凤翔久旱后普降喜雨，作者所建的亭也刚好落成，于是取名为喜雨亭。

2 **“周公得禾”二句**：根据《尚书·微子之命》记载，周成王的叔父唐叔在野外得到异禾共生一穗的稻子，于是把它献给周成王，周成王又转送给周公，周公作《嘉禾》之文，以宣扬天子之命。

3 **“汉武得鼎”二句**：根据《史记·孝武本纪》记载，汉武帝元狩七年（前116）夏，汾水岸边一个名叫锦的巫者获得一件古鼎（相传古代以鼎作为传国重器），此事上报到朝廷，汉武帝命令迎接宝鼎至甘泉宫，并将年号改为元鼎。

4 **“叔孙胜狄”二句**：根据《左传·文公十一年》记载，这年冬天北狄攻打鲁国，鲁文公派叔孙得臣领兵抗击北狄，俘获北狄族的首领侨如。为了纪念此次战争的胜利，叔孙得臣将自己的儿子宣伯命名为“侨如”。

原文

余至扶风[1]之明年，始治官舍，为亭于堂之北，而凿池其南，引流种树，以为休息之所。是岁[2]之春，雨麦于岐山之阳[3]，其占为有年[4]。既而弥月不雨，民方以为忧。越三月[5]乙卯，乃雨，甲子又雨，民以为未足，丁卯，大雨，三日乃止。官吏相与庆于庭，商贾相与歌于市，农夫相与抃[6]于野，忧者以乐，病者以愈，而吾亭适成。

译文

我到凤翔府的第二年，开始修建官舍，在堂屋的北边修建一座亭子，又在亭南开凿了一口水池，引水种树作为休息之所。这年春天，岐山南下了场麦雨，预示今年是个丰收之年。然而此后一个多月都没有下雨，百姓才开始担忧起来。过了三月乙卯这天，终于下起雨来，甲子这天又下了雨，百姓认为雨水还不丰足，丁卯这天又下起大雨，一连三天才停止。官吏们在庭院里互相庆贺，商贾们在集市上欢歌笑语，农夫们在田野中拍手叫好，忧愁的人由此变得兴高采烈，患病的人由此而恢复健康，我的亭子恰好也在这时落成。

注释

1 **扶风**：今陕西省凤翔县。汉武帝于太初元年（前 104）在地处京畿的关中中部地区设立三个官员，即京兆尹、左冯翊、右扶风。其中京兆尹相当于今日首都的市长，左冯翊取辅佐君王之意，右扶风也是扶助京师、以正风化之意。后来演变成这三个官员管辖的地区，史称“三辅”。宋代建右扶风为凤翔府。

2 **是岁**：这年，指嘉祐七年（1062）。

3 **雨麦**：天上下小麦雨。 **岐山之阳**：岐山的南面。古人称山南为阳。岐山是山名，在今陕西省岐山县。

4 **其占为有年**：占卜所得的预兆是丰收之年。

5 **越三月**：过了农历三月。

6 **抃**（biàn）：鼓掌欢呼。

原文

于是举酒于亭上以属客，而告之曰："五日不雨，可乎？"曰："五日不雨，则无麦。""十日不雨，可乎？"曰："十日不雨，则无禾。"无麦无禾，岁且荐饥[1]，狱讼繁兴，而盗贼滋炽[2]，则吾与二三子[3]，虽欲优游[4]以乐于此亭，其可得耶！今天不遗斯民，始旱而赐之以雨，使吾与二三子，得相与优游而乐于此亭者，皆雨之赐也。其又可忘耶！

译文

于是我在亭中摆设宴席，举酒劝客问他们说："五天不下雨，可以吗？"宾客们说："五天不下雨，就长不成麦子了。"我又问："再过十天不下雨，可以吗？"宾客们说："再过十天不下雨，就养不活稻子了。"麦稻等粮食没有收成，自然就是灾荒之年，那时狱讼案件就会繁杂，盗贼就会猖獗，那么我和你们再想悠然游乐于此亭，哪里还能做得到！如今上天没有遗忘这里的百姓，刚有干旱就赐给他们雨水，使我和你们得以共同悠然游乐于此，这都是由于雨水的赏赐啊。又怎能把这样的好事忘记。

注释

1 **荐饥**：古人说："连岁不熟曰荐"，因此"荐饥"意为连续饥荒。
2 **滋炽**：滋生猖獗。
3 **二三子**：你们几个人。犹今言"诸位"。
4 **优游**：安闲舒适、无忧无虑的神态。

原文

既以名亭，又从而歌之，曰：使天而雨珠，寒者不得以为襦[1]。使天而雨玉，饥者不得以为粟。一雨三日，繄[2]谁之力。民曰太守[3]，太守不有[4]。归之天子，天

译文

用喜雨给亭子命名，接着又唱歌庆贺，歌词说的是：假如上天下了珠宝，受寒的人不能当作衣服御寒。假如上天下了美玉，挨饿的人也不能当作粮食充饥。一场大雨下了三天，这是谁的力量。百姓说是太守，太守不敢当。归功于天子，

子曰不然。归之造物，造物不自以为功。归之太空，太空冥冥[5]。不可得而名，吾以名吾亭。

天子也否认。归功于造物主，造物主也不认为是自己的功劳。归功于太空，太空又浩渺幽冥。既然都不知道把喜雨归于谁来命名，我就用来作为我的亭名。

注释

1 **襦**(rú)：短衣短袄。此处代指所有的衣服。

2 **繄**(yī)：文言助词，语气词，无义。

3 **太守**：秦汉至隋对郡里最高行政长官的称呼。宋代州府最高长官叫知州、知府。此处用旧称代指凤翔府长官。

4 **不有**：不将此功据为己有。

5 **冥冥**：形容高远渺茫的样子。

凌虚台记

导读

这是一篇记文，嘉祐八年(1063)凤翔太守陈希亮在后圃筑台，命名为"凌虚"，并向苏轼求作记文，于是苏轼写下这篇《凌虚台记》。此时二十八岁的苏轼刚刚踏上仕途，胸怀报效国家的宏伟理想，主张政治上要有补于民，所以此文从凌虚台的修建经过联系古往今来的成败，反映出苏轼积极乐观的入世理想。

既然是受人嘱托撰作记文，所以前两段记叙筑台的缘起和经过。陈太守筑台本为观山，苏轼行文也从山写起，说明州府靠近终南山的优越位置，并连用四个“山”字，描写山高景美，说明秀色饱餐，唾手可得，从而由山而台巧妙过渡。接着叙写筑台的经过，由太守杖履而游，游而见山，见山而思异，思异而凿池筑台，层层紧扣，生动形象，尤其是“累累如人之旅行于墙外而见其髻也”句，把静态的山峦赋予动态的活力，给人以清新自然、流动变化之美。第三段苏轼纵横议论兴废成毁之理，将凌虚台的修建置放于茫茫宇宙的时空转换之中，说明人事皆非的变幻莫测，既委婉含蓄又言犹未尽，看似自然平易，实则意气激扬，将自己对人生世事的态度尽力表述，从而将这片记文融叙事与说理为一体，成为苏轼散文一如往常的典型风格。

原文

国于南山之下[1]，宜若起居饮食与山接也。四方之山，莫高于终南。而都邑之丽山者[2]，莫近于扶风[3]。以至近求最高，其势必得[4]。而太守之居，未尝知有山焉。虽非事之所以损益，而物理有不当然者，此凌虚之所为筑也[5]。

译文

居住在终南山下，自然饮食起居都与山关联。四面的山，没有能高出终南山的。而高山附近的都城也没有比扶风更近的。因为离得近，要看到最高的山，按情理当然一定能做到。而太守住在这里，并没有意识到附近有山。虽然这对事情的好坏没有什么影响，但万物之理却不尽如人意，这就是凌虚台建造的由来。

注释

1 **国于南山之下**：国，指都市、城邑，这里是动词，建造城池的意思。南山，终南山的简称，在今陕西西安以南，从西安即可望见，所以通常说汉、唐等朝代建国于南山之下。

2 **都邑之丽山**：靠近高山的都城。丽，附着，接近。

3 **扶风**：凤翔府的旧称。汉代的凤翔府称为右扶风，为长安三辅之一。

4 **其势必得**：按照情理一定可以得到。

5 **凌虚台**：北宋嘉祐八年陈希亮任凤翔府知府时所修建。

原文

方其未筑也，太守陈公杖屦逍遥于其下[1]，见山之出于林木之上者，累累如人之旅行于墙外而见其髻也[2]，曰："是必有异。"使工凿其前为方池，以其土筑台，高出于屋之危而止。然后人之至于其上者，怳然不知台之高，而以为山之踊跃奋迅而出也。公曰："是宜名凌虚。"以告其从事[3]苏轼，而求文以为记。

译文

当初还没有修建此台时，陈太守拄着手杖穿着布鞋信步于山下，看见山峰高耸于林木之上，重叠突出的样子就像有人在墙外行走而只看到他们的发髻，便说："此山必有奇异之处。"于是命工匠在山前开凿了方形池塘，用挖出的土石建造成一座高台，台高刚刚与屋脊齐平。此后人们到了台上，都恍恍惚惚不知道台的高度，而认为是山形拱起冒出来的。陈太守说："此台应该取名叫凌虚。"他把此话告诉了下属苏轼，让我写篇文章记叙此事。

注释

1 **太守陈公**：凤翔府知府陈希亮，字公弼，眉州青神县（今属四川）人，宋仁宗天圣年间进士。 **杖屦**：穿着鞋、拄着杖。 **逍遥于其下**：信步行走在山下。

2 **累(léi)累如人之旅行于墙外而见其髻(jì)也**：比喻凸出林木之上的山峦，如同人行走在墙外而只看到他的发髻。旅行，成群结队地行走。累累，多而重叠貌，连贯成串的样子。髻，挽束在头顶上的头发。

3 **从事**：宋代以前的官名，这里指下属。苏轼当时担任凤翔府签书判官，是陈希亮的下属。

原文

轼复于公曰："物之废兴成毁，不可得而知也。昔者荒草野田，霜露之所蒙翳[1]，

译文

苏轼回复太守说："万物的兴盛衰败，难以预料而不可知。过去这里是荒草野地，风霜雨露任意吹打，狐狸毒蛇

狐虺[2]之所窜伏，方是时，岂知有凌虚台耶？废兴成毁相寻[3]于无穷，则台之复为荒草野田，皆不可知也。尝试与公登台而望，其东则秦穆之祈年、橐泉[4]也，其南则汉武之长杨、五柞[5]，而其北则隋之仁寿[6]、唐之九成[7]也。计其一时之盛，宏杰诡丽，坚固而不可动者，岂特百倍于台而已哉？然而数世之后，欲求其仿佛，而破瓦颓垣无复存者，既已化为禾黍荆棘丘墟陇亩矣，而况于此台欤？夫台犹不足恃以长久，而况于人事之得丧，忽往而忽来者欤？而或者欲以夸世而自足，则过矣。盖世有足恃者，而不在乎台之存亡也。[8]"既已言于公，退而为之记。

任由出没，那个时候，谁知道这里会矗立起凌虚台？兴盛衰败又交替无穷，那么高台今后或许会重新变成荒郊野地，这都是不能预料的。我敬请跟随太守登台眺望，看到东边是秦穆公当年的祈年、橐泉宫殿的遗址，南边是汉武帝当年的长杨、五柞宫殿的旧迹，北边则是隋朝的仁寿宫和唐朝的九成宫。回想它们当时的盛况，都是宏伟壮观、奇巧精美，而且坚不可摧的高大建筑，哪里只是比此台强上百倍？然而几百年之后，再想看看它们的遗迹，就连破瓦断墙也一无所存，早已变成种谷物的农田和长满荆棘的荒山，更何况是这座台呢？一座高台尚且不能够长久，更何况人世间事情的得失本就来去匆匆，岂不更难持久？如果想要以此台炫耀于世而感到自足，那就错了。世上确实有足以流传的，但与台的存在与否没有关系。"我对太守讲完这番话，回府就写下这篇记。

注释

1 **蒙翳**(yì)：掩盖，遮蔽。

2 **狐虺**(huī)：狐狸和毒蛇。虺，蝮蛇一类的毒蛇。

3 **相寻**：互相循环，周而复始。寻，通"循"。

4 **秦穆之祈年、橐**(tuó)**泉**：春秋时期秦穆公修建的祈年宫和橐泉宫。据《汉书·地理志》颜师古注，祈年宫为秦惠公所建，橐泉宫则为秦孝公所建，与苏轼此文所说不同。

5 **汉武之长杨、五柞**(zuò):长杨宫,故址在今陕西周至县东南,本是秦朝旧宫,汉武帝时重修,因宫院之中有垂杨数亩,故名。五柞宫,故址也在周至县东南。汉朝的离宫,宫院内有五柞树,故名。

6 **隋之仁寿**:仁寿宫,隋文帝开皇十三年(593)建的宫殿,故址在今陕西麟游县。

7 **唐之九成**:九成宫,本隋代之仁寿宫,唐太宗贞观五年(631)时重修,为避暑之所,因山有九重,又改名为九成宫。

8 **"盖世有足恃者"二句**:是说"台"和"足恃者"之间不存在任何关系。

超然台记

导读

这是一篇记文。苏轼因反对王安石变法为新党所不容,于熙宁七年(1074)从杭州移知密州(今山东诸城),并于次年在北城修葺旧台,弟弟苏辙为其命名为"超然"。此篇记文围绕超然台展开描写,说明超然物外就能无往不乐,反之则烦恼多生,作者随遇而安而有治园修台、登览游玩之乐,表现出超然物外的洒脱乐观态度。同时,记文又隐含作者失意落寞的心情,对于变法未能给百姓带来实惠,反而使其陷入更重的贫困深感忧虑,所以全篇由乐而悲,又由乐而忧,深刻反映出苏轼内心的复杂情怀。

首段由"凡物皆有可观"入手,指出外物使人快乐在于欲望的满足,但由于世间万物美丑善恶的差异,导致人们择取的要求多有不同,所以很难做到"皆有可乐",苏轼于是提出"游于物外"的态度。次段转写"游于物内"而不超然的悲哀,盲目乱撞招来灾祸,从而与前段一正一反,对照论证超然物外无往而不乐的道理。接着步入正题，记叙移知山东密州之后安于生活、游而得乐的情景，具体从移守胶西、生活初安、修台游乐几个场景，再现于平常生活间乐之无穷的人生态度。最后点题“超然”二字，具有画龙点睛之妙，指出“游于物之内，而不游于物之外”，形成鲜明对照，展现出两种不同的思想境界，令人于游记之外而能思索回味，无穷不已。

原文

凡物皆有可观。苟有可观，皆有可乐，非必怪奇玮丽者也。铺糟啜漓[1]皆可以醉，果蔬草木皆可以饱。推此类也，吾安往而不乐？夫所为求福而辞祸者，以福可喜而祸可悲也。人之所欲无穷，而物之可以足吾欲者有尽。美恶之辨战乎中[2]，而去取之择交乎前[3]，则可乐者常少，而可悲者常多。是谓求祸而辞福。夫求祸而辞福，岂人之情也哉？物有以盖之矣。彼游于物之内，而不游于物之外。物非有大小也，自其内而观之，未有不高且大者也。彼挟其高大以临我，则我常眩乱反覆，如隙中之观斗，又乌知胜负之所在。是以美恶横

译文

世间万物都有可观之处。只要有可欣赏的地方，就能够为人带来快乐，不一定非是怪异、新奇、雄伟、华丽的景观。粗淡的酒水也可以醉人，瓜果蔬菜也可以充饥。以此类推，我到什么地方会不快乐呢？人们之所以要祈求幸福，免除灾祸，是因为幸福让人欢喜，而灾祸使人悲伤。人的欲望无穷无尽，而满足欲望的东西却很有限。如果美好和丑恶的区别在心里盘算，获取和放弃的选择在眼前交织，那么能让人快乐的事情就常常很少，而令人悲伤的事情却常常很多。这就叫作求祸避福。祈求灾祸而躲避幸福，难道会是人们的心愿？这是为外物所蒙蔽了啊。人们局限在事物之中，而不能自由驰骋于万物之外。万物本来没有大小之别，如果拘泥于从内部来看待，那么没有一件不是高大的。这些高大美妙的东西引诱人们，因此大家就会眼花缭乱而反复不定，就像在缝隙里看人争斗，怎能知道谁胜谁负呢？因此，心中充满美好和丑恶的区别，忧愁

生，而忧乐出焉。可不大哀乎？

也就由此而产生。这难道不令人感到深深的悲哀吗？

注释

1 **铺（bū）糟啜漓（lí）**：吃酿酒过滤之后所剩下的酒糟、酒饼和残酒。铺，吃。漓，同“醨”，残酒。

2 **战乎中**：在内心比高下。

3 **交乎前**：交织在面前。

原文

余自钱塘移守胶西[1]，释舟楫之安[2]，而服车马之劳[3]，去雕墙[4]之美，而庇采椽[5]之居，背湖山之观[6]，而行桑麻之野[7]。始至之日，岁比不登，盗贼满野，狱讼充斥，而斋厨索然[8]，日食杞菊[9]。人固疑余之不乐也。处之期年，而貌加丰，发之白者，日以反黑。

译文

我从杭州通判改任密州知州，放弃了水乡乘船的安适快乐，而忍受车马颠簸的辛劳，离开雕饰精美的华屋，而栖身于简陋粗糙的居室，远离杭州湖光山色的美景，而行走在长满桑麻的荒野。刚到密州的时候，连年收成不好，盗贼到处都有，诉讼案件繁多。厨房里也空荡无物，每天只能以枸杞和菊花之类的野菜充饥。人们一定都怀疑我会不快乐。可我在这里过了一年左右，容貌丰盈，花白的头发也一天天地变黑。

注释

1 **钱塘**：旧郡名，宋代时为杭州。此前苏轼曾担任杭州通判。 **移守胶西**：调任密州知州。胶西，旧郡名，宋代时为密州，治所在今山东诸城。

2 **释舟楫之安**：放弃出门乘船的安适生活。杭州之地水系发达，生活物产丰富，无忧无虑。

3 **服车马之劳**：承受乘车跨马的劳苦。密州之地在北方，出门需要乘车跨马，令人感到疲倦。

4 **雕墙**：雕绘精美的墙壁，这里代指华美的建筑。

5 **采椽**（chuán）：栎木或柞木的屋椽。见《韩非子·五蠹》："尧之王天下也，茅茨不剪，采椽不斫。"这里代指简陋的居所。与前句形成鲜明对比。

6 **背湖山之观**：指不观赏湖山胜景。背，背离。

7 **桑麻之野**：采桑种麻的黄土地。这句指密州风景之陋，与前句杭州优美之境形成鲜明对比。

8 **斋厨**：餐厅和厨房。这里指吃饭。 **索然**：稀少的样子。

9 **日食杞菊**：每天只能吃些野菜。杞，枸杞。菊，野菊花。此处以二者代指野菜。

原文

余既乐其风俗之淳，而其吏民亦安予之拙[1]也。于是治其园圃，洁其庭宇，伐安丘、高密之木以修补破败[2]，为苟完之计。而园之北，因城以为台者旧矣，稍葺而新之。时相与登览，放意肆志焉。南望马耳、常山[3]，出没隐见，若近若远，庶几有隐君子乎？而其东则卢山[4]，秦人卢敖之所从遁也[5]。西望穆陵[6]，隐然如城郭，师尚父、齐桓公之遗烈[7]，犹有存者。

译文

我喜欢这里风俗的淳朴，当地的官吏百姓也习惯了我的愚钝无能。于是，在这里修整园圃，打扫庭院，砍伐安丘、高密的树木，用来修补破败的房屋，以便勉强度日。而园圃的北边，沿着城墙建筑的高台也已破旧，因此稍加修葺，让它焕然一新。我经常邀宾客登台游览，在此尽情游玩。从台上南望，马耳、常山隐约可见，那里或许会有隐居的高士吧？台的东面是卢山，是秦人卢敖隐遁的地方。向西眺望是穆陵关，隐约迷茫如同一座城堡，姜太公、齐桓公的丰功伟业还有存留。

注释

1 **拙**：拙朴无为。这里指无为而治。

2 **安丘**:县名,在密州西北。 **高密**:县名,也在密州西北。二者如今仍然沿其旧名。

3 **马耳**:山名,在今山东诸城南五里。 **常山**:在诸城南二十里。

4 **卢山**:在今山东诸城东南三十里,因卢敖而得名。

5 **卢敖**:战国时燕国人。秦灭燕后召卢敖入朝为博士,想让他为秦始皇求仙。卢敖没有应诏,而是隐居于山。 **所从遁**:所隐之处。

6 **穆陵**:古关名,故址在今山东临朐东南的大岘山上。

7 **师尚父**:即吕尚。他曾辅佐周武王有功,被尊为尚父,封于齐,为齐国之祖。 **齐桓公**:春秋时齐国国君。他在管仲的辅佐下,数十年间成为东方霸主,为春秋五霸之一。 **遗烈**:为人传颂的丰功伟业。

原文

北俯潍水[1],慨然太息,思淮阴[2]之功,而吊其不终[3]。台高而安,深而明,夏凉而冬温。雨雪之朝,风月之夕,余未尝不在,客未尝不从。撷园蔬,取池鱼,酿秫酒[4],瀹脱粟[5]而食之,曰:乐哉游乎!

译文

向北俯瞰潍水,不禁感慨叹息,回想淮阴侯韩信的赫赫战功,凭吊他没有善终的人生结局。此台高大安稳,深广明亮,夏凉冬暖。雨落雪飞的早晨,风清月明的夜晚,我没有不前往登临的,朋友也从来没有不跟从而去的。我们采摘园中的蔬菜,捞取池中的游鱼,酿造高粱美酒,煮熟粗米饭吃,大家一边吃一边赞叹:这样游玩真快乐啊!

注释

1 **潍水**:源于山东诸城东南的石门镇,北经诸城、潍县、昌邑流入莱州湾。

2 **淮阴**:指汉初淮阴侯韩信。韩信初事项羽不得志,后归刘邦,连破赵、魏,收复齐地。楚将龙且率二十万大军救齐,韩信与之夹潍水列阵,大破龙且军。

3 **吊其不终**:凭吊这位盖世英雄未得善终。韩信由楚王降淮阴侯后,被吕后以谋反罪处死。

4 **秫(shú)酒**:粗粮酿制的酒。

5 **瀹(yuè)脱粟**:煮糙米。瀹,煮。

原文

方是时,余弟子由适在济南[1],闻而赋之[2],且名其台曰超然。以见余之无所往而不乐者,盖游于物之外[3]也。

译文

此时,我的弟弟苏辙刚好在济南做官,听说这件事之后为此台写了一篇赋,并且把此台命名为"超然",以说明我无论到哪儿都快乐的原因,或许是因为我的内心能超然物外吧。

注释

1 **子由**:苏轼弟苏辙的字。此时苏辙在齐州任掌书记。济南:宋代为齐州,在今山东济南。

2 **赋之**:为超然台写赋一篇。苏辙所作的《超然台赋》收录入《栾城集》。

3 **游于物之外**:置身于凡俗之外。取"超然物外"而名其台、言其志。

放鹤亭记

导读

这篇记文作于元丰元年(1078)十一月八日,当时苏轼知任江苏徐州。有隐者张师厚隐居于徐州云龙山,并自号为云龙山人,后来迁到东山之麓并修建一座亭子,驯养了两只白鹤,任其自由飞翔于天地之间,所以将亭子命名为"放鹤亭"。苏轼该记文从白鹤说起,指出任何美好的东西都要正确看待，君王如卫懿公好鹤而亡国，隐士如张师厚好鹤而怡情，从而说明树立正确的人生态度何其重要。同时借鹤来说君王也不一定知道隐居之乐，又从侧面反映出苏轼此际仕途受挫后的消极情绪，表现出一定的出世思想。

记文开始用直叙笔法简练交代迁居和建亭的缘由，以及亭子周围一年四季优美的景色，从而引出亭的修建实为画龙点睛之笔。接着写山人养鹤自娱自乐的场景，明写鹤飞之自由，暗喻隐士之自适，同时也点明以鹤名亭的原因。然后以主客问答的形式说明养鹤与饮酒本是两大人生乐事，如果态度不正确的话就会乐极生悲，引起众人对此问题的深刻思考。最后用放鹤、招鹤之歌，对隐士之乐加以咏叹，从而表达出羡慕隐居的情怀。

原文

熙宁十年秋，彭城大水[1]，云龙山人张君天骥之草堂，水及其半扉。明年春，水落，迁于故居之东，东山之麓。升高而望，得异境焉，作亭于其上。彭城之山，冈岭四合，隐然如大环，独缺其西十二[2]，而山人之亭适当其缺。春夏之交，草木际天。秋冬雪月，千里一色。风雨晦明之间，俯仰百变。山人有二鹤，甚驯而善飞。旦则望西山之缺而放焉，纵其所如，或立于陂田，或翔于云表，暮则傃[3]东山而归。故名之曰放鹤亭。

译文

熙宁十年的秋天，徐州城发大水，云龙山人张天骥的草堂，也被水淹到门的一半。第二年春天，大水落下去后，他就搬迁到故居的东面，东山的脚下。登高远望，发现一处奇异的地方，于是他便在山上修建了一座亭子。徐州城周围的山，连绵起伏四面合拢，隐隐约约就像一个大环，唯独在西面有个缺口，而张山人的亭子恰好就在那个缺口。春夏交替的时节，花草树木茂盛，几乎上接青天。秋季的明月和冬天的白雪，上下相映，千里一色。风雨明暗之间，景色百般变化。张山人养有两只白鹤，温驯且善于飞翔。早晨在西山缺口的亭子放飞它们，任其随心所欲地飞翔，有时立在田边，有时飞在云间，黄昏时就朝着东山飞回。所以为此亭取名为“放鹤亭”。

注释

1 **彭城大水**：宋神宗熙宁十年(1077)，澶州(今属河南)黄河决口引发洪水并影响到徐州，当时苏轼正好担任徐州知州，率领徐州军民奋力抗洪，使城池免于淹没，苏轼也因此受到朝廷表彰。

2 **独缺其西十二**：唯独缺少西面一部分。其西十二，一说是借用了道教典故，道教称洪州(今江西南昌)西山十二峰为神仙会聚之处；一说是山的西面缺少了十分之二。

3 **傃**(sù)：沿着。

原文

郡守苏轼，时从宾客僚吏往见山人，饮酒于斯亭而乐之，揖山人而告之曰："子知隐居之乐乎？虽南面之君，未可与易也。《易》曰：'鸣鹤在阴，其子和之。'[1]《诗》曰：'鹤鸣于九皋，声闻于天。'[2]盖其为物，清远闲放，超然于尘垢之外，故《易》《诗》人以比贤人君子隐德之士。狎而玩之，宜若有益而无损者，然卫懿公好鹤则亡其国[3]。

译文

徐州城的郡守苏轼，有时带领宾客随从前往拜见山人，在亭中饮酒作乐，向山人作揖并对他说："您知道隐居的乐趣吗？即使是南面称尊的国君，隐士们也不会跟他交换位置。《周易》说：'白鹤在池沼北边鸣叫，小鹤们也会与之和鸣。'《诗经》说：'白鹤在深泽里鸣叫，声音能传到天空。'大概因为鹤清远悠闲，能超然于尘世之外，因此《周易》《诗经》都用来比喻贤人君子和道德高尚的隐士。亲近宠爱它们，本应该有益无害，然而卫懿公喜欢养鹤却导致亡国。

注释

1 **鸣鹤在阴，其子和之**：出自《周易·中孚》，意思是说白鹤在阴湿之地长鸣，它的子女会以鸣声相和。

2 **鹤鸣于九皋，声闻于天**：出自《诗经·小雅·鹤鸣》，意思是说白鹤在湖泽长鸣，其声高入云天。九皋，曲折深远的沼泽。

3 **卫懿公好鹤则亡其国**：根据《左传·闵公二年》记载，卫国国君卫懿公非常喜欢养鹤，甚至鹤出行都要乘坐车马。等到北方的狄人讨伐卫国，卫国百姓都不愿意出战，而是对卫懿公说："你让你的白鹤去为你打仗吧！它们都有爵位利禄，我们哪会打仗啊！"卫国最终被狄人所灭。

原文

周公作《酒诰》[1]，卫武公作《抑戒》[2]，以为荒惑败乱无若酒者，而刘伶、阮籍之徒以此全其真而名后世[3]。嗟夫，南面之君，虽清远闲放如鹤者犹不得好，好之则亡其国，而山林遁世之士，虽荒惑败乱如酒者犹不能为害，而况于鹤乎？由此观之，其为乐未可以同日而语也。"山人听然[4]而笑曰："有是哉。"乃作放鹤、招鹤之歌曰：

鹤飞去兮，西山之缺。高翔而下览兮，择所适。翻然敛翼，婉将集兮，忽何所见，矫然而复击。独终日于涧谷之间兮，啄苍苔而履白石。鹤归来兮，东山之阴。其下有人兮，黄冠草履葛衣而鼓琴。躬耕而食兮，其余以汝饱。归来归来兮，西山不可以久留。

译文

周公作《酒诰》，卫武公作《抑戒》，认为使人迷失心性没有能比得上酒的，然而刘伶、阮籍之辈却以此保全真性情并留名于世。唉！南面称尊的国君，就连像鹤这样清远悠闲的动物都不能喜好，过分喜好就要导致亡国，而避世山林的隐士，就连像酒这样迷乱心性的东西也不会给他们带来危害，更何况是鹤了。由此看来，国君和隐士的乐趣就不可同日而语了。"张山人笑着说："真是这样的道理啊！"于是写了一篇放鹤、招鹤之歌：

白鹤飞去啊，从西山的缺口。凌空高飞向下望啊，选择自己适合的地方。突然收起翅膀，优美地翻转身姿，忽然有所发现，奋翅重新飞向天空。独自终日徘徊在涧谷之间啊，啄食青苔，脚踏白石。白鹤归来吧，回到东山之北。山下有人头戴黄色的帽子，脚穿草鞋，身披葛衣，弹奏琴弦。他亲自耕种而食啊，剩余的食物足以喂饱你。

元丰元年十一月初八日记。

归来吧归来吧,西山不可以久留。

元丰元年十一月初八日记。

注释

1 **周公作《酒诰》**:根据《史记·周本纪》记载,周成王年少时周国才初定天下,周公担心诸侯叛周,于是摄政辅宰国家政事。又作《酒诰》《梓材》等篇,告诫周成王不要荒于饮宴。

2 **卫武公作《抑戒》**:指《诗经·大雅·抑》的篇章,诗序说明该诗是武公讽刺周厉王,同时用来自警的。

3 **刘伶、阮籍**:晋代名士,与嵇康、山涛、向秀、王戎、阮咸并称为"竹林七贤"。 **全其真**:保全他们的真性。

4 **听(yín)然**:张开口笑的样子。

石钟山记

导读

这篇记文是苏轼于宋神宗元丰七年(1084)游石钟山后所写。石钟山现在江西省湖口县鄱阳湖畔,有南、北二山,在县城南边的叫上钟山,在县城北边的叫下钟山。明清时期有人认为苏轼关于石钟山得名由来的说法也有问题,正确的说法应该是:"盖全山皆空,如钟覆地,故得钟名。"现在经过科学地考察后,认为石钟山之所以得名,是因为它既具有钟之"声",又具有钟之"形"。

该记通过记叙对石钟山得名由来的探究,说明认识事物的真相必须

"目见耳闻",切忌主观臆断的道理。首段苏轼提出石钟山得名由来的两种说法:一是郦道元所提出的观点,并以钟磬不能鸣于水中来质疑其"水石相搏"之说;一是唐人李渤"访其遗踪"之后的说法,并以处处有石皆能扣而发声表示质疑,为次段"固笑而不信"和夜游石钟山作出铺垫。苏轼不仅点明探访石钟山的时间、同行者和缘由,而且详细描述夜游绝壁的情景,有远有近,有高有低,有动有静,有形有声,十分逼真,使人有身临其境之感。末段抒发经过亲自实践找到命名由来的感想,分析世人未能准确探析的原因,并最终点明自己撰写此文的目的,凡事都要经过自己的实地考察,细致发现和深入分析,才能避免主观臆断的可能性,并形成正确的认识。记文将游览与议论结合,抒情与明理交融,既享受探游秘境的玩赏之乐,又体味人生思索的教育意义。

原文

《水经》[1]云:彭蠡[2]之口,有石钟山焉。郦元[3]以为下临深潭,微风鼓浪,水石相搏,声如洪钟。是说也,人常疑之。今以钟磬[4]置水中,虽大风浪,不能鸣也,而况石乎!至唐李渤[5]始访其遗踪,得双石于潭上,扣而聆之,南声函胡,北音清越,枹止响腾,余韵徐歇,自以为得之矣。然是说也,余尤疑之。石之铿然有声者,所在皆是也,而此独以钟名,何哉?

译文

《水经》说:鄱阳湖的湖口,矗立着一座石钟山。郦道元认为石钟山下临深潭,微风鼓起波浪,水石互相撞击,发出的声音犹如洪钟。这个说法,人们常常怀疑它。如果把钟磬放在水中,就是再大的风浪,也不能使它发出声响,何况是石头呢!直到唐朝的李渤才开始探寻它的遗迹,在深潭边找到两块山石,叩击后聆听它们的声音,其中南面那块山石的声音重浊而模糊,北面那块山石的声音清脆而响亮,鼓槌停止敲击后声音还在腾响,余音袅袅并渐渐消失,他自以为找到了其中的奥妙。然而对这种说法,我更加怀疑。敲击石头发出铿锵声的,到处都有,可是唯独这座山用钟来命名,这是什么原因呢?

注释

1 **《水经》**:汉代桑钦著,后经人陆续增补,三国时最后成书。是一部专门记录天下河流水道的专著。

2 **彭蠡**:湖泊名,即江西境内的鄱阳湖。

3 **郦元**:即郦道元,北魏范阳涿鹿(今河北涿鹿)人。他曾作《水经注》,是研究中国古代河流水道的重要著作。

4 **钟磬**:古代两种打击乐器的名字,钟由金属铸成,磬由玉或石制成。

5 **李渤**:唐代洛阳人,曾担任过江州刺史。

原文

元丰七年六月丁丑,余自齐安舟行适临汝[1],而长子迈将赴饶之德兴尉[2],送之至湖口[3],因得观所谓石钟者。寺僧使小童持斧,于乱石间择其一二扣之,硿硿[4]焉,余固笑而不信也。至暮夜月明,独与迈乘小舟至绝壁下,大石侧立千仞,如猛兽奇鬼,森然欲搏人。而山上栖鹘,闻人声亦惊起,磔磔[5]云霄间。又有若老人咳且笑于山谷中者,或曰:此鹳鹤也。余方心动欲还,而大声发于水上,噌吰[6]如钟鼓不绝,舟人大恐。徐而察之,则山下皆石穴罅[7],不知其浅深,微波入焉,涵澹澎湃而为此也。

译文

元丰七年六月初九,我从黄州乘船到汝州去,恰好长子苏迈也要到饶州德兴县去任县尉,我把他送到湖口,因而得以观察所谓的石钟山。寺中的僧人让小童拿着斧头,在乱石之间选一两块敲击,硿硿地发出响声,我笑了笑仍然不相信。到了夜里月光明亮,我单独和苏迈乘着小船来到绝壁之下,巨大的石壁高高侧立,形状就像猛兽恶鬼,阴森森地像要与人搏斗。而山上栖息的鹘鸟,听到人声也受惊飞起,在云间发出磔磔的鸣叫。又有像老人在山谷中边咳边笑的声音,有人说这是鹳鹤。我正心里有些惊惧想要返回,忽然巨大的声音从水面传来,像钟鼓敲击之声接连不断,船夫非常害怕。我慢慢地观察,原来山下布满了石洞,无法知道它们的深浅,水波涌进洞中,汹涌澎湃便形成这种声音。

注释

1 **齐安**:旧郡名,宋代名黄州。 **舟行适临汝**:坐船去临汝。临汝,即汝州,现在河南临汝。苏轼此时奉命自黄州团练副使量移汝州安置。

2 **迈**:苏迈,字伯达,苏轼的长子。此时被授德兴县尉之职。 **饶**:饶州,在今江西鄱阳。 **德兴**:在今江西德兴。 **尉**:县尉,掌管一县弓箭手、兵士巡警、抓捕盗贼等事。

3 **湖口**:宋县名,属江州,在今江西湖口,因为鄱阳湖入江之口而得名。

4 **硿(kōng)硿**:石块被击打而发出的闷响声。

5 **磔(zhé)磔**:鸟鸣叫的“嘎嘎”声。

6 **噌吰(chēnghóng)**:钟鼓的声音

7 **穴罅(xià)**:洞穴。

原文

舟回至两山间,将入港口,有大石当中流,可坐百人,空中而多窍,与风水相吞吐,有窾坎镗鞳之声[1],与向之噌吰者相应,如乐作焉。

因笑谓迈曰:“汝识之乎?噌吰者,周景王之无射也[2]。窾坎镗鞳者,魏庄子之歌钟也[3]。古之人不余欺也。事不目见耳闻,而臆断其有无,可乎?”郦元之所见闻,殆与余同,而言之不详。士大夫终不肯以小舟夜泊

译文

船绕回到两山之间,快要进入港口时,有块巨大的岩石挡在水流正中间,上面可以容纳一百多人,石头中间是空心的,表面有很多孔,与风浪相吞吐,发出时而沉闷时而响亮的声音,与刚才类似洪钟的响声相呼应,真像是在演奏乐曲。

于是我笑着对苏迈说:“你知道吗,这沉郁的声音,就像是周景王的无射钟发出的。这洪亮的声音,就像是晋大夫魏绛的编钟所发出的。古人没有欺骗我们啊。凡事不亲眼见到亲耳听到,只凭臆想去判断它的有无,这怎么可以呢?”郦道元的所见所闻,与我相差无几,只是描述得不太详尽。士大夫一直不肯乘小船停泊在绝壁之下,因此不能了解真实情况。而那

绝壁下，故莫能知。而渔工水师，虽知而不能言。此世所以不传也。而陋者乃以斧斤考击而求之，自以为得其实。余是以记之，盖叹郦元之简，而笑李渤之陋也。	些渔夫水手，虽然了解实际情况却又说不出来。这就是世上没有流传下来石钟山得名由来的原因。而那些浅陋的人却用斧子敲击的方法来寻找答案，还自以为得到了事情的真相。所以我记下以上的经过，对郦道元记载的简略表示遗憾，同时对李渤的浅陋深感可笑。

注释

1 **窾坎镗鞳**(kuǎnkǎntāngtà)：打击钟鼓等物所发出的声音。

2 **周景王**:周灵王的儿子，公元前544年至前520年在位。 **无射**(yì)：周景王二十四年(前521)所铸的钟名。

3 **魏庄子**:春秋时晋国大夫魏绛，谥庄子。 **歌钟**:演奏用的编钟。根据《左传·襄公十一年》记载，晋侯把郑国送来的歌钟等赏赐给魏绛。

钱塘六井记

导读

本文作于宋神宗熙宁六年(1073)三月，苏轼此时担任杭州通判。唐宋时期杭州城因为靠近海边盐碱地带，百姓生活用水困难。唐代天宝末年，杭州刺史李泌曾率众开凿六井，引入西湖水供给民用。后来白居易等官任杭州时也都曾进行整修，等到苏轼担任杭州通判时六井已经年久失修，知州陈襄得知民情，组织人力财力进行整治，苏轼于是写下该文记叙此事。

记文开始概述六井的缘起及其沿革的情况，然后重点记叙知州陈襄如何体察民情、修缮六井的过程，最后以六井修复后保全杭州城百姓在大旱之年安然无恙的事实，总结出居安思危的理政观念和人生道理。文章用笔干净简洁，文思清晰生动，寓理于中，贴切自然。

原文

潮水避钱塘而东击西陵[1]，所从来远矣。沮洳斥卤[2]，化为桑麻之区，而久乃为城邑聚落，凡今州之平陆，皆江之故地。其水苦恶，惟负山凿井，乃得甘泉，而所及不广。唐宰相李公长源始作六井[3]，引西湖水以足民用。其后刺史白公乐天治湖浚井[4]，刻石湖上，至于今赖之。

译文

钱塘江的潮水离开钱塘向东冲向西陵，很早以前就是这样。使低洼潮湿的盐碱之地，变成长满桑麻的良田，时间长了又聚居为城邑，如今杭州城区的陆地，都是以前钱塘江潮冲刷的地方。这里的水又苦又涩，只有在山间凿井，才能得到甘甜的井水，但能供给的范围不广。到唐朝宰相李长源时才开始打凿了六眼井，引西湖的水来满足百姓饮用。之后杭州刺史白居易又治理西湖、疏通六井，并在西湖边刻碑题字，至今人们还主要依赖六井生活。

注释

1 **潮水避钱塘而东击西陵**：根据《读史方舆纪要》卷九十记载，三国时期吴国功曹华信看到江潮为患，建议修筑塘坝进行防御。唐代咸通二年(861)，潮水再次冲击堤塘，杭州刺史崔彦曾便开掘外沙、中沙、里沙三沙河进行泄水，名曰沙河塘。

2 **沮洳**(jùrù)：低湿之地。 **斥卤**：盐碱之地。吴曾《能改斋漫录·辨误三》说："咸薄之地，名为斥卤。"

3 **唐宰相李公长源始作六井**：唐代宰相李泌担任杭州刺史时率众开凿六眼井。《咸淳临安志》卷三十三说："自相国井而下六井，始唐刺史李邺侯以郡城水泉恶，引湖水以便民汲。"

4 **刺史白公乐天治湖浚井**:唐代白居易担任杭州刺史时曾边治理西湖,边疏通六井。

原文

始长源六井,其最大者,在清湖中,为相国井[1],其西为西井[2],少西而北为金牛池[3],又北而西附城为方井[4],为白龟池[5],又北而东至钱塘县治之南为小方井[6]。而金牛之废久矣。嘉祐中,太守沈公文通[7]又于六井之南,绝河而东至美俗坊为南井[8]。出涌金门,并湖而北,有水闸三,注以石沟贯城而东者,南井、相国、方井之所从出也。若西井,则相国之派别者也。而白龟池、小方井,皆为匿沟湖底,无所用闸。此六井之大略也。

译文

当初李长源开凿的六井,最大的一眼在清湖中,叫作相国井,相国井的西边是西井,再稍微往西偏北的是金牛池,又向北折到城西边的是方井和白龟池,再向北偏东到钱塘县治南面的是小方井。不过金牛池已经废弃很久了。嘉祐年间,杭州太守沈文通公又在六井的南面,依河向东到美俗坊的地方开凿了南井。走出涌金门,沿湖向北去,有三道水闸,这是井水流入石渠穿城向东的地方,南井、相国井、方井都从这里流出。至于西井,则是相国井的支流。而白龟池和小方井都是暗渠流入湖底,无需使用水闸。这就是杭州六井的大概情况。

注释

1 **相国井**:根据《咸淳临安志》记载,相国井在甘泉坊旁侧。

2 **西井**:又叫化成井。根据《咸淳临安志》记载,这眼井在罗汉寺前,水口在李相国祠前。

3 **少西而北为金牛池**:稍微往西,北面就是金牛池。根据《咸淳临安志》记载,金牛井后来堙废,无法利用。

4 **又北而西附城为方井**:再往北朝西拐挨着城墙的地方叫方井。根据《咸淳临安志》记载,方井,俗呼为四眼井。

5 **白龟池**：根据《咸淳临安志》记载，这里的水不饮用，只能防备万一缺水时救急用。

6 **又北而东至钱塘县治之南为小方井**：根据《咸淳临安志》记载，小方井，俗呼为六眼井，在钱塘门内，水口在菩提寺前方。

7 **太守沈公文通**：指仁宗嘉祐年间杭州知州沈遘。根据《乾道临安志》记载，沈遘于嘉祐七年（1062）八月担任杭州知州。

8 **南井**：又叫沈公井、惠迁井，是杭州人为纪念沈遘而取的俗称。

原文

熙宁五年秋，太守陈公述古[1]始至，问民之所病。皆曰："六井不治，民不给于水。南井沟庳[2]而井高，水行地中，率常不应。"公曰："嘻，甚矣，吾在此，可使民求水而不得乎！"乃命僧仲文、子珪办其事。仲文、子珪又引其徒如正、思坦以自助，凡出力以佐官者二十余人。于是发沟易甃，完缉罅漏[3]，而相国之水大至，坎满溢流，南注于河，千艘更载，瞬息百斛。

译文

熙宁五年的秋天，太守陈述古公到任杭州，询问老百姓生活上的困难。百姓们都说："六井不治理好，百姓就没水喝。南井的沟低井高，水都流淌在地下，人们饮水常常供应不过来。"陈公说："嗯，这是个严重的问题，有我在这儿，还能让百姓没有水吃！"于是命令僧人仲文、子珪办理此事。二人又让他们的徒弟如正、思坦作为助手，为官府出力的共有二十多人。于是清理沟渠，修整井壁，填补漏洞，这样相国井的水滔滔而来，溢出井坎向南流入河中，千艘粮船竞相运载，转眼之间灌满百斛。

注释

1 **太守陈公述古**：杭州知州陈襄。《宋史》本传载，陈襄字述古，福州侯官人。因论《青苗法》之不便，为王安石所忌，遂擿其书诏小失，使出知陈州，后徙杭州。

2 **庳**(bì):作名词指两旁高中间低的房屋,作形容词指土地低洼。

3 **完缉罅**(xià)**漏**:把坏损之处都修补好。罅,空隙。

原文

以方井为近于浊恶而迁之少西,不能五步,而得其故基。父老惊曰:“此古方井也。民李甲迁之于此,六十年矣。”疏涌金池为上中下,使浣衣浴马不及于上池。而列二闸于门外,其一赴三池而决之河,其一纳之石槛,比竹为五管以出之,并河而东,绝三桥以入于石沟,注于南井。水之所从来高,则南井常厌水矣。凡为水闸四,皆垣墙扃鐍[1]以护之。

译文

由于方井接近污浊恶臭的地方,陈公把它稍稍向西迁移,没有超过五步远的地方,竟然发现了它原来的老地基。当地父老乡亲惊奇地说:“这就是以前的方井啊。李甲把它迁到这里,已经六十年了。”疏通涌金池改为上中下三个池子,使人们洗衣浴马不污染到上池。并且在上池的门外设置两道闸门,其中一道闸门控制三池的水流注入大河,另一道闸门把水拦在石槛之内,并排放置五根竹管引出池水,而后沿着河水向东,横跨三桥流入石渠,进而注入南井。由于水从高处流下,所以南井经常水满。陈述古又建了四道水闸,并砌了围墙上了锁来保护它们。

注释

1 **扃鐍**(jiōngjué):指门闩锁钥之类的东西。

原文

明年春,六井毕修,而岁适大旱,自江淮至浙右井皆竭,民至以罂缶贮水相饷如酒醴[1]。而钱塘之民肩足所任,舟楫所及,南

译文

第二年春天,六眼井全部整修完毕,正赶上大旱,从江淮到浙右一带的井都干涸了,人们甚至用瓦罐装水当作礼品互相赠送,就像送人美酒一样。而钱塘的百姓肩上扛的,船里载的,南自龙山,北到长

出龙山[2],北至长河盐官海上[3],皆以饮牛马,给沐浴。方是时,汲者皆诵佛以祝公。余以为水者,人之所甚急,而旱至于井竭,非岁之所常有也。以其不常有,而忽其所甚急,此天下之通患也,岂独水哉?故详其语以告后之人,使虽至于久远废坏而犹有考也。

河,直至盐官海上,都有丰足的水供牛马饮用,供人们洗澡。那时候,打水的人都诵念佛经以求菩萨保佑陈公。我认为水是百姓急需的东西,而由于天旱以致井水枯竭,并非年年都会发生。正因为不常发生,所以更容易忽视它的必不可少,这是天下的通病,难道只是水吗?所以我把这事详细记载下来告诉后人,以便这些井由于年代久远而废置损坏之后,人们还能够有所参考。

注释

1 **罂**(yīng) **缶**(fǒu):盛酒或水的瓦罐。罂,小口大腹的瓦罐。缶,汲水用的瓦器,据《墨子·备城门》说,可容三石以上的水。 **相饷如酒醴**:互相馈赠,宝贵得像美酒一样。

2 **龙山**:龙山河。根据《读史方舆纪要》卷九十记载,龙山河在杭州城南。宋代水上运输由此入城。

3 **长河**:即古运河。根据《读史方舆纪要》记载,运河在杭州城北十里。**盐官**:县名,在今浙江海宁西南。

记承天夜游

导读

这篇游记文写于元丰六年(1083年),此时苏轼被贬黄州已有四年。虽然这是篇只有八十四字的小文章,却是行云流水,层层推进,情绪汩汩而来,又挥之不去。短文如写日记,如叙家常,从入夜开始,解衣见月致欲睡难眠,欣然而起又失落无伴,遂又想起好友并前往寻访,没有绝佳风景的游赏描绘,也没有呼朋引伴的喧闹浮华,描写出承天寺里的一方世界,最后作者生发一丝感慨,抒发闲人之间的淡泊情谊与对知音甚少的无限唏嘘。张怀民被贬黄州时期与苏轼性气相投,并曾赠墨两枚给苏轼,苏轼也作有《书怀民所遗墨》文记之,还为其修建的江边小亭命名“快哉亭”,其弟苏辙也写有《黄州快哉亭记》文,至今犹为人所传诵。所以,全文虽然寥寥数十字,语言精练而不失韵致,无一字可增删,无一处无闲情,真是不至其境,难致其味啊。

原文

元丰六年[1]十月十二日,夜,解衣欲睡,月色入户,欣然起行。念无与为乐者,遂至承天寺,寻张怀民[2]。怀民亦未寝,相与步于中庭。庭下如积水空明[3],水中藻荇交横[4],盖竹

译文

元丰六年十月十二日,深夜,解开衣服准备睡觉,这时月光从窗户射进来,于是高兴地起身出门。想到没有可以游赏的同伴,就来到承天寺寻找张怀民。张怀民也还没有睡,我们就在庭院中信步徜徉。庭院里的月光宛如积水那样清澈透明,水藻和荇菜纵横交错,原来是竹丛

柏影也。何夜无月，何处无竹柏，但少闲人[5]如吾两人者耳。黄州团练副使苏某书。

和松柏树枝的倒影。哪个夜晚没有月光，哪个地方没有竹柏，只是缺少像我们两个这样的闲人罢了。黄州团练副使苏轼作。

注释

1 **元丰六年**：元丰，北宋神宗赵顼的年号。当时作者因“乌台诗案”被贬到黄州已经四年。

2 **张怀民**：名梦得，号怀民，清河（今河北清河）人。元丰中被贬官到黄州，寓居于承天寺。

3 **积水空明**：月亮映照积水，一片明亮，形容水的澄澈。这里形容月色宛如积水清澈明亮的样子。

4 **藻荇**(xìng)：水藻和荇菜。藻，水草的总称。荇，一种多年生水草，叶子像心脏形，面绿背紫，夏季开黄花。

5 **闲人**：这里是指不汲汲于名利而能从容流连光景的人。这时苏轼和张怀民都是被贬谪的官吏，有职无权，无事可做，十分清闲，所以自嘲为“闲人”。

自记庐山诗

导读

这篇游记短文据《东坡志林》记载又题作《记游庐山》，文字也多有差异。苏轼于元丰七年(1084)奉命调往河南汝州，四月从黄州出发，又从九江抵达兴国，去拜访在那任官的弟弟苏辙，在经过九江的时候苏轼游览了当地风景名胜庐山。本文主要记述在庐山游览十余日的所见所闻，以及即兴而作的几首诗，全文没有套用游记的格调，而是行文叙事简约明了，用几首绝句概括自己的感受，尤其是最后一首诗《题西林壁》富于哲理而广为流传，也可与该诗相互印证赏析。

原文

仆初入庐山，山谷奇秀，平生所未见，殆应接不暇，遂发意不欲作诗。已而见山中僧俗，皆云苏子瞻来矣，不觉作一绝云："芒鞋[1]青竹杖，自挂百钱游[2]。可怪深山里，人人识故侯[3]。"既而哂前言之谬[4]，复作两绝句云："青山若无素[5]，偃蹇[6]不相亲。要识庐山面，他年是故人[7]。"又云："自昔怀清赏，神游杳霭[8]间。如今不是梦，真个在庐山。"

译文

我刚进入庐山的时候，见高山深谷奇异秀丽，是我平生从未见过的，以至于两眼应接不暇，于是下决心不要作诗。不久看见山中僧人、百姓，都在传告说苏子瞻进山了，便不自觉地作了首绝句："芒鞋青竹杖，自挂百钱游。可怪深山里，人人识故侯。"刚写完便暗笑自己前面所说的荒谬，于是又写了两首绝句："青山若无素，偃蹇不相亲。要识庐山面，他年是故人。""自昔怀清赏，神游杳霭间。如今不是梦，真个在庐山。"

注释

1 **芒鞋**：古代用芒草绳编成的草鞋。

2 **自挂百钱游**：指手里拿的执杖上挂着一百钱出游。据《晋书·阮修传》记载，阮修经常步行出游，以百钱挂在杖头，遇到酒肆就进去独饮。

3 **故侯**：指秦末汉初时人召平，曾被封为东陵侯，秦亡后变成一介布衣，这里是作者以此自嘲。

4 **哂**(shěn)：讥笑。　**前言之谬**(miù)：前面所说的话有些错误。

5 **无素**：没有交情。

6 **偃蹇**(yǎnjiǎn):傲慢,盛气凌人。

7 **故人**:这里是老朋友的意思。

8 **杳霭**:幽深的云霭。

原文

是日有以陈令举《庐山记》见寄者[1],且行且读,见其中有云徐凝[2]、李白之诗[3],不觉失笑。开先寺主求诗,为作一绝云:“帝遣银河一派垂,古来惟有谪仙词[4]。飞流溅沫知多少,不与徐凝洗恶诗。”往来山南北十余日,以为胜绝不可胜谈,择其尤者,莫如漱玉亭、三峡桥,故作此二诗。最后与总老同游西林[5],又作一绝云:“横看成岭侧成峰,到处看山了不同。不识庐山真面目,只缘身在此山中。”仆庐山之诗,尽于此矣。

译文

当天有人将陈令举写的《庐山记》寄给我看,我边走边读,发现提到徐凝、李白所作的庐山诗,不觉哑然失笑。不一会儿来到开先寺,住持向我求诗,于是又写一首绝句:“帝遣银河一派垂,古来惟有谪仙词。飞流溅沫知多少,不与徐凝洗恶诗。”游览庐山南北的十多天,深感山景的美不胜收,若要从中挑选最好的,莫过于漱玉亭、三峡桥两处,所以又写了两首诗。最后和总老一道游览西林寺,再作绝句一首:“横看成岭侧成峰,到处看山了不同。不识庐山真面目,只缘身在此山中。”我此次游览庐山的诗,全部都在这里了。

注释

1 **陈令举**:陈舜俞,字令举,浙江湖州人,因为反对王安石变法而被罢黜,文中《庐山记》是他所写的游记。

2 **徐凝**:中唐时期的诗人,曾游走于京师而不得名,于是归隐后以诗酒而终。相传他曾与张祜比高低,就请当时文坛大家白居易来品评。白居易认为徐凝写的诗在张祜之上,张祜表示不服,徐凝就举出自己所作的庐山瀑布诗:“千古长如白练飞,一条界破青山色。”

3 **李白之诗**:指李白写的名篇《望庐山瀑布》诗:“日照香炉生紫烟,遥看瀑布挂前川。飞流直下三千尺,疑是银河落九天。”

4 **谪仙词**:指李白写的《望庐山瀑布》诗。谪仙,是李白的雅号。李白初入长安时,贺知章曾叹赏其为“天上谪仙人”。

5 **总老**:高僧常总,他当时任东林寺的住持。 **西林**:庐山寺名,东晋时与东林寺先后建成。

南行前集叙

导读

宋仁宗嘉祐四年(1059)十月,苏洵奉诏赶赴京师,苏轼、苏辙兄弟随行。父子三人自嘉州登舟沿江而下,一路上彼此唱和并写下一百多篇诗文,最后由苏轼汇编成《南行前集》,之所以称之为“前”是由于沿江水路仅是“南行”的前半段,由荆州至东京还有一大段陆路要走。苏轼抵达江陵驿站后就写下这篇叙文,又叫《江行唱和集叙》,根据此行三人的创作经历提出了较为重要的创作观点,比如诗文创作源自现实丰富生活的感动触发,优秀作品依赖于充满勃郁的内在情感,“杂然有触于中,而发于咏叹”等,批评了无病呻吟的写作态度。

苏轼的观点也得到其弟苏辙的认同,苏辙在《上枢密韩太尉书》里感叹赴京途中“恣观终南、嵩、华之高,北顾黄河之奔流”“而后知天下之巨丽”,并且领悟到孟子、太史公等圣贤能有瑰玮之文的道理:“此二子者,岂尝执笔学为如此之文哉?其气充乎其中,而溢乎其貌,动乎其言,而见乎其文,而不自知也。”可以说没有丰富的人生阅历和生活经验,胸中就无法郁积蓬勃之气,也就难以挥就气势磅礴之文。兄弟二人不约而同的观点,为诗歌创作的实践指明了方向。当然这样的观点前人也有阐述,如前辈欧阳修就曾强调于平常日用的事物中寻求文道,只是苏轼这里将这一重要的文学观点付诸“南行”的亲身经历,为日后兄弟二人的文学成就打下牢固的思想基础。

原文

夫昔之为文者,非能为之为工,乃不能不为之为工也。[1]山川之有云雾,草木之有华实[2],充满勃郁,而见于外[3],夫虽欲无有,其可得耶!自少闻家君之论文[4],以为古之圣人有所不能自已而作者。故轼与弟辙为文至多,而未尝敢有作文之意。

译文

以往那些善于写文章的人,不是为了文章的工巧而工巧,而是自然而然达到工巧。山川会有云腾雾绕,草木能够开花结果,内在充满勃发自然就能表现于外,即使不想让他得以显现也难以做到。从小聆听家父谈论文章写作,认为古代圣贤都是感触于内心,不吐不快而写诗作文。所以我和弟弟苏辙虽然写了不少文章,却从来不敢像圣贤那样作文。

注释

1 **非能为之为工**:并非能够写得工巧就算是工巧。之,指代文字工巧。**不能不为之为工**:自然而然达到工巧,与“为之为工”是文学创作技巧的两种境界。“为之为工”不是真工巧,它还受规矩的约束,时俗的限制。“不能不为之为工”才是工巧的最高境界,它已在规律中获得了自由,随心所欲而不逾矩。

2 **华实**:华,同“花”,花朵。实,果实。

3 **见于外**:显露在外。见,同“现”,表现。

4 **家君**:对别人称自己的父亲为家君。 **论文**:论述作文之道。苏洵曾写过《仲兄字文甫说》讨论文学创作,把水比作创作的源泉,把风比作创作的灵感,只有风水相激才能写出好的文章,苏轼的文学思想深受其父的影响。

原文

己亥之岁[1]，侍行适楚[2]，舟中无事，博弈饮酒，非所以为闺门之欢[3]，而山川之秀美，风俗之朴陋，贤人君子之遗迹，与凡耳目之所接者，杂然有触于中[4]，而发于咏叹。盖家君之作与弟辙之文皆在，凡一百篇，谓之《南行集》。将以识一时之事[5]，为他日之所寻绎[6]，且以为得于谈笑之间，而非勉强所为之文也。时十二月八日，江陵驿书[7]。

译文

嘉祐四年，我们兄弟二人陪伴父亲南行到古楚之地，船上清闲无事，无非下棋饮酒，没有在家时的欢快闲适，然而沿途山河秀丽，民风淳朴，古代贤哲名家的遗迹，凡是耳闻目见，触动心灵的，自然便会感慨，继而写成诗作。父亲的文章，我和弟弟苏辙的诗文都收集在一起，共有一百多篇，名为《南行集》。用它来记录途中见闻，供他日追忆南行的旅途趣味。这些文字都作于谈笑之间，随感而发，不是刻意、勉强所作。此时是十二月八日，苏轼写于江陵驿。

注释

1 **己亥之岁**：指嘉祐四年。

2 **侍行**：侍从父亲出行。 **适楚**：来到楚地。春秋战国时，江陵是楚国的政治文化中心。此处指来到江陵。

3 **闺门之欢**：儿女之欢。闺门，家庭之门。古时女子居内室。此次还朝，是举家搬迁，苏轼兄弟各携夫人同行。

4 **杂然**：纷纷然。 **有触于中**：触动内心的感情。

5 **识**：同“志”，记录。 **一时之事**：指此行途中的见闻。

6 **为他日之所寻绎**：作为日后追忆的资料。绎，抽出、理出头绪。

7 **江陵**：府名，治所在今湖北江陵县。 **驿**：驿站，古代供传递公文者或来往官员中途休息、换马的地方。

文与可画筼筜谷偃竹记[1]

导读

这是一篇文艺随笔，又是一篇悼念记文，是苏轼为好友兼表兄文与可《筼筜谷偃竹》画卷所写的一篇题画记。文同，字与可，梓州永泰（今属四川盐亭）人，北宋时期的著名画家，善于画山水，尤其擅长画竹，创深墨为面、淡墨为背的竹叶画法，开启了“湖州竹派”，曾画《筼筜谷偃竹》赠送给苏轼。元丰二年(1079)正月文与可病逝，七月，苏轼在湖州曝晒书画时看到文与可的这幅遗作，于是睹物思人写下这篇题记。

苏轼以文与可所作的竹画为线索，回忆二人酬赠诗歌的一段乐事，三言两语就活脱写出人物的性格特征，生动形象地体现出兄弟之间的真挚友谊。同时又借画说明画竹的理论，阐释文与可画竹有“成竹在胸”“心手相应”等艺术创作经验，讲究行云流水而自然亲切，这也与苏轼自己强调“常行于所当行，常止于不可不止，文理自然，姿态横生”的为文宗旨如出一辙。这里苏轼将画竹的理论、为文的方法与自我的行文风格融为一体，恰如其分地加以完美诠释。与文同画墨竹“振笔直遂，以追其所见”一样，苏轼写作此文同样信手而来，抒发出浓烈沉挚的感情，庄谐相衬，真实自然，亲切动人。此篇是典型地体现苏轼文理自然、姿态横生特点的散文。

原文

竹之始生，一寸之萌耳，而节叶具焉。自蜩腹蛇蚹以至于剑拔十寻者[2]，

译文

竹子刚生长时，只有一寸长的萌芽，但竹节和叶子已成形。像蝉脱掉外壳、蛇长出鳞片一般，从刚刚脱掉笋壳直到长成几生而有之也。今画者乃节节而为之，叶叶而累之，岂复有竹乎！故画竹必先得成竹于胸中，执笔熟视，乃见其所欲画者，急起从之，振笔直遂，以追其所见，如兔起鹘落[3]，少纵则逝矣。与可之教予如此。予不能然也，而心识其所以然。夫既心识其所以然而不能然者，内外不一，心手不相应，不学之过也。故凡有见于中而操之不熟者，平居自视了然，而临事忽焉丧之，岂独竹乎！

丈高的修竹，竹节和叶子都是与生俱来的。如今画竹的人却一节一节地接起来，一叶一叶地堆上去，这样做哪里还是竹子。所以说画竹，必须先在胸中酝酿出成熟的形态，拿着笔仔细端详，才能发现自己想要画的，这时赶紧捕捉住这种感觉，挥笔一气呵成，以追踪灵感，完成所见的景象，就像兔子出现、鹘鸟就俯冲抓捕一样迅速，稍一迟疑机会就会溜走。文与可是这样教我作画的。我虽然做不到，但心里明白他的话是对的。既然心知他的话对却又做不到，认识和行动不统一，心里想的和手下画的不对应，都是学习不够深入的缘故。凡是对事情心里了解而做起来很不熟练，平常自以为很清楚，但事到临头又恍然若失的，哪里只有画竹才是如此！

注释

1 **筼筜(yúndāng)谷**：宋代洋州（今陕西洋县）西北的一道山谷，谷中多竹。筼筜是一种皮薄节长而竿高的竹子，此谷盛产该竹，故而得名。宋神宗熙宁八年(1075)，文同任洋州知州，曾在此谷中筑亭。 **偃竹**：倒伏或倾斜的竹子。

2 **蜩(tiáo)腹蛇蚹(fù)**：像蝉破壳而出，像蛇长出鳞。蜩，蝉。蚹，蛇腹下用于爬行的横鳞。 **剑拔**：像宝剑一样挺拔。 **十寻**：古代八尺为一寻，十寻说明非常高。

3 **兔起鹘(hú)落**：兔子从草丛里窜出，鹘鸟便以极快的速度落下来。鹘，比鹰小的一种鸷鸟，飞行速度极快。

原文

子由为《墨竹赋》以遗与可曰[1]:“庖丁,解牛者也,而养生者取之。[2]轮扁,斫轮者也,而读书者与之。[3]今夫夫子之托于斯竹也,而予以为有道者,则非耶?”子由未尝画也,故得其意而已。若予者,岂独得其意,并得其法。

与可画竹,初不自贵重,四方之人持缣素而请者[4],足相蹑于其门。与可厌之,投诸地而骂曰:“吾将以为袜材。”士大夫传之,以为口实。及与可自洋州还,而余为徐州。

译文

子由写过一篇《墨竹赋》送给与可,赋中说:“庖丁,善于宰杀牛,可是(他讲的道理)却被养生的人所领悟。轮扁,能制造车轮,可是(他的经验)却被读书人所赞许运用。如今你所说的这些画竹的方法,我认为是深谙其道的,难道不是这样吗?”子由没学过作画,因此只是明白大致的意思。而像我这样的人,不只是理解他的绘画理论,还学到他的绘画方法。

与可画竹,开始自己并不怎么看重,但各地拿着丝绢前来求画的,一个接一个地找上门来。文与可非常厌烦,把丝绢扔到地上骂道:“我要拿这些丝绢去做袜子。”士大夫们传开此话,成为一时笑谈。等到与可从洋州回京城,我已去徐州任知州。

注释

1 **子由**:即苏轼的弟弟苏辙。苏辙专门为文同所画的墨竹写了篇《墨竹赋》,收在他的文集《栾城集》第十七卷中。

2 **庖丁,解牛者也,而养生者取之**:《庄子·养生主》中的寓言故事,说庖丁向文惠王讲解自己杀牛的经验,文惠王听完后,说他通过庖丁的讲述,悟出了养生的道理。

3 **轮扁,斫轮者也,而读书者与之**:《庄子·天道》中的寓言故事,说齐桓公在堂上读书,轮扁问他读什么书,接着对桓公说自己做车轮的心得,桓公也从中悟出读书的道理。

4 **缣**(jiān)**素**:绢素。这里指作画用的白色丝绢。缣,由双丝织成的细绢。

原文

与可以书遗余曰："近语士大夫，吾墨竹一派，近在彭城，[1]可往求之。袜材当萃于子矣。"书尾复写一诗，其略曰："拟将一段鹅溪绢，扫取寒梢万尺长。"[2]予谓与可，竹长万尺，当用绢二百五十匹，知公倦于笔砚，愿得此绢而已。与可无以答，则曰："吾言妄矣，世岂有万尺竹也哉。"余因而实之，答其诗曰：世间亦有千寻竹，月落庭空影许长。与可笑曰："苏子辩则辩矣，然二百五十匹，吾将买田而归老焉。"因以所画筼筜谷偃竹遗予，曰："此竹数尺耳，而有万尺之势。"

译文

与可寄信给我说："我近来告诉士大夫们说，我们画墨竹这一派，已经传给近在徐州的苏轼，你们可到他那去求画。这样做袜子的丝绢应该都聚集到你那里了。"信的结尾还附诗一首，其中有两句说："拟将一段鹅溪绢，扫取寒梢万尺长。"我对与可说，竹子长万尺，应当用绢二百五十匹，我知道你懒得作画，我愿意得到这些绢。与可无言以对，就说："我说错了，世上哪有一万尺长的竹子啊！"我又对此作出解释，给他回诗说："世间亦有千寻竹，月落庭空影许长。"文与可笑道："苏子你真是善辩啊，如果真有二百五十匹绢，我便可以买田养老了。"随后把他画的《筼筜谷偃竹》赠给我，说："这竹子不过几尺长，却有万尺的气势。"

注释

1 **"近语士大夫"三句**：意思是说文同因求画的人太多，于是放话说墨竹一派的主要画家，最近已经转移到徐州，可以找苏轼求画。彭城，徐州的郡名。

2 **鹅溪绢**：产于四川盐亭县鹅溪的绢帛，唐代时曾作为贡品，宋代人的书法、绘画尤其重视选用这一材料。 **寒梢**：显得清冷的竹梢。

原文

筼筜谷在洋州，与可尝令予作《洋州三十咏》，筼筜谷其一也。予诗云："汉川修竹贱如蓬[1]，斤斧何曾赦箨龙[2]，料得清贫馋太守，渭滨千亩[3]在胸中。"与可是日与其妻游谷中，烧笋晚食，发函得诗，失笑喷饭满案。

元丰二年正月二十日，与可没于陈州[4]。是岁七月七日，予在湖州曝书画，见此竹，废卷而哭失声。昔曹孟德《祭桥公文》，有"车过""腹痛"之语[5]，而予亦载与可畴昔戏笑之言者，以见与可于予亲厚无间如此也。

译文

筼筜谷在洋州，与可曾让我写过《洋州三十咏》，筼筜谷就是其中一景。我在诗中写道："汉川修竹贱如蓬，斤斧何曾赦箨龙。料得清贫馋太守，渭滨千亩在胸中。"与可那天恰好与妻子在谷中游玩，烧笋当晚饭吃，打开信读到诗，失声大笑，把饭喷了一桌子。

元丰二年正月二十日，与可在陈州逝世。这一年的七月七日，我在湖州曝晒书画，见到这幅修竹图，放下画卷失声痛哭。以前曹操在《祭桥公文》中有"车过三步，腹痛勿怪"的话，而我也记下与可过去和我的戏笑之言，以表明与可和我亲密无间的深厚情谊。

注释

1 **汉川**：洋州郡名。宋代的州郡既有州名，又有相应的郡名，如许州许昌郡、洋州汉川郡之类。 **贱如蓬**：便宜得像蓬草一样。

2 **斤斧**：斧头。 **箨(tuò)龙**：箨指竹笋上一片一片的皮，后指竹笋。

3 **渭滨千亩**：指竹。《史记·货殖列传》中有"陈夏千亩漆，齐鲁千亩桑麻，渭川千亩竹，……此其人皆与千户侯等"之说，所以后人经常用"渭川千亩"代指竹。

4 **陈州**：宋代州名，在今河南淮阳。

5 **"车过""腹痛"之语**：建安七年(202)，曹操军过浚仪，遣使以太牢祀旧友桥玄。祀文说："又承从容约誓之言：'殂逝之后，路有经由，不以斗酒只鸡过相沃酹，车过三步，腹痛勿怪。’虽临时戏笑之言，非至亲之笃好，胡肯为此辞乎？”苏轼以此典比喻自己与文与可的情谊笃厚。

石菖蒲赞

并叙

导读

元丰七年(1084)四月，苏轼受命自黄州（今湖北黄冈）移任汝州（今河南汝州），并借此机会前往筠州（今江西高安）看望弟弟苏辙。途经慈湖的时候采集到几本石菖蒲，于是借题发挥写下这篇赞词。

赞，本是称人之美的一种文体，在东汉时期作为赞美功勋惠政的文辞，后来也演变成咏物的文学体裁。咏物之赞常见的是画赞，如苏辙作《管幼安画赞》，对于画中人物的品格或言行进行赞美；另有一种直接赞美事物的品格，以物寓志，有所寄托，如晋代阮修作《大鹏赞》；还有一种是传自印度佛教的呗赞，专门赞美佛、菩萨的功德，如摩咥里制吒作《四百赞》，提婆作《糅杂赞》等。佛教传入中原后，两晋之际的许多佛教僧侣作了大量的佛、菩萨像赞，如释慧远作《昙无竭菩萨赞》，支遁作《释迦文佛像赞》《阿弥陀佛像赞》等，都是作为佛教徒的赞德美善。苏轼也写有不少此类赞文，如《小篆般若心经赞》《阿弥陀佛赞》《黄庭经赞》《观音赞》等。

本赞所言石菖蒲既是野生易活带有芳香的植物，又是历来文人案头把玩欣赏的雅件，苏轼主要从三方面赞美石菖蒲：一是《神农本草经》里记录其为一味有利养生的药材；二是方便移栽且姿态秀雅，放置于书房的几边案头，可以为日常生活带来野趣；三是其“忍寒苦，安澹泊”的品性，符合安贫乐道的君子气质。苏轼依此层层推进，考证探究的同时又增添博物的乐趣，并且借题发挥以石菖蒲能忍严寒、安于淡泊、喜与清泉白石为伍的特性，寄托自己身处逆境时顽强不屈的坚毅品格。此外，苏轼一生都喜爱石菖蒲并吟诗存念，其二十九岁在山中见到野生石菖蒲，赞之为千岁灵物并作诗一首："自我来关辅，南山得再游。山中亦何有，草木媚深幽。菖蒲人不识，生此乱石沟。山高霜雪苦，苗叶不得抽。下有千岁根，蹙缩如蟠虬。长为鬼神守，德薄安敢偷。"（《和子由记园中草木》）又有《赠常州报恩寺长老》诗云："碧玉碗盛红玛瑙，井花水养石菖蒲。也知法供无穷尽，试问禅师得饱无。"

原文

《本草》[1]：菖蒲，味辛温[2]无毒，开心[3]，补五脏，通九窍[4]，明耳目。久服轻身[5]不忘，延年益心智，高志不老[6]。注云：生石碛上概节者[7]，良。生下湿地大根者，乃是昌阳[8]，不可服。

译文

《神农本草经》记载：菖蒲，味道辛温，没有毒性，可以开阔心胸，滋补五脏，疏通孔窍，耳聪目明。长期服用能使身体轻健，增强记忆，延年益寿，强心益智，志气高昂，长生不老。注释说，生长在石头上、枝节稠密的，品种优良。生长在低洼湿地、根茎粗大的，那是昌阳，不可服用。

注释

1 **《本草》**：《神农本草经》的省称，是上古时期的一部著名药书。南朝梁时全书共收药三百六十五种，名医陶弘景又增为《名医别录》。唐代苏恭、长孙无忌等修定《本草》，又增药一百十四种，为《唐本草》。到宋代又经过二次修订与增药。明代李时珍进行考订删补，著《本草纲目》五十二卷，收载药物一千八百九十二种，药方一万一千余，成为《本草》总结性的巨著。

2 **辛温**：中医里讲究酸、甜、苦、辣、咸五味和温、热、凉、寒四气。性味辛温的药物可以发散风寒。

3 **开心**：开阔心胸。

4 **九窍**：指人身体的各个孔窍，如两眼、两耳、两鼻孔等，也泛指身上的毛孔。

5 **轻身**:使身体轻健。

6 **高志不老**:志气更高,长生不老。

7 **石碛**(qì):石子沙滩。碛,浅水中的沙石。 **穊**(jì)**节**:枝节稠密。穊,稠密。

8 **昌阳**:南朝梁陶弘景著《名医别录》认为昌阳和菖蒲是不同的两种植物,宋代重要的中医著作《圣济总录》则把昌阳作为菖蒲的别名。昌,通“菖”。

原文

韩退之《进学解》云:“訾医师以昌阳引年[1],欲进其稀苓[2]。”不知退之即以昌阳为菖蒲耶,抑谓其似是而非不可以引年也?凡草木之生石上者,必须微土以附其根。如石韦[3]、石斛[4]之类,虽不待土,然去其本处,辄槁死。惟石菖蒲并石取之,濯去泥土,渍以清水,置盆中,可数十年不枯。虽不甚茂,而节叶坚瘦,根须连络,苍然于几案间,久而益可喜也。其轻身延年之功,既非昌阳之所能及。至于忍寒苦,安澹泊,与清泉白石为伍,不待泥土而生者,亦岂昌阳之所能仿佛哉?

译文

韩愈《进学解》说:“指责医师用昌阳延年,却还要再用稀苓。”不知道韩愈是把昌阳当成菖蒲,还是认为昌阳类似菖蒲但并不是菖蒲,没有延年益寿的功效呢?大凡生长在石头上的植物,都必须有点土使它扎根,比如石韦、石斛之类,虽不需要很多土,但如果把根部的土去掉,就会枯死。只有石菖蒲可以连石头一起取下,洗净泥土,用清水浸泡,放在盆里,几十年不枯萎。虽然不是很茂盛,但节干和叶子都很坚固瘦硬,根须相连,青翠一束放在案上,时间越长就越惹人喜爱。它有使人体态轻盈、延年益寿的功效,绝不是昌阳所能比的。至于忍耐寒冷,安于淡泊,只与清泉白石为伴,无需依赖泥土生长等,也哪里是昌阳能相提并论的?

注释

1 **訾**(zǐ):指责,诋毁。 **引年**:延年益寿的意思。

2 **稀苓**:又叫猪苓,中药名,味甘、淡,能治小便不利、水肿、泄泻等。

3 **石韦**:中药名,附生于低海拔林下树干上,或稍干的岩石上,性味甘、苦,有利水通淋、清肺泄热等作用。

4 **石斛**:中药名,性味甘淡微咸,寒,有益胃生津、滋阴清热等作用。

原文

余游慈湖山中[1],得数本,以石盆养之,置舟中。间以文石[2]、石英[3],璀璨芬郁,意甚爱焉。顾恐陆行不能致也,乃以遗九江道士胡洞微,使善视之。余复过此,将问其安否。赞曰:

清且泚[4],惟石与水。托于一器,养非其地。瘠而不死,夫孰知其理。不如此,何以辅五藏而坚发齿。

译文

我在慈湖的山里游玩,发现几株菖蒲,用石盆培养它们,并放在船上。再夹杂些带有花纹的石子、石英,它们璀璨相映,菖蒲芳香浓郁,我非常喜爱它们。但担心走旱路时无法携带,于是送给九江道士胡洞微,嘱咐他精心照料。等我下次再经过此地,一定回来看看它们。为此写下赞词一篇:

晶莹清澈之物,唯有石头和水。二者被托放在同一器皿,本不是应该生长的地方。虽显清瘦却没死去,谁能洞晓其中的道理。如果不是这样,又怎能滋补五脏并使人齿发坚固。

注释

1 **慈湖**:湖泊名,现在湖北省大冶市东面。

2 **文石**:有花纹的石头。

3 **石英**:造岩矿物之一,为半透明或不透明的晶体,质地坚硬而脆。

4 **清且泚**(cǐ):清澈鲜明。泚,形容鲜明的样子。

表忠观碑

导读

这篇文章是苏轼所作碑文中的名篇，不仅文章优美，而且亲笔书写，墨迹留存至今。宋神宗熙宁十年(1077)，杭州知州赵抃有感于吴越王钱镠有功于后世，奏报朝廷批准改建佛寺废址为表忠观，用来供奉钱氏三世四位国王。苏轼撰写碑文记载此事，同样重点颂扬钱氏世代对于朝廷的忠诚，以及北宋朝廷对于忠臣的爱护。全文文笔洒脱，气势磅礴，热情洋溢，感人至深。

原文

熙宁十年十月戊子，资政殿大学士右谏议大夫知杭州军州事臣抃言[1]："故吴越国王钱氏[2]坟庙及其父祖妃夫人子孙之坟，在钱塘[3]者二十有六，在临安[4]者十有一，皆芜废不治，父老过之，有流涕者。

译文

熙宁十年十月戊子日，资政殿大学士、右谏议大夫、知杭州军州事臣赵抃上书说："故吴越国王钱氏的坟墓、宗庙和他父亲、祖父、嫔妃、夫人、子孙的坟墓，在钱塘县境的有二十六处，在临安县境的有十一处，都已经荒芜废弃，无人修葺，当地的父老乡亲们路过时，不少人都流下眼泪。

注释

1 **资政殿大学士**：宋代学士官名，宋景德二年(1005)，参知政事王钦若被罢政，宋真宗特设资政殿学士一职授给王钦若，虽然没有具体的吏守和职掌，但是可以出入侍从充当顾问。后来一般由罢职的辅臣充任，成为受宠高官特殊身份的象征。**右谏议大夫**：秦代设置谏议大夫之官，专掌论议。宋神宗元丰年间改制，升从四品，专门掌管讽谕规谏，左谏议大夫隶属门下省，右谏议大夫隶属中书省。这里指赵抃以右谏议大夫的身份担任杭州知州。**知杭州军州事臣抃**：赵抃，字阅道，浙江衢州人，曾任参知政事。于熙宁十年五月自越州知州改任杭州知州。元丰中卒，赠太子少师，谥曰清献。

2 **故吴越国王钱氏**：唐代末年形成各地节度使割据的局面，浙江人钱镠占据两浙地区，唐代灭亡后建立吴越国，为历史上五代十国的十国之一。

3 **钱塘**：宋代的县名，现在浙江杭州。

4 **临安**：宋代的县名，现在浙江临安。

原文

"谨按故武肃王镠，始以乡兵破走黄巢，[1] 名闻江淮。复以八都兵讨刘汉宏[2]，并越州[3]，以奉董昌[4]，而自居于杭。及昌以越叛，则诛昌而并越，[5] 尽有浙东西之地。传其子文穆王元瓘[6]。

译文

"臣谨据此说明：史称武肃王的钱镠，开始率领乡兵们击败黄巢起义军，威名流传到江淮一带。又率领八都的兵马讨伐绍兴的刘汉宏，攻下越州后，献给了唐将董昌，而自己则驻扎在杭州。后来董昌在越州反叛唐朝，钱镠又诛灭董昌平定越州，从而占据浙东、浙西的全部地盘。传到他的儿子文穆王元瓘。

注释

1 **武肃王镠，始以乡兵破走黄巢**：唐朝末期黄巢率兵起义，从五岭打到衢州，钱镠率领乡兵与黄巢作战并剿灭了其残部。武肃，钱镠死后的谥号。

2 **以八都兵讨刘汉宏**：唐朝末期黄巢进犯京城，唐僖宗被迫西走蜀地，中和二年(882)，据有江淮七州的义胜军节度使刘汉宏命令其弟率诸将攻打杭州刺史董昌，却被董昌手下大将钱镠击破。刘汉宏不甘心失败又遣兵七万溯江而上，钱镠再次引兵夜渡长江将其击败。八都，指钱镠领导的浙江一带武装，因为有八个部分组成，所以称为八都。

3 **并越州**：越州，现在浙江绍兴。光启二年(886)，刘汉宏被钱镠击败后，率麾下六百人败走浙江台州，台州守将杜雄见其大势已去，于是生擒了刘汉宏献给董昌。董昌命钱镠将其斩首于越州。

4 **奉董昌**：遵奉董昌为首。光启二年，钱镠没有接受手下将领自封为王的意见，而是把越州让给董昌，自己率兵回到杭州。

5 **及昌以越叛，则诛昌而并越**：根据《十国春秋·吴越武肃王世家》记载：乾宁二年(895)，威胜军节度使董昌反叛朝廷，自立国号为大越罗平，并任命钱镠为两浙都指挥使。钱镠收到任命书后说："董昌甘心叛乱，我等为朝廷将相，当发兵以讨伐。"于是派兵诛杀董昌并收回越州。

6 **其子文穆王元瓘**(guàn)：指钱镠的第七个儿子，字明宝。五代后唐长兴三年，钱镠去世后元瓘即位，成为吴越国的第二代王，死后谥曰文穆。

原文

"至其孙忠显王仁佐[1]，遂破李景[2]兵，取福州[3]。而仁佐之弟忠懿王俶[4]，又大出兵攻景，以迎周世宗之师。[5]其后卒以国入觐[6]。三世四王，与五代相终始。[7]

译文

"又传到他的孙子忠显王仁佐，终于击败李景的军队，攻占了福州。而仁佐的弟弟忠懿王俶，又出重兵攻打李景，并迎接配合周世宗的军队。后来终于以吴越国王的身份拜见。钱氏前后经历三代四位君主，与五代同兴同亡。

注释

1 **至其孙忠显王仁佐**：根据《十国春秋》记载，仁佐应为"弘佐"，是元瓘的第六个儿子，《新五代史》《宋史》里都记载为钱佐，死后谥曰忠显。

2 **李景**：五代南唐的第二代皇帝，即李煜的父亲李璟。

3 **取福州**：后晋开运三年(946)，福州大乱，向吴越求救，当时吴越大臣都不赞同，钱仁佐却以为与福建相邻，如果不制止则会唇亡齿寒，所以出兵平定了福建叛乱。

4 **仁佐之弟忠懿**(yì)**王俶**(chù)：钱仁佐死后，后汉隐帝于乾祐二年(949)

册封其弟钱俶为吴越国王。

5 **大出兵攻景，以迎周世宗之师**：后周显德年间，第二代皇帝周世宗柴荣征讨南唐，吴越王钱俶发兵配合围攻，以表示对中原王朝的臣服与合作。

6 **以国入觐**(jìn)：以吴越国的名义归顺宋朝。宋太宗太平兴国三年(978)春，钱俶纳土归降宋朝，赵光义封其为淮海国王，仍充天下兵马大元帅。

7 **三世四王，与五代相终始**：钱仁佐和钱俶是兄弟相传的，所以吴越国共经历了三代，有钱镠、钱元瓘、钱仁佐、钱俶四位王，时间上与中原的梁、唐、晋、汉、周同时存在。

原文

“天下大乱，豪杰蜂起，方是时，以数州之地盗名字者，不可胜数。[1]既覆其族，延及于无辜之民，罔有孑遗。而吴越地方千里，带甲十万，铸山煮海[2]，象犀珠玉之富，甲于天下，然终不失臣节[3]，贡献相望于道。是以其民至于老死不识兵革，四时嬉游，歌鼓之声相闻，至于今不废，其有德于斯民甚厚。

译文

“其间天下大乱，群雄豪杰并起，在那时，占据几个州郡就欺世盗名的，多得数也数不清。而一旦宗族败破，还连累到治下的无辜百姓，几乎没人得以幸免。而吴越国据有千里之地，拥有十万强兵，开山冶铜，煮海为盐，象牙、犀角、珍珠、宝玉非常富足，可谓天下第一，然而钱氏始终没有失去为臣的礼节，对朝廷纳贡献礼的使者络绎不绝。因此吴越百姓直到老死也不知刀枪战乱为何物，一年四季嬉戏游玩，歌舞之声没有停歇，直到如今也没有变化，钱氏留给当地百姓的恩德仁义可谓深厚。

注释

1 **以数州之地盗名字者，不可胜数**：占领了几个州就自立称帝的情况很多，如当时的荆南高氏政权、湖南周氏政权等。

2 **铸山煮海**：指铸山为铜、煮海为盐，铜与盐在古代都是贵重物资，这里说明其资源丰富，国家富饶。

3 **然终不失臣节**：然而始终没有失掉作为臣子的礼节。这里指钱氏始终尊奉中原大国为正统，没有自立为帝，而是只称为王。

原文

“皇宋受命[1]，四方僭乱以次削平[2]。而蜀、江南负其崄远[3]，兵至城下，力屈势穷，然后束手。而河东刘氏[4]，百战守死以抗王师，积骸为城，釃血为池[5]，竭天下之力，仅乃克之。[6]独吴越不待告命，封府库，籍郡县，请吏于朝。视去其国，如去传舍[7]，其有功于朝廷甚大。

译文

“我大宋朝顺应天命，四方犯上作乱的依次被平定。而蜀中、江南诸小国凭借地势险要、路途遥远，直到宋兵抵达都城之下，才知道大势已去，然后无力抵抗才束手归降。而河东刘氏，竟然冒死守城来对抗大宋军队，以致尸体堆积得像城墙，鲜血流淌得像护城河，几乎集结了全国的兵力，才勉强攻下它。只有吴越钱氏不等檄命传到，自觉就封存仓库，统计郡县，请求归降我朝。把丢弃自己的国家，视为离开客舍一样轻易，这对朝廷的功劳很大。

注释

1 **皇宋受命**：公元960年，赵匡胤在陈桥驿发动兵变，推翻了后周政权并建立宋朝。受命，指受上天之命，古代君王常以此证明其身份正统。

2 **四方僭(jiàn)乱以次削平**：将中原地区周围的割据叛乱依次削平。赵匡胤建立宋朝之初，只是占有中原地区的一百多个州郡，后来相继收复湖北高氏、湖南周氏、后蜀孟氏、南汉刘氏、南唐李氏等国，从而逐渐统一全国。

3 **蜀、江南**：指孟昶的后蜀和李煜的南唐。崄，通“险”，形容高峻的样子。

4 **河东刘氏**：指占据山西大部的北汉刘继元政权。刘氏与后周政权有世仇，对中原政权比较敌视，更由于依靠北方的契丹，所以宋朝几次想征服刘氏都未成功。

5 **釃(shī)血为池**：指流血汇集成池。釃，斟酒、分流的意思，这里是比喻流血犹如倒酒一样。

6 **竭天下之力，仅乃克之**：太平兴国四年(979)，宋太宗下定决心收复北汉，于是御驾亲征，发兵数十万，历经几月才攻破北汉都城太原。

7 **如去传舍**：如同离开住所一样轻易。传舍，原为战国时期贵族供门下食客食宿的地方。客有上、中、下之分，舍也分传舍、幸舍、代舍。也泛指供行人休息住宿的处所。

原文

“昔窦融以河西归汉，光武诏右扶风修理其父祖坟茔，祠以太牢。[1]今钱氏功德，殆过于融，而未及百年，坟庙不治，行道伤嗟，甚非所以劝奖忠臣、慰答民心之义也。臣愿以龙山废佛祠曰妙因院者为观，使钱氏之孙为道士曰自然者居之。凡坟庙之在钱塘者，以付自然，其在临安者，以付其县之净土寺僧曰道微，岁各度其徒一人，使世掌之。籍其地之所入，以时修其祠宇，封殖其草木，有不治者，县令丞察之，甚者，易其人，庶几永终不坠，以称朝廷待钱氏之意。臣抃昧死以闻。”制曰：

译文

“想当年东汉的窦融率河西归附汉朝，光武帝下令让右扶风的官吏修理窦氏祖辈、父辈的坟墓，并用隆重的太牢之礼来祭祀。如今钱氏的功业品德，恐怕超过当年的窦融，而至今还不足一百年，钱氏的坟墓、祠庙都已破烂不堪，路人都为此悲伤叹息，这实在不是用来劝勉奖励忠臣、慰劳答谢百姓应有的态度。臣请求把龙山上一座废弃的叫作‘妙音院’的佛寺改为道观，让钱氏子孙中有个叫‘自然’的道士住在那里。把钱氏建在钱塘的坟茔、祠庙交给自然道长，把建在临安的交给该县净土寺的道微和尚，每年各剃度徒弟一名，使之世代掌管看坟之事。并登记这些土地的收入，按时修缮祠庙，种植树木花草，如果有人不好好修整祠庙，当地县令应随时督察，完全不能尽职的可以改换他人，这样做或许可以使其永不破败，也符合朝廷厚待钱氏的美意。臣赵抃冒死上奏天子。”天子下诏书说：“照此办

"可。其妙因院改赐名曰表忠观。"铭曰：

理。妙音院赐名为表忠观。"苏某为此观写下铭文：

注释

1 **"昔窦融以河西归汉"三句**：窦融，东汉初人。王莽当政时因为军功卓著被封为建武男。更始政权失败之后，窦融占据河西地区据境自保，后来见汉光武帝刘秀政治开明而投靠朝廷，并协同光武帝共同击破隗嚣而被封为安丰侯。右扶风，汉朝三辅之一，辖境大致相当于今陕西西、北地区。祠以太牢，即以太牢之礼为窦融祖庙举行祭祀。太牢指古代用牛、羊、猪三牲的祭祀之礼。

原文

天目之山[1]，苕水[2]出焉。龙飞凤舞，萃于临安。笃生异人，绝类离群。奋梃大呼，从者如云。仰天誓江，月星晦蒙。强弩射潮，江海为东。[3]杀宏诛昌，奄有吴越。金券玉册，虎符龙节。[4]大城其居，包络山川。左江右湖，控引岛蛮。岁时归休，以燕父老。

译文

天目山间，有苕溪流出。龙飞凤舞，荟萃于临安。地灵人杰，自然与众不同。举起长枪高呼，随从多如行云。仰望苍天对江发誓，明月繁星都为之暗淡。强劲的弓弩射向钱塘江潮，大江大海都避之东去。剿灭刘汉宏杀死董昌，全部占据吴越之地。唐朝天子赐他免罪的丹书、将帅的兵符和节度使的印绶。扩充居住的城池，使之包容名山大川。左面是大江，右面是西湖，东方还控制岛上的蛮夷。每年回归家乡休息，燕享杭州城的父老乡亲。

注释

1 **天目之山**：现在浙江省境内。根据《读史方舆纪要》记载，天目山在杭州临安城西五十里处。

2 **苕(tiáo)水**：即苕溪。根据《读史方舆纪要》记载，苕溪共有两处源头，其中一处自天目山的南面，经过临安城西边，绕过城南而东的称为南溪，进入余杭县界。

3 **强弩射潮，江海为东**：根据《宋史 · 河渠志》记载，浙江东临大海，每天都有两次潮水。后梁开平年间，钱镠命令强壮的士兵数百人向潮头射箭，等到潮水退避钱塘之后修成堤岸，从此杭州城不再遭受潮水之苦。

4 **金券玉册，虎符龙节**：都是古代帝王赏赐给有功之臣的信物。金券，唐朝颁发的功臣金券。玉册，册封钱镠为吴越国王的典册。虎符，授予兵权及调用军队的信物，一般都是虎形，背面刻有铭文，分为左右两半，右半留给朝廷，左半颁给地方官吏或统兵将帅。每当调动军队时，朝廷使臣必须手持虎符对照验证才能发兵。龙节，龙形的符节。根据《周礼·地官 · 掌节》记载："凡邦国之使节，山国用虎节，土国用人节，泽国用龙节。"吴越属于水乡，所以颁布的是龙形之节。

原文

晔如神人，玉带球马[1]。四十一年，寅畏小心。厥篚相望，大贝南金[2]。五朝昏乱，罔堪托国。[3]三王相承，以待有德。既获所归，弗谋弗咨。先王之志，我维行之。天胙忠孝，世有爵邑。允文允武[4]，子孙千亿。帝谓守臣，治其祠坟。毋俾樵牧，愧其后昆。龙山之阳[5]，岿焉新宫。匪私于钱，唯以劝忠。非忠无君，非孝无亲。凡百有位，视此刻文。

译文

光辉的形象好似神仙之人，身披玉带，击球骑马。四十一年间恭敬谨慎，进贡的物品连绵不断，满筐都是南方的珍品。可惜五代战乱纷争，无处能够托付国民。三代君王一脉相承，时时等待圣德的君主。等到归顺大宋王朝，不需讨论和谋划。先皇的仁爱，我们就要继承实施。上天赋予钱氏忠诚仁孝，理应世代获得封爵食邑。允许他们习文习武，子孙世代繁衍下去。天子降旨杭州守臣，修缮钱氏祠堂坟墓，不要让其后世子孙有愧于祖宗。龙山的南面，崭新的宫观拔地而起。这并不只是赐予钱氏个人的恩惠，而是以他的忠诚作为大家的表率。没有忠诚就没有君主，没有孝顺就没有双亲。希望众生中间有人，能看到这篇篆刻的铭文。

注释

1 **玉带球马**:根据《十国春秋》记载,后梁开平三年(909),钱镠派王景仁到大梁去咨询取淮南之策。梁王询问王景仁:“钱王平生可有什么喜好?”王景仁回答:“好玉带、名马。”梁王笑道:“真英雄也!”于是赐给钱镠玉带一匣、打球御马十匹。

2 **大贝**:指上古时期的贵重器皿。 **南金**:指南方所产的铜器。这里都代指贵重物品。

3 **五朝昏乱,罔堪托国**:指中原地区的梁、唐、晋、汉、周五代都昏乱不止,不可以将国家献给他们。罔堪,不堪。

4 **允文允武**:为《诗经·鲁颂·泮水》中的诗句,意思是说文事与武功兼备。

5 **龙山之阳**:龙山的南麓。古代称山南、水北为阳。

潮州韩文公庙碑

导读

这同样是苏轼碑文中的一篇名作。宋哲宗元祐五年(1090),苏轼因为与新党政见不和,再次离开京城出任杭州知州。此时潮州知州王涤新修了韩愈的祠庙,于是请苏轼为此庙写一篇碑文。苏轼非常崇敬韩愈的人品和文风,所以碑文里高度颂扬了韩愈的道德、文章和政绩,并具体描述了潮州人民对韩愈的崇敬怀念之情,同时有感于自己较为相似的遭遇,勉励自己以韩愈作为榜样成就君子之道,文章音调铿锵、气势充沛而又感慨良深。

原文

匹夫而为百世师，一言而为天下法。是皆有以参天地之化，关盛衰之运。其生也有自来，其逝也有所为。故申吕自岳降[1]，傅说为列星[2]，古今所传，不可诬也。孟子曰："吾善养吾浩然之气。是气也，寓于寻常之中，而塞乎天地之间。"[3]卒然遇之，则王公失其贵，晋、楚失其富，良、平[4]失其智，贲、育[5]失其勇，仪、秦[6]失其辩，是孰使之然哉？其必有不依形而立，不恃力而行，不待生而存，不随死而亡者矣。故在天为星辰，在地为河岳。幽则为鬼神，而明则复为人。此理之常，无足怪者。

译文

一个平常人能成为千百代的榜样，一句话能成为天下人的法则。这是因为他们有顶天立地的造化，也关系到事物盛衰的命运。他们的降生是有所来历的，他们的逝世也是有所作为的。所以，申伯、吕侯由高山之神降生，傅说死后化为天上的列星，这一从古至今的传说，是不可否认的。孟子说："我善于修养我的正直之气。它寄寓在寻常事物之中，又充满于天地之间。"突然遇见它，王公、贵族会放弃他们的尊贵，晋国、楚国会放弃他们的富有，张良、陈平会放弃他们的智慧，孟贲、夏育会放弃他们的勇猛，张仪、苏秦会放弃他们的辩才。是什么使它这样呢？那必定有一种不依附形体就能成立，不依靠外力就能行动，不等待出生就能存在，不随着死亡而消逝的东西。所以在天则为星宿，在地则为河山。在阴间则为鬼神，在阳世又成为人。这个道理十分平常，没有什么值得奇怪的。

注释

1 **申吕自岳降**：出自《诗经·大雅·崧高》："崧高维岳，骏极于天。维岳降神，生甫及申。"申吕，指周宣王时的申伯和吕侯（也称甫侯），伯夷的后代，相传他们是山岳之神所降生。

2 **傅说为列星**：意思是说傅说上应列星。相传傅说死后飞升上天，和众星并列。傅说，商王武丁的臣相，为安邦治国的能臣，是古代儒家推崇的贤人。

3 **“吾善养吾浩然之气”四句**：出自《孟子·公孙丑上》，意思是说君子应该善于培养浩然之气，虽然平常无法具体感知得到，却时时刻刻充塞于天地之间。

4 **良、平**：即张良、陈平，都是汉高祖刘邦的开国功臣，以足智多谋著称。

5 **贲、育**：即孟贲、夏育，都是战国时的勇士。根据《汉书·司马相如传》颜师古注解说：“孟贲，古之勇士也，水行不避蛟龙，陆行不避豺狼，发怒吐气，声响动天。夏育，亦猛士也。”

6 **仪、秦**：即张仪、苏秦，战国时期的纵横家，张仪主张连横，苏秦主张合纵。

原文

自东汉以来，道丧文弊，异端并起，[1] 历唐贞观、开元[2]之盛，辅以房、杜、姚、宋[3]而不能救。独韩文公起布衣，谈笑而麾之，天下靡然从公，复归于正，盖三百年于此矣[4]。

译文

自从东汉以来，儒道沦丧，文风败坏，异端邪说一齐兴起，经历了唐代贞观、开元的兴盛时期，依靠房玄龄、杜如晦、姚崇、宋璟等名臣辅佐，还不能得到挽救。只有韩文公从平民里崛起，谈笑风生间指挥古文运动，天下文人纷纷追随，道德和文风又回归正道，到现在已有三百年左右。

注释

1 **道丧文弊**：大道沦丧，文章衰弊。 **异端**：儒家把道家、墨家等不同的学派斥为异端。这里指汉、魏以来长期兴盛的佛教与道教。

2 **贞观、开元**：贞观，唐太宗（李世民）的年号（627—649）。开元，唐玄宗（李隆基）的年号（713—741）。历史上称这两个时期为“太平盛世”。

3 **房、杜、姚、宋**：唐初名臣房玄龄、杜如晦、姚崇、宋璟。

4 **盖三百年于此**：指从韩愈倡导的古文运动到苏轼所处的时期将近三百年。

原文

文起八代之衰[1],而道济天下之溺[2],忠犯人主之怒[3],而勇夺三军之帅[4]。此岂非参天地,关盛衰,浩然而独存者乎!盖尝论天人之辨,以谓人无所不至,惟天不容伪。智可以欺王公,不可以欺豚鱼。力可以得天下,不可以得匹夫匹妇之心。

译文

他的文章振兴了八代以来的衰败文风,他提倡的儒道拯救了天下人的沉溺不悟,他的忠诚触怒了皇帝,他的勇气又折服了三军的主帅。这难道不是顶天立地、关乎盛衰的浩然正气吗!有人曾谈论过天道和人事的区别,认为人没有什么事不能做出来,只是天不容许人作假。人的智谋可以欺骗王公,却不能欺骗小猪和鱼。人的武力可以取得天下,却不能取得普通百姓的民心。

注释

1 **文起八代之衰**:指韩愈提倡习作古文改变八代以来衰弊的文风。八代,指自东汉以来经历魏、晋、宋、齐、梁、陈、隋共八个朝代。

2 **道济天下之溺**:指韩愈提倡重新崇仰儒家之道,把天下人从沉溺佛老等异端中拯救出来。

3 **忠犯人主之怒**:唐宪宗(李纯)曾派使者前往凤翔恭迎佛骨入宫,韩愈听闻此事上表进谏,言辞激切从而触怒宪宗,几乎被下令处死,幸亏大臣裴度、崔群等人为其求情,最终才被贬为潮州刺史。

4 **勇夺三军之帅**:称赞韩愈的勇气高过三军统帅。唐穆宗时镇州(治所现在河北正定县)叛乱,节度使田弘正被杀,韩愈奉命前去宣抚。大臣们都替他担心,认为有被杀的危险,但是韩愈只用一次谈话便说服了将士。回京后唐穆宗非常高兴,升任韩愈为吏部侍郎。

原文

故公之精诚,能开衡山之云[1],而不能回宪宗之惑[2]。

译文

所以韩公的一片诚意,能够拨开衡山的乌云,却不能挽回宪宗佞佛的迷惑。

能驯鳄鱼之暴[3]，而不能弭皇甫镈、李逢吉之谤[4]。能信于南海[5]之民，庙食百世，而不能使其身一日安于朝廷之上。盖公之所能者，天也。所不能者，人也。

能够驯服鳄鱼的凶暴，却不能制止皇甫镈、李逢吉的诽谤。能够在潮州百姓中取得信任，百代都享受庙堂祭祀，却不能在朝廷上有一天的安生。大概韩公能够感动的是天道，而不能感动的是人事。

注释

1 **开衡山之云**：衡山，五岳中的南岳，在湖南省衡山县境内，山上经常乌云密布。据韩愈《谒衡岳庙遂宿岳寺题门楼》诗说：他路过衡山游南岳，正逢秋雨，于是诚心祷告，马上天气晴朗。

2 **不能回宪宗之惑**：不能解开宪宗的迷惑。元和十四年(819)，韩愈上表痛斥迎取佛骨一事，请求将佛骨"投诸水火，永绝根本，断天下之疑，绝后代之惑"。宪宗得表大怒并最终贬其为潮州刺史。

3 **能驯鳄鱼之暴**：根据《新唐书·韩愈传》记载，韩愈到潮州后听说境内恶溪中鳄鱼为害，将附近百姓家养的牲口都吃光了，于是撰《祭鳄鱼文》，劝鳄鱼尽快离开，不久恶溪之水向西迁出六十里，从此潮州境内再也没有鳄鱼之患。

4 **不能弭皇甫镈**(bó)、**李逢吉之谤**：皇甫镈，唐德宗贞元年间进士，因为推荐方士为唐宪宗熬制长生药而得宠，德宗暴死后被贬，死于崖州。李逢吉，唐德宗时任左拾遗，唐宪宗元和时迁给事中、太子侍读等职。二人都是举朝侧目的阴险小人。弭，消除。韩愈被贬潮州后曾上表谢罪，唐宪宗看后也很后悔，一度想让他官复原职，但是遭到宰相皇甫镈的诽谤、阻止，于是就改判韩愈为袁州刺史。唐穆宗时期，宰相李逢吉也曾弹劾韩愈，要求罢去韩愈御史大夫职务而降为兵部侍郎。

5 **南海**：因为潮州滨临南海，所以借南海代指潮州。

原文

始，潮人未知学，公命进士赵德为之师[1]。自是潮之士，皆笃于文行，延及齐民，至于今，号称易治。信乎孔子之言："君子学道则爱人，小人学道则易使也。"潮人之事公也，饮食必祭，水旱疾疫，凡有求必祷焉。而庙在刺史公堂之后，民以出入为艰。前守欲请诸朝作新庙，不果。元祐五年，朝散郎王君涤来守是邦，凡所以养士治民者，一以公为师。民既悦服，则出令曰："愿新公庙者听。"民欢趋之。卜地于州城之南七里，期年而庙成。

译文

当初，潮州人不知道学习，韩公让进士赵德做他们的老师。从此以后潮州的读书人，都专心于学问和品行，并影响到普通百姓，直到现在，潮州被称为容易治理的地方。孔子说过的话是确实可信的："君子学习儒道就会爱护人民，小人学习儒道就容易治理。"潮州人敬奉韩公，饮食必去祭祀，水灾旱荒、疾病瘟疫，凡是有求于神灵，必定到祠庙祈祷。可是祠庙在州官公堂的后面，百姓认为进出很不方便。前任州官想奏报朝廷建造新庙，没有成功。元祐五年，朝散郎王涤先生来担任知州，凡是教育士子、治理百姓的措施，完全以韩公作为榜样。老百姓心悦诚服以后，他便下达命令说："愿意重新修建韩公祠庙的人，就来听从命令。"老百姓都高兴地赶来，在州城南面七里选了一块好地方，一年后新庙就建成了。

注释

1 **进士赵德**：根据顺治《潮州府志·科名部》记载，赵德为海阳人，大历十三年(778)进士，著有《昌黎文录序》。

原文

或曰："公去国万里，而谪于潮，不能一岁而归[1]，没而有知，其不眷恋

译文

有人说："韩公远离京城，万里迢迢，贬官到潮州，不到一年便回去了，他死后有知的话，也不会深切怀念潮州的，这道

于潮，审矣。”轼曰：“不然。公之神在天下者，如水之在地中，无所往而不在也。而潮人独信之深，思之至，焄蒿凄怆[2]，若或见之。譬如凿井得泉，而曰水专在是，岂理也哉！”元丰七年，诏封公昌黎伯，故榜曰昌黎伯韩文公之庙。潮人请书其事于石，因作诗以遗之，使歌以祀公。其词曰：

理是明摆着的啊。”我说：“不是这样的。韩公的神灵存于天下，好比水存在于地上，没有什么地方是到不了的。然而潮州人信仰得特别深厚，思念得十分恳切，祭祀时香雾缭绕，悲凉凄怆，就好像看见韩公一样。比如开挖水井得到泉水，就说水本来在这个地方，难道不是这样的吗？”元丰七年，皇帝下诏封韩公为昌黎伯，所以祠庙的匾额上题为昌黎伯韩文公之庙。潮州人请我书写韩公的事迹刻在石碑上，因此作一首诗送给他们，让他们歌唱来祭祀韩公。歌词说：

注释

1 **不能一岁而归**：没有一年时间就离开潮州。韩愈于唐宪宗元和十四年(819)正月被贬为潮州刺史，同年十月改判袁州刺史，所以说在潮州呆了不到一年。

2 **焄**(hūn)**蒿凄怆**(chuàng)：祭祀时引起悲伤的情感。焄，通“荤”，指祭物的香气。蒿，香气蒸发上升的样子。怆，悲伤。此句是说潮州人祭祀韩愈时往往十分凄凉悲怆。

原文

公昔骑龙白云乡，手抉云汉分天章，天孙为织云锦裳。飘然乘风来帝旁，下与浊世扫秕糠，西游咸池略扶桑。[1]草木衣被昭回光，追逐

译文

您从前骑着龙遨游在白云飘浮的仙乡，双手拨动银河挑开天上的云彩，织女替您织成云锦的衣裳。飘飘然乘着仙风来到皇帝身旁，降到人间为混乱的俗世扫除异端，西边游览了咸池，巡视了扶桑。草木都受到惠泽而普照金光，追随李白、杜甫一起

李、杜参翱翔，汗流籍、湜[2]走且僵。灭没倒影不可望，作书诋佛讥君王，要观南海窥衡湘。历舜九疑吊英皇[3]，祝融先驱海若藏[4]，约束蛟鳄如驱羊。

比翼翱翔，迫使张籍、皇甫湜奔跑流汗腿又僵。不能望见您倒影消失的光辉，上书痛斥佛教讽谏君王，被贬潮州的途中又观看游览衡山和湘水。经过埋葬帝舜的九疑山，凭吊娥皇和女英。到了潮州，祝融为您开路，海神也躲藏起来，管束蛟龙、鳄鱼好像驱赶羊群。

注释

1 **秕(bǐ)糠**：本指米的皮屑，这里比喻邪说异端。 **咸池**：神话中太阳沐浴的地方。 **扶桑**：神话中日没的地方。

2 **籍、湜(shí)**：指韩愈弟子张籍和皇甫湜。张籍，字文昌，苏州人，贞元十四年(798)韩愈担任汴州进士的考官，张籍从而被推荐并于次年在长安进士及第。皇甫湜，字持正，睦州新安（今浙江淳安）人，元和元年(806)进士，历陆浑县尉、工部郎中、东都判官等职。

3 **历舜九疑吊英皇**：传说舜帝南巡时死在苍梧，并葬于九疑山，其妻女英、娥皇前往追寻，也死在湘水。九疑，山名，又名苍梧，现在湖南省宁远县境内。英皇，女英、娥皇，尧帝的两个女儿，同时嫁给舜帝为妃。

4 **祝融**：传说的火神。 **先驱**：为他开路。 **海若**：传说的海神。

原文

钧天无人帝悲伤，讴吟下招遣巫阳[1]，犦牲鸡卜羞我觞[2]。於粲，荔丹与蕉黄[3]。公不少留我涕滂，翩然被发下大荒。[4]

译文

天上缺少人才，天帝感到悲伤，派巫阳下界招魂上天，用犦牛作祭品，用鸡骨来占卜，进献上美酒。啊，多么殷红的荔枝，多么金黄的香蕉。韩公不肯稍作停留，使我们泪下如雨，但愿您翩翩而来披拂长发返回仙乡。

注释

1 **巫阳**:古代传说中的女巫。《楚辞·招魂》说:"帝告巫阳曰:'有人在下,我欲辅之。魂魄离散,汝筮予之。'"后来往往指招魂的神巫。

2 **犦(bó)牲**:用野牛作祭品。犦,一种领肉隆起的野牛。 **鸡卜**:用鸡骨占卜。 **羞我觞**:进献美酒。羞,进献食物。

3 **於(wū)粲**:事物鲜明美好的叹词。 **荔丹与蕉黄**:荔枝的鲜红和芭蕉的金黄。以上两句指庙中的祭品。

4 **翩然被发下大荒**:祈望韩愈快快降临人世享受祭祀。被,同"披",披散着头发。大荒,极其荒远的地方。这里指韩愈所归去的仙乡。

图书在版编目(CIP)数据

苏轼集/(宋)苏轼著;汪超导读、注译.—长沙:岳麓书社,2019.3
(2024.12 重印)
(古典名著普及文库)
ISBN 978-7-5538-1076-8

Ⅰ.①苏… Ⅱ.①苏…②汪… Ⅲ.①中国文学—古典文学—作品综合集—北宋 Ⅳ.①I214.412

中国版本图书馆 CIP 数据核字(2019)第 006705 号

SU SHI JI
苏轼集
导读注译:汪 超
责任编辑:曾 倩
责任校对:舒 舍
封面设计:罗志义

岳麓书社出版发行
地址:湖南省长沙市爱民路 47 号
直销电话:0731-88804152 0731-88885616
邮编:410006

版次:2019 年 3 月第 1 版
印次:2024 年 12 月第 4 次印刷
开本:890mm×1240mm 1/32
印张:9.125
字数:244 千字
ISBN 978-7-5538-1076-8
定价:26.00 元

承印:湖南省众鑫印务有限公司

如有印装质量问题,请与本社印务部联系
电话:0731-88884129